은유의
힘

일러두기

* 이 책에 수록된 시의 맞춤법과 띄어쓰기는 〈수록 작품〉 항목에서 밝힌 출처를 따랐습니다.

장석주 지음

은유의 힘

metaphor

다신
책방

시인이 할 일은 이름이 없는 것의 이름을 부르고, 부정한 것을 가리키며, 자세를 바로잡는 것, 그리고 논쟁을 시작하고, 잠들기 전까지 이를 세상에 표현하는 것이다.

_살만 루슈디*

* 프란시스 아말피, 『불멸의 작가들』, 정미화 옮김, 윌컴퍼니, 2013, 372쪽에서 재인용.

은유의 빛을 따라가라!

밥도 명예도 되지 않는 시를 어쩌다가 평생 붙잡고 살게 되었는지 나도 잘 모르겠다. 일찍이 내 생이 불행과 슬픔으로 짜여 있음을 깨닫고 그것을 견디는 한 방식으로 시를 선택했는지 모른다. 허나 그마저도 긴가민가 불확실하다. 시의 길로 들어선 것은 우연의 일이거나 어쩔 수 없는 운명이려니 체념하고 있다. 진실을 말하자면, 시가 무작정 좋았을 뿐이다. 시가 왜 좋으냐고 물어도 딱히 할 말이 없다. "그저 좋았어요!" 한 가지 고백할 것은 시를 쓰고 읽으며 향유하는 동안 나의 가난은 유복하고, 내 영혼은 풍요를 누렸다는 사실이다.

멕시코 시인 옥타비오 파스는 "천둥은 번개가 번쩍인 것을 공표한다."고 썼다. 번개가 먼저 번쩍이고 그다음 천둥이 울린다. 번개가 생이라면 천둥은 시일 테다. 천둥과 번개는 떼어놓을 수 없는 짝패이다. 번개는 탄생과 죽음, 동물과 식물, 불과 바람, 돌멩이와 망치, 세계를 구성하는 모든 원소들을 다 품는다. 그 뒤를 따르는 천둥은 그것의 내부에서 울려 나오는 메아리다. 열 번 울리는 천둥[시]들은 열 겹의 번개[생]를 품는다. 번개가 없다면 천둥도 있을 수 없다.

멕시코 시인의 저 문장은 사실에서 한 치의 어긋남이 없다. 아울러 이 문장은 사실의 전달을 넘어서는 하나의 은유로 오롯하다. 은유라는 한에서 이 문장은 사실을 넘어서서 사유를 무한 확장하는 힘을 갖는다. 나는 시가 생성되는 비밀의 핵심이 '은유'라고 보았다. 시는 말의 볼모이고, 시의 말들은 필경 은유의 볼모다. 은유는 시의 숨결이고 심장 박동, 시의 알파이고 오메가다. 시는 항상 시 너머인데, 그 도약과 비밀의 원소를 품고 있는 게 바로 은유다. 상상력의 내적 지평을 무한으로 확장하는 은유에 대해 사유하며 그 내부로 깊이 파고들수록 놀라웠다.

시가 "눈먼 부엉이의 노래, 바람과 파도의 외침, 늑대들의 울부짖음, 땅이 내쉬는 한숨"이라고 썼다. 나는 시인이 사물과 세계의 다양한 중재자, 예언자 없는 시대의 예언자라고 믿고, 같은 맥락에서 시인과 시들이 그 나라 "국민의 영적 건강"을 책임진다는 옥타비오 파스의 말을 믿는다. 그렇지 않다면야 저 무수한 시인들과 시들이 무슨 쓸모가 있겠는가! 이 책은 오롯이 시에 관한 책이다. 시 쓰기와 읽기, 더 나아가 시의 심연과 기적에 대해 말한다. 이 책을 쓰는 동안 월트 휘트먼, 라이너 마리아 릴케, 윌리엄 블레이크, 호르헤 루이스 보르헤스, 페데리코 가르시아 로르카, 파블로 네루다, 메리 올리버, 프랑시스 퐁주, 베르톨트 브레히트, 울라브 하우게, 아틸라 요제프, 아도니스 같은 외국 시인에서 김소월, 이상, 서정주, 유치환, 박목월, 이육사, 윤동주, 김수영, 김춘수, 고은, 정현종, 송재학, 송찬호, 황인숙, 이장욱, 김근, 김행숙, 강정, 이원, 김언희, 심언주, 신영배, 김민정, 오은, 홍일표, 류경무, 유진목, 강금희, 이이체, 려원, 제페토에 이르기까지 나라 안 여러 시인의 시를 두루 함께 읽었다. 이 책은 더 이상 나의 것이 아니다. 이제 이 책의 주인은 그 누구도 아닌 이 책을 손에 든 당신이다.

2017년 초여름, 파주 교하에서
장석주

차 례

그림자들의 노래

아무도 시를 읽지 않는 시대에 시인이 되는 건 별로 좋은 선택으로 보이지 않는다. 오늘날 시인이란 헤아릴 수 없는 먼 과거의 기억들을 갖고 돌아오는 자들, 인류가 잃어버린 그 무엇, 즉 물의 신성함과 태초의 낙원을 꿈꾸는 자들일 테다. 시인이란 기억 속에서 울리는 시계, 도끼로 처형된 왕, 덴마크에서 들려오는 나이팅게일 새의 목소리, 거울에 비친 자살자의 얼굴에 지나지 않는다.* 자식이 시인이 되겠다고 말하면 나는 만사 제치고 한사코 뜯어말렸을 거다. 그건 모호하고 불확실한 것에 인생을 거는 일이다. 그래도 시를 쓰겠

---

* 호르헤 루이스 보르헤스의 시 「원인」의 시구를 차용한 것이다.

다고 고집을 부린다면, 어쩔 수 없다. 부디 좋은 시인이 되어라!

좋은 시인이 되려면 좋은 시집들을 구해 죽을 만큼 많이 읽어라, 라고 조언할 테다. 김소월, 백석, 이상, 김종삼, 박용래도 좋다. 부족 언어의 족장이나 모국어의 달인으로 불리는 서정주나 섬약한 환상가인 김춘수도 좋다. 근대성을 뚫으며 시대의 표상들을 시적 그물로 포획하는 김수영도 좋고, 퇴폐와 허무의 추상성을 뚫고 나와 '만인보'라는 민족·민중의 세계로 나아간 고은도 좋다. 정현종, 황동규, 오규원같이 수사학적 기교에서 드높은 성취를 일군 문체주의자들의 시도 좋다. '악마적 부성 신화'를 깨며 탈근대 시인으로 길을 뚫은 이성복도 좋고, 해체를 양식화한 황지우도 좋다. 여성시인으로 독보적인 길을 가는 김혜순이나 황인숙은 어떤가? 송재학이나 박정대와 같이 감출 수 없이 뾰족하게 나타나는 검은 개성들은 어떤가? 개성의 개별화라는 맥락에서 송찬호, 유홍준, 김경주, 심보선, 이장욱, 김행숙, 이근화는 어떤가? 변화무쌍한 세계의 날씨들과 싸우는 황인찬이나 송승언 시인도 우리 시의 신성(新星)들이다.

시인이 되려면 저보다 앞선 시인들의 시를 과식하고 폭식을 일삼더라도 너끈히 소화해낼 수 있는 튼튼한 위장을 가져야 한다. 시를 조금 읽고 체한다면, 애초 시인이 되겠다는 것은 꿈도 꾸지 말라! 시는 눈먼 부엉이의 노래, 바람과 파도의 외침, 늑대들의 울부짖음, 땅이 내쉬는 깊은 한숨이다. 시인은 이 모든 소리를 듣고 시로 빚어낸다. 시는 단지 의미의 수사학적인 응고물이 아니다. 시는 말의 춤, 사유의 무늬, 생명의 약동이다. 시는 수천 밤의 고독과 술병을 집약하고, 세계를 향해 뻗치는 감각의 촉수들은 천지만물의 생리와 섭리를 더듬는다. 시들이 은유들로 가득 찬 보석상자가 아니라면 도대체 뭐란 말인가? 시인에게는 시가 지락(至樂)의 방편이며, 각의(刻意)의 수단이다. "시는 전쟁이다!"라는 제목으로 산문을 쓴 적이 있다. 전쟁의 각오가 서지 않는다면 그 문턱조차 들어설 생각을 말라. 철학 공부를 하라. 철학은 왜 시를 써야 하는가, 하는 근본을 담은 물음 앞에 당당하게 설 수 있게 한다. 철학 기반이 없으면 시인으로 멀리 갈 수 없다. 횔덜린이나 휘트먼이 그렇듯이 가장 좋은 시인들은 자기 분열과 싸우고, 제 안에 숨은 샤먼과 의사를 숨긴 심연의 철학자들이다. 좋은 시인들은 시대의 심연을 들여다보는 철학자들이다. 거꾸로 훌륭한 철학자들은 영감(靈感)의 노를 저어 심연으로 가지 않고 의미와 분석의 길로 들어선 시인들이다.

과연 시란 무엇이고, 시가 아닌 것은 무엇인가? 앞의 물음은 답하기 어렵고, 뒤의 물음에 답하기는 쉽다. 어떻게 말하든 논란의 여지가 있는 물음은 제쳐놓고, 시가 사람이 사는 데 꼭 필요한 것은 아니라는 명제에서 시작하자. 시는 물질의 성립 원리를 다루는 물리학도 아니고, 물질을 유용하게 쓰는 과학기술도 아니다. 시는 마틴 리스가 밝혀낸, 세계를 지배하는 '여섯 개의 수'*에 대해 아무것도 말해주지 않고, '인간 게놈'에 대한 지식에 보탬이 되지도 않으며, 양자형이상학을 해명하는 주요 명제도 아니다. 오랫동안 시를 읽어도 '우주에서 은하의 속도는 시속 100만 마일'이라는 지식을 얻을 수도 없다. 시는 보편적·객관적 지식의 세계와는 무관하며, 인류 문명의 건설에 반드시 필요한 것도 아니라는 뜻이다. 그런 까닭에 시는 쓸모없는 것의 목록에 든다. 시를 쓰는 것은 상상과 창조의 일이지만 그것이 인간생활에 유용하다는 증거는 희박하다. 그것은 삶 자체를 넘어서서 삶을 표현하는 일이기 때문이다. 시는 아무것도 아니다. 쓸모가 없는 것이다. 기껏해야 "보라, 높은 구름 나무의 푸릇한 가지"(김소월, 「봄비」)이거나 "이것은 소리없는 아우성"(유치환, 「깃발」)이거나 "물낯바닥에 얼굴이나 비취는/헤엄도 모르

* 마틴 리스(1942~)는 우주 진화와 블랙홀과 은하에 대한 연구에서 큰 업적을 세운 유명한 과학자다. 그는 전파를 내는 천체, 은하의 형성, 감마선 폭발, 검은구멍 등에 관한 아이디어들을 낸 천체물리학자인데 이것들은 관측을 통해 속속 입증됐다. 그가 말하는 '여섯 개의 수'는 지구와 자연과 우주의 근거를 말해주는 수다.

는 아이"(서정주, 「꽃밭의 독백」)의 마음이거나 "가난한 아이에게 온/서양 나라에서 온/아름다운 크리스마스 카드"(김종삼, 「북치는 소년」)이거나 "흐르는 지금 이 시간의 이름은 무엇입니까 꽃이라고 별이라고 그대라고 명명해도 좋을까요"(진이정, 「지금 이 시간의 이름은 무엇입니까」)와 같이 이름 없는 것들에게 저마다 맞는 이름을 붙여 호명하는 일이다. 그러나 쓸모가 있는 것, 유용한 것만이 가치가 있는가? 프랑스의 철학자이자 생물물리학자인 피에르 르콩트 뒤 노위는 이렇게 말한다. "존재의 범위 안에서 오직 인간만이 쓸모없는 행동을 한다."* 동물들은 먹이 활동이나 짝짓기와 같이 제 안에 새겨진 생물학적 본성과 목전의 필요에 종속된 행동반경을 벗어나지 못한다. 동물들은 쓸모없는 짓을 배제하는 데 반해, 인간은 생물학적 필요에서 벗어난 시와 철학을 선호하고, 그 밖의 예술활동을 하는 유일한 종이다.

아무것도 아니라고 해서 시가 품은 애초의 빛이 사라지는 것은 아니다. 시는 불행으로 빚은 빛이고, 진리가 언어로 화육(化育)하는 기적의 물건이다. 시는 감각의 착란 속에서 떠오른 언어거나, 세계

* 누치오 오르디네, 『쓸모없는 것들의 쓸모 있음』, 김효정 옮김, 컬처그라퍼, 2015, 24쪽.

의 이미지를 조형하는 것, 이름 없이 가뭇없이 사라지는 것들에게 이름을 붙여 불러주는 행위, 그도 아니면 거의 모든 존재의 역사를 꿰뚫어보고 존재 현상을 살펴 헤아리는 새로운 '관점의 창'이 될 수도 있을 테다. 시는 언어 놀음이고, 항상 놀음 그 이상이다. 시는 말할 수 없는 것에 대한 말함이고, 이름 붙일 수 없는 불행에 이름을 부여하고 그걸 호명한다. 시는 있음과 없음 사이에서 울려나오는 메아리고, 뇌의 전두엽에 내리꽂히는 우레며, 모든 물질에 작용하는 메타과학이고, 형이하학의 형이상학이다. 시의 본질은 우연성이고, 이것은 무상성에서 확고한 지지를 이끌어낸다. 그런 맥락에서 시는 만듦이고 낳음이며, 위함이고 이룸이다. 인간 내부의 구멍이고 그 구멍 속에 사는 신이다. 시인은 항상 외부 세계, 멀리 있는 다른 우주의 신과 소통한다. 그래서 시는 때때로 낯선 신의 알아듣기 힘든 방언이기도 하다.

시는 머리가 아니라 몸에서 꺼내는 것이다. 머리가 아니라 몸! "시는 몸에서 바로 꺼내야 해요. 시를 쓸 때 생각에 의지하면 항상 늦어요. 생각보다 말이 먼저 나가도록 하세요. 머리가 개입하지 못하도록 빨리 쓰세요. 시에서 리듬이 강해지면 의미가 희박해져요.

그건 머리보다 몸이 먼저 나갔다는 증거예요."* 진정한 시는 머리보다 몸에서 먼저 나온다. 몸은 세계와 자아의 매개물, 자아가 세계와 만나는 최전선, 존재의 물리적 기반이다. 사람은 몸으로 태어나서 몸으로 살다가 죽는 존재인 것이다. 몸은 먹어야만 살 수 있다. 먹는 것은 "정치적이고 경제적이며 생태적인 행위"**다. 몸은 먹는-기계다. 몸, 밥 먹고 숨쉬는 것, 혹은 우리 경험치가 쌓여 있는 장소. 아울러 "영혼은 몸의 형태이고, 고로 몸 그 자체(확장된 프시케)이다. 그러나 정신은 몸이 스스로를 투신하는 구멍의 비-형태 또는 형태-너머이다. 몸은 영혼 안에서 도래하고, 정신 속에서 스스로를 제거한다."*** 많은 시인들이 몸의 소리에 귀를 기울이며 시를 쓴다. 시는 무의식의 노래, 주술, 방언이다. 이렇게 말할 수도 있으리라. 몸이라는 절벽에서 나오는 말들. 모호함에 형태를 주고, 말할 수 없는 것들에 이미지를 주는 것. 시의 전망이란 머리가 개입하기 이전에 몸을 뚫고 나오는 광적인 주의력이고 직관이며, 몸속에서 소용돌이치다가 바깥으로 쏟아져 나오는 욕망이나 공포 따위다. 그러므로 머리로 쓴 시가 아니라 오직 몸으로 쓴 시만 신뢰하라!

* 이성복, 『무한화서』, 문학과지성사, 2015, 18쪽.
** 미셸 퓌에슈, 『나는, 오늘도 5: 먹다』, 심영아 옮김, 이봄, 2013, 97쪽.
*** 장 뤽 낭시, 『코르푸스—몸, 가장 멀리서 오는 지금 여기』, 김예령 옮김, 문학과지성사, 2012, 76쪽.

발이 마르는 동안

당신의 뒤통수는 책

발이 마르는 동안

우리가 나누는 말은 바람

발이 마르는 동안

우리는 두 그루

발이 마르는 동안

어둠이 톡!

발이 마르는 동안

당신의 등은 무지개

발이 마르는 동안

우리가 나누는 말은 햇빛

발이 마르는 동안

우리는 두 마리

발이 마르는 동안

우리는 안녕

― 신영배, 「누워 있는 네 개의 발」 전문

이 시를 어떻게 설명할 수 있겠는가? 시가 무의식의 말이라는 것은 시의 해독할 수 없음에서 잘 나타난다. 어느 곳엔가 '나'와 '당신'이 있다. 어쩐 일인지 두 사람의 발은 젖어 있다. 빗속을 걸어왔는지, 강을 건너왔는지는 알 수가 없다. '우리'는 발이 젖어 있고, 그래서 "발이 마르는 동안"을 함께한다. '나'는 당신의 뒤통수를 보고, 등을 바라본다. 그럴 때 "당신의 뒤통수는 책"이고, "당신의 등은 무지개"다. 두 사람의 정체성은 "두 그루"였다가 "두 마리"로, 즉 식물성에서 동물성으로 이동한다. 두 사람이 "발이 마르는 동안" 나눈 말은 바람이고, 햇빛이다. 그뿐이다. 이 시는 무엇을 노래하는가? 이것은 꿈속에서 부르는 사랑의 노래인가? "누워 있는 네 개의 발", 이미지는 모호함에 감싸여 있고, 그 전언은 불확실하다. 하지만 중요한 것은 모호한 그대로의 이미지이지 의미의 맥락이 아니다.

머리로 썼다면 충분히 알 수 있었을 테다. 머리는 항상 물리적인 현실 세계와 접속해 있다. 머리는 살아 있음에 주의력을 집중하며 찰나에 수십억 개의 뉴런들이 작동하며 정보들을 수집하고 처리한다. 머리는 제 주변에 나타나는 위험 요소들에 대해서는 위험을 경고하는 '적색 깃발'을 들어올리고, 정보의 바다 위에서 인지하고 생각하고 기억하고 판단하면서, 위험이 없는 쪽으로 피하라는 명령을 내린다. 이렇듯 '머리'는 의식활동의 주체다. 의식활동 중에서 중요한 것은 물리적 공간 속에서 자신의 위치를 파악하는 것, 그리고 사회적 환경 속에서 자신의 위치를 인지하는 것이다. 왜냐하면 이것들은 생명을 안전하게 보존하는 것과 직결되기 때문이다.

머리는 바깥에서 주어진 온갖 정보들을 통해 얻은 생각과 기억들을 저장한다. 더 정확하게 말하자면, 감각정보들을 뇌간으로 들여와서 시상을 거쳐 다양한 피질에 전달하며, 이렇게 전달된 감각정보들은 적절한 처리 과정을 거쳐 각각의 위치에 저장된다. 이를테면 감정과 관련한 기억은 편도체에, 새로운 단어는 측두엽에, 시각 및 색상과 관련한 기억은 후두엽에, 촉각과 움직임은 두정엽에 저장한다.* 머리, 이 놀라운 기억 저장 장치는 날마다 새로운 기억을 업로드하며 생존을 위해 최적화하는 방향으로 진화를 거듭한다. 어떤 사람들은 머리로 시를 쓴다. 이렇게 말할 수도 있겠다. "머리는 의식적이고 사회학적이지만, 손은 욕망과 무의식에 가까워요. 시는 머리를 뚫고 나오는 손가락 같은 거예요. 걸으면 벌어지고, 멈추면 닫히는 치파오라는 중국 치마 같은 거지요."** 머리로 쓰는 시는

---

* 미치오 가쿠, 『마음의 미래』, 박병철 옮김, 김영사, 2015.
** 이성복, 앞의 책, 18쪽.

가공된 기억들을 갖다 쓰고, 그 언어적 현실태는 외침, 주장, 선동이다. 반면 몸의 시는 욕망과 무의식의 시다. 무의식의 시는 무의식의 기억을 뚫고 나오는 손가락의 시다.

서정시의 질료적 본질은 나 자신의 노래, 나 자신의 숨결이다. 시인은 낮과 밤을 살며, 형태와 색깔과 향기와 소리, 만물이 내는 기척들에 예민하게 반응해야 한다. 시인은 사물과 세계를 향한 시각과 청각과 촉각을 열어두고 사방을 살펴야 한다. 모든 시작과 끝을, 탄생과 죽음들을 눈여겨봐야 하고, 보이지 않는 것을 보이는 것으로 증명하며, 가장 좋은 것들을 드러내야 하고, 그것을 가장 나쁜 것에서 분별할 수 있어야 한다. 나는 월트 휘트먼의 시집 『풀잎』을 밤새 읽는데, 이 시의 성자는 자신을 "미국인, 불량자들 중 하나, 하나의 우주"라고 적었다. 그 시집에서 한 치의 망설임도 없이 "나는 나 자신을 찬양한다."라고 쓴 구절을 찾아냈다. 그것은 정말 하나도 어렵지 않았다. 그게 그 시집의 시작, 바로 첫 구절이기 때문이다. 나는 『풀잎』을 읽으며 시가 '나 자신을 위한 노래'이고, 주체를 스쳐지나간 색깔과 향기와 소리들을, 거기서 얻은 기쁨과 평화를 세계에 되돌려주는 일이란 걸 알았다.

나 자신의 숨결,

메아리, 잔물결, 웅웅거리는 속삭임…… 미나리, 명주실, 갈래
와 덩굴,

나의 호흡과 영감…… 내 심장의 박동…… 내 허파를 통과하
는 피와 공기,

초록 잎사귀들과 메마른 잎들, 해안과, 어두운 바다 바위와, 헛
간 속 건초의 냄새를 맡는 것,

내 목소리가 분출한 어휘들의 소리…… 바람의 소용돌이들로
흩어지는 말들,

몇 번의 가벼운 입맞춤…… 몇 번의 포옹…… 감싸 안는 팔들,

나긋나긋한 가지들이 흔들릴 때 나무에서 노니는 빛과 그림자,

혼자만의, 혹은 부산한 거리에서의, 들판이나 언덕배기에서의
즐거움,

건강의 느낌…… 한낮의 떨림…… 침대에서 일어나 태양을 만
날 때의 나의 노래.

– 월트 휘트먼, 「나 자신의 노래」 부분

시는 숨결, 메아리, 잔물결, 속삭임, 호흡과 영감, 심장 박동, 피와
공기, 잎들, 해안, 건초 냄새, 어휘들의 소리, 흩어지는 말들, 입맞춤,

포옹, 감싸 안는 팔들, 빛과 그림자, 즐거움, 느낌, 떨림들이다. 이 모든 것들이 언어를 입고 화음으로 화육되어 노래로 떠돈다. 시는 어렵지 않다. 시는 언제나 쉽고 즐겁다. 월트 휘트먼은 한 아이가 풀잎을 따와서, 이것이 뭐예요?라고 물었을 때, "내 기분의 깃발, 희망찬 초록 뭉치들로 직조된 깃발"이라고 말한다. 이 멋진 은유들이라니! 시는 은유들의 보석상자다. 자, 무의식에서 뻗쳐 나온 손가락이 쓴 시 한 편을 더 읽어보자.

바닥은 벽은 죽음의 뒷모습일 텐데 그림자들은 등이 얼마나 아플까를 짐작이나 할 수 있겠니

무용수들이 허공으로 껑충껑충 뛰어오를 때 홀로 남겨지는 고독으로 오그라드는 그림자들의 힘줄을 짐작이나 할 수 있겠니

한 사내가 또는 한 아이가 난간에서 몸을 던질 때 미처 뛰어오르지 못한 그림자의 심정을 짐작이나 할 수 있겠니

몸은 허공 너머로 사라졌는데 아직 지상에 남은 그림자는 그 순간 무슨 생각을 할지 짐작이나 할 수 있겠니

― 이원, 「그림자들」 전문

그림자들이란 무엇인가? 「그림자들」은 리듬을 타고 나아가는 말의 물결이다. 시인은 몸과 분리된 채 따로 노는 "그림자들의 힘줄", "그림자의 심정"을 짐작이나 할 수 있겠느냐고 묻는다. 그림자들은 실체의 허상, 피와 땀으로 얼룩진 현실의 덧없음이 빚어낸 환상이다. 그것은 실상에서 뻗어 나왔으되 실상은 아닌 이상야릇한 부재이자 잉여다. 실상과 그림자의 관계는 장자의 '호접몽'을 연상시킨다. 장자가 낮잠에서 깨어났을 때 자신이 나비의 꿈을 꾸었는지 나비가 자신의 꿈을 꾸는지 분별할 수가 없다고 말한다. 이 무분별의 세계에서 실상과 허상에는 경계가 없다. 시인은 그 허상이나 환상에게 피와 숨결을 주고, 힘줄과 심정을 덧붙여준다. 무용수들이 허공으로 도약할 때, 사내나 아이가 난간에서 몸을 던질 때, 몸은 허공 너머로 사라지지만 그림자는 그러지를 못한다. 그림자는 실상과 분리되어 "홀로 남겨지는 고독으로 오그라드는" 그 무엇이다. 우리는 실체의 삶을 살려고 하나 많은 경우 그림자의 삶을 살다 간다.

　　망량(罔兩, 엷은 그림자)이 영(景, 본 그림자)에게 물었다. '당신이 조금 전에는 걸어가더니 지금은 멈추었고, 조금 전에는 앉았더니 지금은 일어섰으니, 왜 그렇게 줏대가 없소?'

그림자가 대답했다. '내가 딴 것에 의존하기 때문에 그런 것 아니겠소? 내가 의존하는 그것 또한 딴 것에 의존하기 때문에 그런 것 아니오? 나는 뱀의 비늘이나 매미의 날개에 의존하는 것 아니겠소? 왜 그런지를 내가 어찌 알 수 있겠소? 왜 안 그런지 내 어찌 알 수 있겠소?'

— 『장자』, 「제물론(齊物論)」 중 '엷은 그림자와 본 그림자'*

망량(罔兩)은 엷은 그림자요, 영(景)은 본 그림자다. 실체가 움직이면 그림자는 그에 따라 움직인다. 엷은 그림자가 그림자의 본체에게 '당신은 왜 그리도 줏대가 없소?'라고 따지며 비웃는다. 그림자들은 제가 그림자라는 사실을 망각한다. 저 2천 5백 년 전 동양 철학자는 그림자들이 제 행태는 접어둔 채 다른 그림자들의 흉내내기를 흉보는 덜떨어진 수작을 꼬집는다. 그림자는 일찍이 만해 한용운이 「알 수 없어요」에서 노래한 '수직의 파문을 내며 떨어지는 오동잎'이고, '무서운 구름이 터진 틈으로 언뜻언뜻 보이는 푸른 하늘'이 아니던가! 그림자는 만상으로 이루어진 세계의 이면이고 그 세계에서 흘러나오는 뒷말이자, 궁극[님]의 파편이고 흔적이다. 그

---

* 『장자』, 오강남 엮음, 현암사, 1999, 132쪽.

것은 아버지의 망령, 부재의 징후, 또 다른 자아의 실재를 암시한다. 우리는 그림자들의 세상에서 저마다 유한한 생을 꾸리는 또 다른 그림자들이다. 그럴진대 시가 그림자들의 노래, 그림자들의 신음, 그림자들의 방언이 아니라고 누가 감히 말할 것인가?

은유의 깊이, 은유의 광휘

처음 시를 접하는 사람들은 시의 낯섦이나 해독의 어려움에 부딪치며 멈칫한다. 뭔가에 가로막히는 기분이 드는 것은 시가 일상적으로 쓰는 생활 어법과 다른 어법을 쓰기 때문이다. 시는 은유라는 이상야릇한 수사법을 품는데, 은유는 일상 화법과 다르게-말하기다. '비가 온다'라고 해도 될 것을 굳이 '하늘이 운다'라고 쓰는 것이다. 시를 가르치는 모든 교과서들은 한결같이 은유에 대해 말하는데, 그만큼 은유의 비중이 큰 까닭이다. 시는 은유에서 시작해서 은유에서 끝난다. 그 은유에 대해 얘기해보자.

"'하늘이 운다'가 뭐지?"

"비가 오는 거죠."

"그래. 그게 은유야."

칠레의 민중시인 파블로 네루다가 이탈리아에서 망명생활 중 겪는 이야기를 담은 『네루다의 우편배달부』(영화 〈일 포스티노〉로 더 많이 알려졌다)에서 시인이 우편배달부와 나눈 대화의 일부다. 우편 배달부는 시를 전혀 모른다. 시인은 시를 배우고 싶다는 우편배달 부에게 '은유'에 대해 가르친다. 시가 바로 은유니까! 그렇다면 시 는 왜 항상 은유로 돌아오는가. 모든 시는 은유의 태동, 은유의 발생 에서 시작한다. 은유는 하나의 사물, 하나의 말을 다른 것으로 대체 한다. 시만 은유를 독점적으로 쓰는 것은 아니지만 은유 없는 시를 상상하기는 어렵다. 월트 휘트먼이 풀잎을 "내 기분의 깃발, 희망찬 초록 뭉치들로 직조된 깃발"(「나 자신의 노래」)이라고 쓸 때, 이건 멋 진 은유다. 고양이를 "밤의 야경꾼"이라고 쓰고, 비 온 뒤 길에 고인 물 웅덩이를 "길의 눈동자"라고 쓴다면, 이것도 멋진 은유다. 어디 그뿐인가. "세상의 모든 펄럭이는 것들은 사실은 혀일지도 모른다", "사루비아가 붉은 혀를 내밀어/무수히 지나는 발자국에 대해 지껄 이기 시작했다"(임승유, 「수화(手話)」), "아직도 나는 밤의 설교자들이 끌고 다니는 낙타의 발바닥이다"(홍일표, 「구두」), "당신은 태양의 흑

점/겨울은 폭약을 달고 날아가는 새"(함기석, 「오렌지 행성」), "계단을 펼쳤다 접으며 아코디언을 켜고/계단은 사람들의 귓속으로 밀려들어왔다가 밀려나가고"(강성은, 「아름다운 계단」), "수천만 년 말을 가두어 두고/그저 끔벅거리고만 있는/오, 저렇게도 순하고 둥그런 감옥이여."(김기택, 「소」), "저 연못은/눈까풀이 없는 눈동자"(채호기, 「연못 1」), "땅의 푸른 뿔인 풀잎들"(최승호, 「가죽 뒤로 펼쳐지는 것」) 따위가 다 멋진 은유다. 은유는 시에서 가장 흔한 수사법 중의 하나고, 따라서 시는 은유들의 보석상자라 할 만하다.*

은유는 대상의 삼킴이다. 대상을 삼켜서 다른 무엇으로 다시 태어나게 한다. 은유는 거울이 아니라 거울에 비친 상이고, 신체의 현전이 아니라 언어의 현전이다. 그것은 차라리 텅 빈 신체다. 이것은 항상 없는 것, 이질적인 것, 낯선 것을 새 현전으로 뒤집어쓰고 새로 태어남이다. 살로 채워진 것으로서의 신체와 텅 빈 신체의 관계가 그렇듯, 대상과 은유 사이에는 엄연하게 벌어진 틈이 있다. 대상과 은유 사이가 벌어질수록 은유의 효과는 커진다. 틈이 생긴다는 것

---

* 번역자이자 철학자인 김재인은 『혁명의 거리에서 들뢰즈를 읽자』(느티나무책방, 2016)에서 질 들뢰즈, 펠릭스 가타리가 공저한 『천 개의 고원』을 가리켜 "개념들의 보석상자"라고 말한다. "은유들의 보석상자"라는 표현은 그것을 차용한 것이다.

은 항상적 불일치, 혹은 낯설게 함을 전제로 삼는다. 은유를 만드는 자들은 은유를 전유하면서 이 틈의 이격(離隔) 효과를 손아귀에 넣는다. 이 틈이야말로 의미가 말없이 깃드는 장소이니까.

개나 고양이는 거울에 비친 자기 상에 놀란다. 동물들은 거울 뒤편에 아무것도 없다는 사실에서 또 한 번 놀란다. 거울상은 근본에서 존재의 결여이고 결핍이다. 거울상들은 항상 텅 빈 신체들이다. 은유 앞에서 놀라는 것은 거울에 비친 자기 상에 놀라는 것이나 마찬가지다. 은유가 거울이라는 얘기가 아니다. 거울이 대상을 비쳐내는 것, 즉 거울상이 실재의 현전이 아니라 실재와 무관한 허상이라는 것이다. 이것이 허상이라는 증거는 이것을 움켜쥘 수 없음에서 나타난다. 허상은 거울 속에서 표상으로서 활개를 치고 춤춘다. "거울에서 타자인 자기를 찾아내는 것", 그게 바로 은유화다.* 시적인 것의 수일함은 대개는 은유의 수일함에서 나온다. 은유는 범속을 타고 넘어가기, 사물과 현상을 삼켜서 토해내는 시적인 번쩍임 그 자체다. "진정한 '의미'를 낳는 것은 '은유'였다. 시니피앙과 시니피에를 나누는 가로줄의 순간적인 월경(越境)이자 '시적인 번뜩임' '창

* 사사키 아타루, 『야전과 영원』, 안천 옮김, 자음과모음, 127쪽.

조적 번뜩임'이었다."* 거울은 상상의 것—내가 아니라 '나'라고 하는 것의 상을 비친다는 뜻에서—, 그리고 상징의 맥락에서만 현전을 가로지른다. 거울은 하나의 장치, 즉 표상들을 낳는 자궁이다. 거울에 비친 것은 내가 아니다. 거울에 비친 것은 '나'의 표상이다. 거울은 표상들을 생산하는데, "주체라는 표상을, 자아라는 표상을, 타자라는 표상을 생산하는 것"**이다. 그 표상은 욕망에 따라 춤춘다. 은유는 거울상에서의 표상이고, 거울상에서 일어나는 춤이자 광란이다.

은유가 망상은 아니지만 수수께끼는 될 수 있을 테다. 숨은 실재를 찾아가는 과정이 수수께끼다. 은유가 언표된 것, 언명된 것을 넘어간다는 점에서 그렇다. 그것은 항상 바깥이다. 발화된 말들의 바깥에서 성립한다. 사사키 아타루는 이렇게 쓴다. "언어는 언어 바깥을 내포하고, 언어 바깥에서 비로소 언어가 된다."*** 이 내포에서 더 나아갈 때 언어는 항상 언어 아닌 것에 스며 그것과 뒤섞이며, 언어는 저에게 스미고 섞여 한몸이 된 그것 바깥을 상상하고 품는다. 언

* 사사키 아타루, 앞의 책, 125쪽.
** 사사키 아타루, 앞의 책, 122쪽.
*** 사사키 아타루, 앞의 책, 207쪽.

어가 언어 바깥을 내포한다는 것은 참이다. 이것을 뒤집으면, 은유는 은유 바깥을 내포하고, 은유 바깥에서 비로소 은유가 된다. 따라서 은유는 은유 아닌 것에 스며들고, 은유는 자기의 신체에 녹아든 은유 바깥을 내포한다. 이 변주에서 문제가 되는 것은 언어와 은유의 본질로써 녹아 있는 내포성의 편차가 아니다. 언어가 언어 바깥을 내포했듯이 은유는 은유로 스며 그것을 머금으면서 동시에 은유 바깥을 품어서 내포화한다. 은유는 하나의 증상, 하나의 표상으로서 저를 드러낸다. 언어의 가능태가 곧 은유의 가능태다. 두 개가 하나로 포개진다. 언어가 바깥을 내포하고, 바깥에서 그 자체로 자기에게 녹아든 언어 바깥으로 돌아간다는 것이다.

매운 계절의 채찍에 갈겨
마침내 북방으로 휩쓸려오다

하늘도 그만 지쳐 끝난 고원
서릿발 칼날진 그 우에 서다

어데다 무릎을 꿇어야 하나
한발 재겨 디딜 곳조차 없다

이러매 눈감아 생각해 볼밖에
겨울은 강철로 된 무지갠가 보다

- 이육사, 「절정」 전문

　　「절정」은 온통 은유로 직조된 시다. 겨울이 "매운 계절"인 것은
바람이 채찍질을 해대는 까닭이다. 북방에는 매운 바람이 휘몰아쳐
가고, 고원에는 서리와 얼음이 칼날인 듯 날카롭게 응결한다. 그래
서 "서릿발 칼날진" 고원의 공중에 "강철로 된 무지개"가 떠오른다.
따지고 보면 이런 표현들은 실제 생활의 감각과는 거리가 있다. 이
런 시구는 비-일상적인 상상과 언어 관습에서만 나올 수 있다. "칼
날"이 "강철"에 연접하며 날카로움과 강밀도가 높아지는데, 이는 속
화된 현실과 단절하려면 단호한 결기와 강단이 필요함을 암시한다.
현실은 "한발 재겨 디딜 곳조차 없"이 팍팍한 곳으로, 이 현실에서
'나'를 끊어내려면 마음의 굳은 다짐이 필요하다. 무른 마음으로는
어림도 없는 일이다. 칼날이나 강철은 무른 마음에 견줘 얼마나 단
단한 강밀도를 가진 것들인가! 이 광물성 이미지의 연쇄는 강밀도
와 더불어 시적인 것이 뿜어내는 날카로운 번뜩임, 바로 은유의 광

휘를 보여준다. 이것은 구체적 실재를 가리키기보다는 은유의 맥락에서 그 의미가 또렷해진다. 특히 "겨울"이라는 시련을 딛고 홀연히 피어난 "강철로 된 무지개"는 무른 정신을 초극하며 높이 솟구친 범상치 않은 경지를 가리킨다. 이육사가 그토록 되고자 하고 닿고자 했던, 무른 마음과 발 디딘 현실의 속됨을 떨치고 솟구쳐 일어나는 영웅적 품성의 고결함을 가리키는 고원, 매화향기, 백마, 초인 따위와 연접하며 찬란하게 응결하는 이미지다.

실재를 다른 것들로 대체하는 것, 혹은 대리하는 것의 효과는 무엇인가. 다른 무엇을 갖고 싶어하는 욕망함이 문제가 아니다. 역설적으로 은유는 다른 무엇을 갖고 싶어하거나 다른 무엇이 되고 싶어하는 욕망함이 아니라, 즉 다른 무엇이 아니라 바로 그것 자체로 온전하게 있기 위함이다. 은유는 맥락이 아니라 끊김이고, 그냥 끊김이 아니라 맥락의 찰나적 출현이다. 이것이야말로 "의미의 창조적 생산"*이다. 한마디로 은유는 시적인 것의 번뜩임, 시적인 것의 불꽃이다. 은유는 빛을 흩뿌리지만 윤리의 맥락에서 포획되지는 않는다. 포획되는 것이 아니라 불꽃처럼 "창조된 것"이다.

---

* 사사키 아타루, 앞의 책, 98쪽.

이곳에서 발이 녹는다
무릎이 없어지고, 나는 이곳에서 영원히 일어나고 싶지 않다

괜찮아요, 작은 목소리는 더 작은 목소리가 되어
우리는 함께 희미해진다

고마워요, 그 둥근 입술과 함께
작별인사를 위해 무늬를 만들었던 몇 가지의 손짓과
안녕, 하고 말하는 순간부터 투명해지는 한쪽 귀와

수평선처럼 누워 있는 세계에서
검은 돌고래가 솟구쳐오를 때

무릎이 반짝일 때
우리는 양팔을 벌리고 한없이 다가간다

- 김행숙, 「다정함의 세계」 전문

"양팔을 벌리고 한없이 다가"가는 다정함이란 무엇인가. 발이

녹고, 무릎이 없어지는 곳에 있다. 시의 화자는 그곳에 누워 있는데, 그곳이 어딘지는 알 수가 없다. 발이 녹고 무릎이 없으니—혹은 그렇게 느끼고 있으니—시의 화자는 누워 있는 상태다. 그다음 이어지는 구절 "나는 이곳에서 영원히 일어나고 싶지 않다"는 시구가 암시하는 게 바로 그것이다. 시인이 슬쩍 끼워 넣은 수평선의 세계에서 솟구치는 "검은 돌고래"는 은유의 한 축이다. 돌고래는 누워 있는 것들, 즉 발이 녹고 무릎을 삼킨 수평의 세계에서 도약하는 것을 대체하는 실재[시니피앙]다. "둥근 입술", "몇 가지의 손짓", "투명해지는 한쪽 귀", "양팔의 벌림" 들은 몸에서 딸려나온 방계적 은유들이다. 입술, 손, 귀, 양팔 들은 여성적 몸을 이루는데, 이 신체의 부분들을 지칭하는 이름들은 신체로 환원되지는 않을뿐더러 신체의 전체상도 말하지 못한다. 이것들은 단지 신체가 아니라 신체의 이미지들이기 때문이다. 이것들이 암시하는 것은 친밀성의 성분들, 즉 "다정함의 세계"의 바탕 성분일 따름이다. 대개 큰 은유는 작은 은유들을 포용하며 의미의 지평을 펼친다.

라캉이 "은유는 의미가 무의미 속에서 태어나는, 바로 그 위치를 차지한다."*라고 쓸 때 은유는 의미도 아니고 의미의 기원도 아니다. 은유는 실재성을 이루는 성분들이 증발하면서 드러난 구멍이다. 구멍은 텅 비어 있다. 텅 빈 실재는 허방이다. 구멍들이 숭숭 뚫린 신체다. 은유는 실재에서 나왔으되 그것의 속박에서 벗어난다. 은유는 실재가 아니라 그것에 뚫린 구멍이기 때문이다. 그 구멍을 채우는 것은 투명한 것들, 즉 이미지와 시니피앙이다. 다른 몸을 입고 드러나는 은유들. 다르게 보기, 언어 놀음, '사이'로 도망치기. 이를테면 "겨울은 강철로 된 무지갠가 보다"(이육사, 「절정」)에서 '무지개'가 그런 것이다. 겨울은 어떻게 "강철로 된 무지개"가 되는가. 정신은 곤핍 가운데 있을 때 홀연 숭고함을 얻는다. "강철로 된 무지개"는 창의적인 숭고성으로 빛난다. 나쁜 은유, 해로운 은유란 없다. 오직 명석한 은유와 덜 명석한 은유가 있을 뿐이다. 라캉에 따르면 은유란 "하나의 시니피앙의 자리에 오는 다른 하나의 시니피앙"**이다. 하나의 시니피앙을 대체하는 또 다른 시니피앙이라는 점에서 은유는 설상가상, 즉 엎친 데 덮친 격이다. 은유는 눈사태, 크레바스, 얼음 지옥이다. 아마도 향락 없는 피안, 두려움이 제거된 죽음일 테다. 은유는 실재계에 균열을 만들고 구멍-내기다.

* 사사키 아타루, 앞의 책, 98쪽에서 재인용.
** 사사키 아타루, 앞의 책, 156쪽에서 재인용.

시인, 다양성의 중재자

시인이란 어떤 존재인가? 라이너 마리아 릴케는 「두이노의 비가」에서 예술가 무리를 "우리보다 조금 더 하염없는 자들"이라고 말한다. 시인 중의 시인, 최초의 시인 호메로스는 "진리와 아름다움의 주춧돌", "인간의 시간을 가로질러 넘어오는 광대함이자 인간 마음의 최대치"다.* 그는 눈먼 시인이고, 돌이 많은 고대 키오스 섬에 살던 사람이다. 호메로스는 혼자가 아니다. 그는 항상 복수의 존재, 어디에도 없는 위대한 부재의 존재다. 시인이란 예술의 왕국에 발을 들이민 광대들, 즉 춤추고 노래하면서 헐벗고 가난한 시대에도

* 애덤 니컬슨, 『지금, 호메로스를 읽어야 하는 이유』, 정혜윤 옮김, 세종서적, 2016, 64쪽.

불안과 무기력에 맞서며 폭풍우 치는 봄날의 평온을 꿈꾼다. 음악, 시, 회화, 춤들은 지각(知覺)이라는 빛 속에서 찬연히 살아나는 삶의 경험에서 솟구친다. 시인들은 고뇌와 기쁨들을 보는 천 개의 눈을 가졌다. 천 개의 눈으로 천 개의 세계를 본다. 꽃, 향기, 새들에 매혹돼 이것들과 덧없는 연애에 빠지는 자들이 시인이다. 이것들의 빛과 어둠, 영원과 찰나를 노래하는 일들의 하염없음이라니! 날마다 평균 250개의 광고에 노출되고, 초당 340만 개의 이메일이 발송되며(그중 90퍼센트가 정보 공해라고 할 수 있는 스팸메일이다), 수많은 오락거리와 천문학적으로 생겨나는 정보에 둘러싸인 채 살아가는 오늘의 인간에게 시인들은 여전히 경험의 가장 생생한 부분들로 빚은 세상의 아름다움과 경이에 대한 찬가를 들려준다.

휘트먼에 따르면, 시인은 한결같은 인간으로서의 판관(判官)이다. 이 판관은 현실의 규범과 판례를 따르지 않는다. 그랬다가는 사물들이 괴상하거나 과도해지거나 온전치 않게 될 때 그것을 바로잡을 아무 권능도 쓸 수 없을 테니까. 시인이 방랑자, 게으름뱅이, 판관들이라는 사실을 기억하자. 시인은 사물들이나 특성에 황금 비율을 부여하고, 제가 사는 시대와 영토의 형평을 맞춘다. 세상의 사물들, 사람들의 의견과 논쟁이 괴상하거나 과도해지지 않으려면 비율과 형평이 필요한 것이다. 비율과 형평을 맞추는 일이 시인의 권능이다. 시인들은 판관이되 증거들에 의거하거나 법의 잣대만을 따르는 재판관과는 달리 태양이 무기력한 것들 주변에 떨어지듯 판단한다. 햇빛은 만물의 구석구석을 비춘다. 그 비춤에 불편부당이나 부정의가 틈입할 여지가 없다. 오직 정의롭고 공평하다. 햇빛을 받으며 어둠에 가려져 무기력하던 사물들이 생기를 얻으며 살아난다. 시인들은 우리 가운데 범속한 모습을 한 채 살아간다.

지구와 태양과 동물을 사랑하고, 부자들을 경멸하며, 질문하는 모든 사람에게 시혜를 베풀며, 바보스럽고 미친 사람들을 위해 항의하며, 소득과 노동을 다른 사람들에게 바치고, 독재자들을 증오하고, 하느님에 대해 논쟁하지 않으며, 사람들에 대한 인내심과 즐거움을 갖고, 유명하든 유명하지 않든 어떤 것에도, 어떤 한 사람이든 여러 사람들이든 누구에게도 모자를 벗지 않으며, 강력하나 교육받지 못한 사람들과, 젊은이들과, 가족들의 어머니들과 자유롭게 다니고, 해마다, 계절마다 이 열린 대기에서 이 잎사귀들을 읽으며, 학교나 교회에서, 혹은 어떤 책에서 들은 바 전부를 재차 시험하고, 당신 자신의 영혼을 욕되게 하는 것은 무엇이든 배척하라. 그러면 당신의 바로 그 몸이 위대한 한 편의 시가 되어 언어에서뿐만 아니라 입술과 얼굴의 말없는 주름과 눈썹 사이에서, 당신 몸의 모든 움직임과 관절에서 가장 풍요로운 유려함을 누리리라…… 시인은 불필요한 작업으로 시간을 낭비하지 않을 것이다.*

모든 인간들 중 위대한 시인이야말로 한결같은 인간이다. 그 안에 있지 않고 그로부터 떨어진 사물들은 괴상하거나 과도해지거나 온전치 않게 된다. 자기 자리에서 벗어난 것은 어느 것 하나 좋은 것이 없으며 자기 자리에 있는 것은 어느 것 하나 나쁜 것이 없다. 그는 모든 사물들이나 특성에 넘치지도 부족하지도 않은 적당한 비율을 부여한다. 그는 신성한 것의 중재자이며 열쇠다. 그는 그의 시대와 땅을 균일하게 하는 사람이며…… 공급이 부족한 것을 공급하고 검사가 필요한 것을 검사한다. 평화가 그에게서 나오는 판에 박힌 것이라 할지라도 크고 풍요로우며 견실한 평화의 영혼은 말한다. 거대하고도 밀도 높은 도시를 건설하며, 농업과 예술과 상업을 격려하며, 인간과 영혼, 불멸, 연방과 주, 시 정부, 결혼, 건강, 자유 무역, 육지와 바다를 통한 내륙 여행…… 너무 가까이 있지도 너무 멀리 있지도 않은…… 너무 멀리 떨어져 있지 않은 별들에 대한 연구에 불을 밝히면서.**

* 월트 휘트먼, 앞의 책, 17~18쪽.
** 월트 휘트먼, 앞의 책, 13쪽.

시인은 다양성과 신성한 것의 중재자이자 그 열쇠다. 어떤 다양성인가? 사물의 다양성, 정념의 다양성, 경험의 다양성, 육체와 질병의 다양성, 선과 악의 다양성들이다. 이 다양성들은 스미고 섞이며, 더러는 끌어안거나 배제하며 세계라는 것을 직조해낸다. 시인들은 이 옷감 위로 우리를 초대한다. 이 옷감 위에서 우리는 저마다제 삶에 따라 각각의 문양을 만든다. 시인은 남자들과 여자들 안에서 영원을 본다. 그들은 모래에서 세계를 보며, 찰나에서 영원을 본다. 그들은 항상 언어, 징후, 신호, 상징들에 민감하다. 시인들은 감각적 명증화 속에서 실재를 조형해낸다. 시인들은 남자와 여자들을꿈이나 점으로 보지 않는다. 이것은 판단의 방식 문제가 아니다. 혼돈 속에서 시인들의 사법적 명료성이 또 한번 번쩍인다. 시인들은남자와 여자들을 이념과 욕망이 발화되는 부분으로 보고 판단하지않고 살아 있는 전체로서 본다. 남자와 여자들은 저마다 완전한 세계다.

하지만 인간은 얼마나 하찮은가? 인간은 자기 의지적 진화를 이루고 제 운명에 대한 통제권을 거머쥔 신 같은 존재가 아닌가? 그것은 인간의 오만한 착각이다. 지구 생태계의 처지에서 보자면 인간은 기껏해야 암세포와 같은 존재, "파종성 영장류의 질환"을 일으키는 병원균이다. 에드워드 윌슨이라는 생물학자는 "다윈의 주사위는 지구에 안 좋은 쪽으로 던져졌다"고 단정한다.* 인류가 만든 경작지가 넓어질수록, 문명화가 성공을 거둘수록 지구 생태계 쪽에서는 재앙이 깊어진다. 문명화가 인류 진화의 성공 징표라면 그 양지 반대편엔 긴 그늘이 드리워진다. 숱한 남벌, 파괴, 멸종이 그늘의 실상이다. 이게 지구를 병들게 하는 파종성 영장류의 질환이다. 금세기 과학의 업적으로 거론되는 유전자 복제 기술, 나노 기술, 로봇 기술 따위도 마찬가지다. 이 기술들은 문명세계에는 유용할지 모르지만 지구 생태계에는 어떤 해악을 끼칠지 모를 위험한 것들이다. 과학과 신기술의 남용에는 언제나 사고 가능성이 잠복해 있다.

인류의 큰 착각은 자신들이 동물과 다르다는 생각이다. "동물들은 태어나 짝을 찾고 음식을 구하고 죽는다. 그게 다다."** 반면 인류는 자기가 누구인가를 성찰하고, 어떤 행동과 선택을 할 때 세계를 투명하게 응시하는 의식으로 결정한다고 생각한다. 이것은 인간의 오래된 믿음, 즉 자신이 의식, 자아, 자유의지의 존재라는 믿음에 의

* 존 그레이, 『하찮은 인간, 호모 라피엔스』, 김승진 옮김, 이후, 2010, 21쪽.
** 존 그레이, 앞의 책, 59쪽.

해 뒷받침되어왔다. 이런 믿음들이 퍼지면서 인간은 스스로가 만물의 영장, 우주의 주인이라는 믿음을 굳혀왔다. 이 오만한 영장류의 시대는 얼마나 지속될까? 생물학적인 피폐화의 시대, 멸종의 시대는 금세기 안에 끝난다. 공생과 공존의 감각을 키우고 그 지혜를 발휘하지 못한 채 일방적 독주를 하는 한 인류 문명은 종말을 맞을 게 분명하다. 그렇다면 이 단단한 믿음에 구멍을 내고, 인류와 동물들, 문명과 자연 사이에 평화로운 공존과 균형을 찾아줄 중재자가 필요하다. 월트 휘트먼은 시인을 이 중재의 적임자라고 지목한 것이다.

과연 시인이 중재자가 될 수 있을 것인가? 나는 다른 시 한편을 읽으려고 한다. 김소월의 「엄마야 누나야」는 읽을 때마다 기분이 좋아지는 시다. 그 기쁨은 천진한 리듬에서 비롯된다. 천부적으로 시의 리듬에 민감한 이 시인은 시가 리듬이고 노래라는 걸 입증한다. 그는 시가 리듬의 직조이며, 노래의 적자(嫡子)라고 말한다. 시와 이야기, 자연─계절의 변화, 달의 차고 이지러짐, 파도의 오고 감, 꽃의 피고 짐, 식물의 성장과 쇠락, 낮과 밤의 교차─에는 리듬이 숨어 있다. 만물의 모이고 흩어짐, 기의 순환, 음과 양의 오고 감에 작용하는 것도 리듬이다. 리듬은 심장 박동이고, 우주적 운율이다. 위대한 한 시인은 리듬에 대해 이렇게 쓴다. "리듬은 '……'를 향하여 가는 것'인데, 그곳은 우리가 무엇인지 드러날 때 비로소 밝혀"지는 것이고, "측량이 아니라 세계에 대한 비전"이며, "우주의 생생한 이미지이며 우주의 법칙이 한시적으로 드러난 것"이다.* 리듬은 노래를 품고 노래는 춤을 부른다. 리듬은 시와 노래와 춤의 근간이다. 시는 리듬을 타고 나아가는 언어의 율동이다. 시적인 것들은 리듬에서 솟아나고, 그 이미지들은 꽃이 피어나듯 리듬에서 피어난다. "시는 리듬 위에 세워진 언어적 질서, 즉 구들의 집합이다."** 자, 「엄마야 누나야」를 미시적으로 뜯어 읽어보자.

> 엄마야 누나야 강변 살자,
> 뜰에는 반짝이는 금모래빛,
> 뒷문 밖에는 갈잎의 노래
> 엄마야 누나야 강변 살자.

- 김소월, 「엄마야 누나야」 전문

먼저 시의 화자가 어디에 있는지 그 위치와 행방을 물어야 한다.

* 옥타비오 파스, 『활과 리라』, 김은중, 김홍근 옮김, 솔, 1998, 72~75쪽.
** 옥타비오 파스, 앞의 책, 71쪽.

'나'는 어디에 있나? 뜰과 뒷문으로 유추할 때 '나'는 집에 머물고 있다. 집은 바깥세상의 위험과 난관을 회피하고 숨는 은신처이자 생활의 중심점이다. 집은 현존을 보듬고 일구는 중심 세계다. 집은 사적인 세계 그 자체, 실존의 내밀함을 보호하는 장소다. 집 없이 떠돈다는 것은 실존의 근거에서 뿌리 뽑힘을 뜻한다. 집은 삶과 하나로 연동되는 공간이다. 그다음 놓쳐서는 안 될 것이 "엄마야 누나야"라는 부름, 호격조사의 등장이다. 누군가를 부른다는 것은 그 화자의 공간에 누군가가 부재한다는 사실을 암시한다. 그 부재로 인해 '나'의 현존 공간은 쓸쓸함으로 물든다. 이 회색빛 우울을 머금은 정조를 배경으로 "뜰에는 반짝이는 금모래빛"이 더 찬란하게 빛난다. 이 반짝임은 슬픈 반짝임이다. "뒷문 밖에는 갈잎의 노래"도 마찬가지다. 노래는 신명나기보다는 쓸쓸함을 품는다. 여기에 엄마와 누나가 없기 때문이다. "뜰"과 "뒷문 밖"은 '나'를 감싸는 환경이고, 우주다. 여기에 있어야 할 엄마와 누나가 없기에 '나'의 현존은 무심히 부재를 품는다. 그 부재를 채우려고 하는 것은 잘 살고자 함, 혹은 충만하게 살려는 갈망 때문이다.

시의 화자 내면에는 강변 집에서 오손도손 살려는 소망이 일렁인다. 이 소망 공간에 "엄마야 누나야"를 초대하는데, 부재하는 그들이 합류할 때 목가적 삶이 완성되기 때문이다. 왜 아빠와 형이 아니고, 엄마와 누나인가? 문면(文面) 뒤에 숨은 시의 화자는 어른-아이에 머물고, 부성의 원리를 습득하지 못한, 그래서 아직 부성 영역에 들어가지 못한다. 어른-아이는 모성 영역에 대한 향수병을 앓으면서 자꾸 어린시절로 퇴행한다. 어른-아이는 신체는 어른이지만, 정신적으로는 모성 영역에서 겨우 젖을 뗀 채 머문다. 아버지가 되지 못하는 존재는 아버지의 권력을 승계하지 못한다. 정신분석가들에 따르면 이들은 "상징적 위치 교대"를 하지 못하는 미성숙에 머문 존재들이다.

엄마와 누나는 아기를 낳고 수유하는 존재들이다. 반면 아빠와 형은 조련하는 존재들이다. 가부장적 가족의 위계에서 엄마와 누나는 아빠와 형보다 낮은 서열에 속한다. 이 시의 숨은 화자는 아버지에게서 분할되고 쪼개지는 자다. 아버지는 교황, 신의 대리인, 전능과 무오류의 존재이면서, 동시에 부정적인 의미에서 야심과 경쟁, 허풍과 거짓의 존재다. 숨은 화자는 아버지의 세계에 속하지 못한 어리고 순결하고 연약한 자다. 서열이 낮은 시의 화자는 아빠와 형보다는 엄마와 누나에 더 친밀감을 느끼며 이끌린다. 화자가 엄마와 누나를 호명하는 것은 이들이 자신과 동병상련 존재인 까닭이다. 이 시는 "강변"과 강변 아닌 곳의 대립, "뜰"과 "뒷문 밖"의 대립, 반짝이는 "금모래빛"과 "갈잎의 노래"라는 차이를 거느린다. 추측건대, 앞은 금빛으로 반짝이는 모래가 있는 강변이고, 뒷문 밖은 갈잎들이 서걱이는 소리가 울려오는 산이다. 앞이 '반짝이는' 것들로 만들어진 평화와 공존의 원리가 작동하는 여성 공간이라면 뒤는 '서걱거리는' 것으로 이루어진 경쟁과 분리의 원리가 작동하는 남성 공간이다. 여성 공간을 물들이는 것은 슬픔과 연민이다. 남성 공간을 물들이는 것은 웃음과 아이러니다. "엄마야 누나야"로 호명되는 여성적 존재들과 호명되지 않은 "아빠야 형아야"의 대립이 은폐 차원에 숨어 있다. '나'는 모성적 존재들을 애타게 부르며 "강변[에서] 살자"고 청유한다. 집 뒤의 산이 깊고 음침하며 동물들이 먹고 먹히는 생존경쟁의 위험 공간이라면, 집앞의 강변은 밝은 햇빛이 내리는 자연 공간이다. 또한 물과 땅이 경계를 이뤄 경관이 수려한 장소, 생명이 어우러진 평화 공간이다.

「엄마야 누나야」의 숨은 화자는 여러 면에서 뜻밖의 중재자다. 숨은 화자는 모성 영역과 부성 영역, "뜰"의 세계와 "뒷문 밖"의 세계, 현존의 공간과 부재의 공간, 흘러간 과거-시간과 다가올 미래-시간, 자연의 생태공간과 비-자연적 문명공간 사이에서 중재자인 것이다. 숨은 화자가 이 중재에서 성공을 거둔다면, 강변이라는 시공에서 목가적 삶이 실현될 것이다. 강변에서 엄마와 누나와 더불어 사는 것은 지상의 지복을 누리는 일이다. 과연 이 목가적 삶의 소망은 이루어졌을까? 아마도 그 꿈은 무산되었을 것이다. 이승의 꿈들은 끝없이 실패한다. 꿈은 꿈이고 현실은 현실일 테다. 꿈들이 물거품으로 돌아가기 때문에 이 목가적 소망의 노래는, 혹은 평화로움을 갈망하는 노래는 여전히 현실 세계에서 유효하다.

우주가 열리는 파동!

꽃은 피, 성(性), 대지의 웃음소리, 한낮의 춤, 단 한 번의 생식(生殖)이다. 꽃은 땅의 가장 좋은 기운을 드러내고, 그 숨길 수 없는 화사함으로 세상을 환하게 밝힌다. 꽃이 피는 건 기적이다! 꽃들이 무리지어 피어나는 사태는 "붉음의 일, 금지된 것들의 탄생, 그리고 서서히 사라지는/세상의 감탄사들을 생각해내는 일"(박은정, 「사루비아」)인지도 모른다. 꽃들에 대한 은유로 "우리 조카딸년들이나 그 조카딸년들의 친구들의 웃음판"(서정주, 「상리과원(上里果園)」)만큼 놀라운 것을 찾기는 어렵다. 언어의 마술사는 꿀벌들 잉잉대는 꽃밭과 온통 어린 여자애들의 웃음판을 하나로 겹친다. 소녀들의 까르륵거리는 웃음판과 무리지어 피어난 꽃들의 웃음이 없었다면 인류는 지금보다 훨씬 더 우울하고 불행했을 것이다. 꽃들은 인류의 기쁨을 위해 꼭 필요하다. 그래서 모네는 수련을 그리고 고흐는 해바라기를 그렸을 테다. 그리고 많은 시인들이 꽃에 바치는 송시(頌詩)를 쓴다. 하지만 꽃 필 때 꽃의 찬연함과 약동은 나를 슬프게 하는데, 그 아름다움이 영원하지 않을뿐더러 그것을 거머쥐고 누릴 수 없기 때문이다. 꽃은 절정에서 무너져내린다. 벚꽃을 보라. 벚꽃의 무너져내림은 속절없고, 지나감은 찰나다. 지고 난 뒤 꽃의 광휘는 온데간데 없다.

시골에 살며 가장 먼저 한 것은 뜰에 모란과 작약을 심고, 영산홍과 매화나무를 심은 일이다. 가난한 살림을 꾸릴 때 빛의 기쁨과 위안이 결핍되었기 때문이다. 그 비루하고 꿉꿉한 살림 속에서 척추를 꼿꼿하게 세우려면 꽃의 기쁨이 반드시 필요했다. 작약이 초란만한 꽃몽오리를 열어 피어나던 봄날 아침은 얼마나 황홀했던가! 과연 모란과 작약은 봄마다 꽃을 피워서 나를 기쁘게 했다. 봄날 아침은 그 자체로 눈부신 약동이지만, 모란과 작약이 피는 봄날 아침은 약동 속에서 벌어지는 놀라운 기적이다. 수탉들이 울던 그 봄날 피어나던 꽃들은 내 눈앞에서 벌어진 기적이다. 땅의 기운이 빛과 합일하여 꽃이 피어나는데, 꽃은 차라리 빛의 탄생이다. 지상의 꽃 하나하나는 하늘의 별과 조응한다.

내려갈 때 보았네
올라갈 때 못 본
그 꽃

-고은, 『순간의 꽃』

삶은 발견 속에서 경이로 바뀐다. 차라리 그 발견의 순간이 '꽃'이다. 내려갈 때 보았던 꽃은 실은 올라갈 때 보지 못했던 바로 그 꽃이다. 이 엇갈림의 순간에 꽃이 있는데, 한 번은 못 보고 다른 한 번은 본다. 꽃을 본 것은 홀연한 각성의 찰나였을 테다. 꽃의 개화는 우연의 산물이 아니다. 꽃의 개화는 우주 만물이 기운을 다하여 역의 변화를 보여줄 때 나타난다. 꽃이 피어 있다고 누구나 다 유심히 보지는 않는다. 꽃은 사건들의 흐름과 연쇄 속에 있는 것이어서 기어코 그것을 만날 처지에 있는 사람만 본다. 이 우주의 개화에 맞춰 환대할 준비가 되어 있지 않은 사람은 꽃을 보고도 무심히 지나친다. 꽃에 마음이 가야만 꽃을 보지, 마음이 딴 데 가 있다면 꽃을 못 보는 것이다. 꽃을 본다는 것은 꽃이 하늘의 기운과 땅의 기운을 모아 피어나는 순간과 마찬가지로 놀라운 찰나의 마주침이다. 이때 꽃은 꽃이면서 동시에 그것을 넘어서는 궁극의 무엇이다. 꽃은 숭고하고 영원한 찰나의 것, 즉 시와 예(禮), 명예와 존엄의 표상이다. 꽃이 거기 있다는 건 꽃이 그 장소의 중심임을 함축한다. 장소의 확보는 실존의 존엄을 위해 반드시 필요하다. 따라서 장소를 갖지 못한 자들은 거점 공간을 갖지 못한 채 변두리를 떠돈다. 장소는 집, 거점, 실존의 근거다. 노숙자들과 난민들과 철거민들은 그것을 갖지 못한 처지이기에 환대받을 권리도 환대할 권리도 갖지 못한다. 그래서 실존에의 의지는 장소들을 갖기 위한 뜨거운 투쟁으로 번진다.

『순간의 꽃』에 수록된 고은의 이 시는 순수한 환대의 시다. 주인[시선의 주체]과 손님[꽃]이 대립을 넘어서서 서로를 기쁨으로 맞고 받아들이는 환대 말이다. 환대는 두 존재의 마주침이면서 인지하고 인정하는 것, 동시에 손님을 맞기 위해 나를 개방하고, 관용의 문턱을 넘어서서 다가가는 것을 뜻한다. 환대는 나를 손님에게 조건 없이 증여하는 일이다. '꽃'을 환대하는 일은 곧 '사람'을 환대하는 일이다. "환대란 타자를 도덕적 공동체로 초대하는 행위이다. 환대에 의하여 타자는 비로소 도덕적인 것 안으로 들어오며, 도덕적인 언어의 영향 아래 놓이게 된다."* 꽃으로 손님을 맞고 환대하는 일은 정치적 올바름의 시작점이자 윤리의 바탕이다. 그 환대의 첫 번째 조건은 거기 '꽃'이 있다는 걸 봐야 한다는 점이다. 보지 못한 것을 환대할 수는 없다. 너, 거기 피어 있구나! 그 발견으로 끝나서는 안 된다. 손님의 거기 있음을 받아들이고 손님의 자리/장소를 인정해야 한다. 이 세계가 환대가 일어나는 사회적 공간으로 바뀔 때 평범한 삶들도 빛나는 가치의 삶으로 변할 수 있다.

다시 꽃으로 돌아가자. 꽃이 피어나는 것은 우주적인 것의 개화다. 꽃 피는 아침이 설레는 것은 "꽃망울 속에 새로운 우주가 열리는 파동"(조지훈, 「화체개현(花體開顯)」)을 보여주는 찰나인 까닭이다. 꽃은 하늘이 도와 길하고 순조로운 때의 다가옴을 알리는 전조다. 어찌 기쁘지 않을 수가 있으랴. 나는 봄날 아침 뛰어나가 막 피어나려는 꽃 앞에 서곤 했다. 어쩌자고 꽃은 자꾸만 피어나서 식어버린 가슴을 덥히는가! "꽃은 여기서 수동적 원리의 상징이다. 꽃받침은 하늘의 이슬과 비를 받는 잔에 비교된다. 고여 있는 물 위로 피어나는 연꽃처럼, 정원에서 피는 장미처럼, 꽃의 피어남은 모든 발현체

---

* 김현경, 『사람, 장소, 환대』, 문학과지성사, 2015, 242쪽.

의 성장과 개화를 나타낸다."* 시인은 "한 알의 모래 속에 세계를 보며/ 한 송이 들꽃에서 천국을 본다"(윌리엄 블레이크, 「순수의 전조」)고 했다. 시인들은 남들이 볼 수 없는 것을 보는 특이한 시력을 가졌음에 틀림없다. 시인들은 안 보이는 것을 보고, 다른 사람이 보고도 놓친 것을 용케도 찾아낸다.

영산홍 꽃잎에는
산이 어리고

산자락에 낮잠 든
슬픈 소실댁

소실댁 툇마루에
놓인 놋요강

산 넘어 바다는
보름사리 때

* 뤽 브노아, 『기호·상징·신화』, 박지구 옮김, 경북대학교출판부, 2006, 68~69쪽.

소금 발이 쓰려서

우는 갈매기

—서정주, 「영산홍」 전문

어느 가을, 텃밭을 밀고 영산홍 수천 그루를 사다 심은 것은 가난한 살림에서 삼가해야만 될 낭비고 만용이었을지도 모른다. 혼자 『주역』을 꾸역꾸역 읽으며 변화무쌍한 길흉의 기운이 예민하게 다가오는 바가 있었다. 텃밭은 동쪽에 있고, 오래 방치한 탓에 잡초들이 우거졌다. 황폐한 텃밭을 갈아엎고 영산홍을 심고, 북쪽 방위에 연못을 파고 수련과 부들을 심었다. 물론 심미적 기쁨을 얻으려는 결단이었지만 영산홍이 다투어 피어나는 봄마다 외로웠다. "소실댁"은 정부인의 그늘에 가린 첩이다. 양지로 나오지 못한 채 숨어 지내야 한다는 점에서 소실댁은 환대받지 못하는 존재다. 소실댁, 영산홍, 놋요강은 한 줄에 놓인다. 영산홍은 만개하고, 저 너머 바다는 보름사리 때인데, 소실댁은 낮잠에 든다. 소실댁은 영산홍 핀 걸 보고 속이 상했을지도 모른다. 그 고운 꽃을 저 혼자 보면서 제 처지의 처량함을 반추했을지도 모른다. 그래서 차라리 꽃을 등지고 낮잠을 청했는지도 모른다. 분명한 것은 소실댁이 슬픈 건 낮잠을 자기 때문이 아니라 낮잠 속에 자기를 유폐시킬 수밖에 없는 불가피함에 놓인 탓이라는 점이다.

그 누구도 섭생과 안녕을 챙기지 않는 이의 낮잠은 쓸쓸하리라. 무위에 빠진 자가 할 수 있는 건 기약없는 긴 기다림, 그리고 무료함에 지쳐 빠져드는 낮잠일 것이다. 낮잠은 소실댁의 소외된 처지를 고스란히 드러낸다. "툇마루에/놓인 놋요강"은 소외의 맥락에서 소실댁의 처지를 암시하는 도구적 상징이다. 누가 놋요강을 끼고 살겠는가? 놋요강은 필요가 생길 때 반짝 관심의 대상이 되겠지만 그 밖의 경우 한쪽에 방치되기 마련이다. 그러니까 영산홍 핀 봄날의 "낮잠"에 이어 "놋요강"은 다시 한 번 소실댁의 처지를 또렷하게 비춘다. 마지막 연의 "소금 발이 쓰려서/우는 갈매기"는 절묘하게 이 소외된 것들이 감당하는 삶의 쓰라림을 형상화한다. 나는 소금 발이 얼마나 쓰라린지 알지 못하지만, 그럼에도 이 구절은 독자에게 날카로운 감각적 통증을 전달한다.

'꽃'은 실재가 아니라 그것을 가리키는 기호다. 무에서 솟아나 홀연히 빛나는 꽃이라는 언어! "언어의 한복판에서는 병영(兵營) 없는 내전이 벌어진다."* 시인들은 총칼 없이 내전을 치르면서 이 움트고 피어나는 기호에서 열반을 보고, 텅 빈 충만을 읽어낸다. 아무리 넘겨짚어도 꽃이 세계를 아름답게 만들기 위해 피어나는 것은 아닐 테다. 꽃의 피어남은 저의 스스로 그러함을 드러내는 일이다. 그것은 타고난바 본성적인 것, 그 내밀함의 발현이다. 꽃들은 피어나서 고갈과 소진을 무찌르고 세상에 널린 환멸과 권태를 지우며 신생의 기쁨으로 채운다. 그러나 세상에 꽃들이 지천으로 피어 있어도 그걸 봐주는 '눈'이 없다면 아무것도 아니다. 이 어여쁜 것! 여기 피어 있네! 꽃도 예쁘게 봐주는 눈이 있어야 비로소 예쁘다. 예쁘게 봐주는 것, 그게 환대다. 사람도 마찬가지다. 사람도 꽃인 듯 환대하고 기쁜 마음으로 예쁘게 봐줘야 예쁜 법이다.

* 옥타비오 파스, 앞의 책, 43쪽.

거울의 시, 거울의 제국

거울은 얼굴과 신체를 비춰볼 목적으로 발명된 도구다. 우리는 거울을 통해 얼굴을 본다. 얼굴이 무엇인지 안다면 거울이 무엇인가도 말할 수 있으리라. 철학자 레비나스는 『전체성과 무한』에서 "내 안에 있는 타자에 대한 관념을 뛰어넘어 타자가 나타나는 방식, 우리는 그것을 얼굴이라 부른다."*라고 말한다. 우리는 거울에서 타자들이 나타나는 방식을 보는 것인데, 그것은 무수히 많은 얼굴들이 '차이'를 가로지르면서 출현하는 방식을 선취한다는 뜻이다. 거울이 비추는 것은 낯선 물상의 세계다. 고양이나 개들이 거울에 비

* 알렝 핑켈크로트, 『사랑의 지혜』, 권유현 옮김, 동문선, 1998, 25쪽에서 재인용.

친 자기 모습에서 어리둥절해하듯이 사람도 거울을 처음 만날 때 어리둥절해한다. 시인 최승자가 "이렇게 살 수도 없고 이렇게 죽을 수도 없을 때/서른 살은 온다"(「삼십세」)라고 노래했을 때, 그 서른 살의 부정할 수도 없고 긍정할 수도 없는 모습은 어디에 비쳐본 것일까? 아마도 거울이 아니었을까? 저 어린시절 거울 앞에 섰을 때 우리는 거울에 비친 자기 상을 바라보면서 '이것이 바로 나인가'라고 물었을 테다. 거울을 통한 자기-바라봄에는 한 줄기 부정성의 함의, 즉 애증의 이중성이 함유된다. '이것은 나다'라는 언명과 '이것은 내가 아니다'라는 언명이 충돌하는 국면 속에서 '이것은 내가 아니다'라는 부정은, 그러나, 결국 '이것이 나다'라는 언명에 빨려들어가면서, 이 부정성의 망상은 사라진다.

넓고 납작한 평면거울이 등장한 것은 17세기 무렵이다. 프랑스 베르사유 궁전에는 '거울의 방(Hall of Mirrors)'이 있다. 이 '거울의 방'은 사방이 거울로 둘러싸여 있는데, 루이 14세의 모습을 마술적으로 되비쳐냄으로써 '태양왕의 권능'을 뽐내려고 창안된 방이다. 거울이 권력과 권능의 매개물로서 그 존재를 드러낸 것이다. 거울은 건축에서 창문의 대체물이나 공간을 넓게 보이려는 확장성 도구로, 혹은 "건축학적 장관을 연출하는 장치"로 쓰인다.* 이렇듯 거울은 얼굴들을 비추고, 공간을 기이하게 왜곡하고 변형한다. 우리는 날마다 이 거울과 마주치는데, 재미있는 것은 외모, 즉 외-존을 비춰보는 이 도구가 보이지 않는 내면을 살피게 한다는 점이다. 거울은 피동적으로 상들을 되비쳐내는 게 아니라 능동적으로 표상들을 직조한다.

윤동주는 '거울'과 관련된 인상적인 시편을 선보인 바 있다. 「참회록」에서 "파란 녹이 낀 구리 거울 속에/내 얼굴이 남아 있는 것은/어느 왕조의 유물이기에/이다지도 욕될까"라고 썼다. 이때 '구리 거울'은 얼굴-표면을 비추는 도구를 넘어서서 보이지 않는 내면의 윤리성을 점검하는 사회장—"사회는 거울로서 출현한다"(피에르 르장드르)—으로 작동한다. 거울에 비친 자기 얼굴을 통해서 예민한 양심의 소유자인 식민지 지식인 청년이 일본 유학을 위해 어쩔 수 없이 '창씨개명'을 한, 제 나라의 주권을 빼앗은 '악의 제국' 일본과 타협을 하고 만 자신의 욕됨을 보았다. 거울의 극한, 절대적 거울이란 '신'이다. 신은 우리 죄의 유무를 판단하고 선고한다. 윤동주는

* 에드윈 헤스코트, 『집을 철학하다』, 박근재 옮김, 아날로그(글담), 2015, 202쪽.

'구리 거울'에서 자신의 죄를 읽어내고, 죄로 얼룩진 욕된 자아를 투시한다. 그의 정서적 바탕이 된 부끄러움은 그런 자기성찰의 소산이다. 다시 말하면 "신은 모든 거울에 앞서는 〈거울〉"이고, 그 거울은 텅 빈 신체, 그리고 보이지 않는다는 점에서 신과 닮았다. "거울을 거울에 비추어도, 무한 반사 속에는 아무것도 비치지 않는다."* 거울은 얼굴-표면과 더불어 얼굴-표면 아래에 숨은 불가시적인 내면과 양심을 비쳐낸다. 윤동주의 자기 양심의 표백으로서의 '구리 거울'과 이상의, 소리가 완벽하게 소거된 조용한 세상, 오른쪽과 왼쪽이 바뀌어 전도된 세계로서의 '거울'은 다르다. 윤동주의 '구리 거울'이 내면을 살피는 장치로서 윤리적 고백을 낳는 매개물이라면, 이상의 '거울'은 분열된 자아의 다름을 정신분석적으로 파열하듯이 드러낸다.

거울속에는소리가없소
저렇게까지조용한세상은참없을것이오

거울속에도귀가있소

* 사사키 아타루, 앞의 책, 281쪽.

내말을못알아듣는딱한귀가두개나있소

거울속의나는왼손잡이오
내악수를받을줄모르는—악수를모르는왼손잡이오

거울때문에나는거울속의나를만져보지를못하는구료마는
거울아니었던들내가어찌거울속의나를만나보기만이라도했겠소

나는지금거울을안가졌소마는거울속에는늘거울속의내가있소
잘은모르지만외로된사업에골몰할게요

거울속의나는참나와는반대요마는
또꽤닮았소
나는거울속의나를근심하고진찰할수없으니퍽섭섭하오

- 이상, 「거울」 전문

    이상의 자아가 분열증을 앓았을 뿐만 아니라 병적 나르시시즘에 물들어 있다는 사실은 널리 공감되는 사실이다. 나르키소스의 '호수'와 이상의 '거울'은 상호조응한다. 어느날 숲속에서 사냥을 하던 나르키소스가 찬탄하고 열광한 것은 다름아닌 호수에 비친 자신의 이미지다. 그는 왜 사라지는 이미지를 붙잡으려고 했을까? 나르키소스에게 자기 모습을 비추고 있는 호수는 '이것은 나다'라고 속삭이는 에코다. 나르키소스는 그 속삭임에 유혹당한다. 「거울」에서 '나'는 자기 이미지에 도취된다. '나'는 '거울 속의 나'와 '거울 밖의 나'로 분열된 채 거울에 나타난 자기 이미지에 놀라고 신기해하면서 유희에 빠진다. 나르키소스가 그랬듯이 거울은 이상에게 '이것은 나다'라고 속삭이는 에코다. 처음 만나는 '근대'의 신기성에 매혹되고 이끌리는 '모던뽀이' 이상이 거울에 고스란히 나타난다. 거울에 비친 상은 '나'이면서 동시에 '나'를 벗어난다. 거울은 '나'를 고스란히 비추지만 그것은 이미지이고 표상일 뿐이다. '거울'에 비쳐진 '나'와 거울 밖에 서 있는 '나' 사이에 소격(疏隔)이 있다. 이 간격과 분리가 가능한 것은 주체와 이미지 사이의 거리 때문이다. 주체와 이미지 사이는 벌어진 상처와 같다. 거울 밖의 '나'는 오른손잡이지만 거울 속의 '나'는 왼손잡이다. "내악수를받을줄모르는—악수를모르는왼손잡이오" '나'는 왼손잡이가 아니다. 거울에 비친 '나'는 진짜 '나'가 아니다. '거울'의 세계란 허상들이 춤추는 가상현실, 이미지들만 바글거리는 세계인 까닭이다.

우선 '거울'이라는 장치에 대해서 문제삼을 수가 있다. 거울은 무엇인가? 거울은 표상들이 나타나 춤추는 백지다. 무엇보다도 거울은 표상을 생산한다. "〈거울〉은 말과 이미지의 불균질적인 침투 상태로 구성된 장치이고, 이 장치는 말과 이미지 사이에 있는 그 무엇을 생산한다. 즉, 표상을 생산한다. 주체라는 표상을, 자아라는 표상을, 타자라는 표상을 생산하는 것이다. 그리고 그 표상은 욕망하고, 광란한다."* 거울은 실재계를 비추지만 현전을 그대로 옮기는 게 아니다. 거울은 '나'이면서 '나'가 아닌 것, '이것은 나다'와 '이것은 내가 아니다'와 같은 언명들, 이 일치와 불일치를 동시에 품는다. 철학자 사사키 아타루는 그것을 "말과 이미지의 불균질적인 침투 상태"라고 말한다. 이상은 명민하게도 거울에 비친 자기에게서 상상계와 상징계가 상호 침투하면서 하나로 포개지는 사태를 인지한다. "거울때문에나는거울속의나를만져보지를못하는구료마는/거울아니었던들내가어찌거울속의나를만나보기만이라도했겠소" 거울 때문에 '나'는 거울 속의 '나'를 만져보지 못한다. 분열은 거울이 상상계와 상징계 사이에 놓인 벽으로 기능하는 한에서 이미 예정된 조건이다. 상상계와 상징계가 하나로 포개지는 일은 상상의 층위에

* 사사키 아타루, 앞의 책, 122쪽.

서만 가능한 것이다.

정신분석학자 라캉은 자아를 거울 단계라는 도식 안에서 '거울 이전'과 '거울 이후'로 나눈다. 아직 자기의 전체상을 보지 못한 유아기의 자아는 '거울 이전'에 머문다. 이 시기에는 오직 파편화된 자아상만을 갖는다. 유아는 성(性)도 없고 말도 없으며, 신체도 없고 향락도 없는 비-세계 속에 머문다. 그 비-세계에는 엄마의 젖을 쥐고 빨아대는 맹목의 접촉과 애착만이 있다. 반면 '거울 이후'의 자아는 정형외과적인 자기 신체의 전체상을 보고, 자아와 타자를 분별하며, '나'를 완성된 인격체로 전유한다. '거울 이후'는 자기를 발명하고, 스스로를 자기-신으로 섬기는 단계다. 그때 인간은 쥐고 빨아대는 맹목의 행위에서 벗어나 '거울'에 다른 얼굴로 나타나는 타인을 사랑할 수 있는 능력을 갖는다. 유아기에 치른 쥐기와 빨기는 무의식의 심층에 희미한 흔적으로 남는다. '거울 이후'에는 '거울 이전'의 말, 이미지, 신체를 부정하고, 환희와 격동의 세계로 나아간다. '거울 이전'은 독립된 주체의 탄생과 더불어 상징적인 죽음을 맞는다. '거울 이후'의 자아는 어떻게 자기 이미지를 탐식하는가?

거울 속의 밤은 자라지 않는다 물들지도 않고 움켜쥐지도 않

는 거울 속에는 역사가 없고 순간의 연애만 있다

　깨어지며 완성하는
　거울이 흐른다

　결심을 모르는 거울에 아무도 빠져 죽지 않아 꽃이 피고 바람
불듯 맑고 동그랗게 태어나는 노래들

　위태로운 사랑이 살얼음으로 정의되는 순간 허공에 박혀 있던
해와 달이 세 번 거울을 부인하며 거울을 빠져나간다

　새는 몸 밖을 근심하여 새가 되지 못하고
　방금 전 태어난 알몸의 거울은 명랑하게 다시 죽는다 조문도
못 하고 거울에서 흘러내린 나뭇잎들이 지느러미를 파닥이며 물
가로 돌아가는

　이곳에선 날마다 창세기의 첫 줄이 불타고 있다

- 홍일표, 「백치 거울」 전문

「백치 거울」에는 태어나는 것과 죽음 사이에 여러 '순간'들이 개입한다. 연애의 순간, 위태로운 사랑이 정의되는 순간이 그것이다. "거울 속의 밤은 자라지 않는다"는 언명 속에서 우리가 꺼낼 수 있는 단서는 무엇인가? 첫 연에서 거울의 할 수 없음, 거울의 불가능성은 도드라진다. 거울은 물들지도 않고 움켜쥐지도 않는다. 거울은 매끄러운 표면을 가진 화석이고 지층이며, 더러는 얼어붙은 음악이고, 말로 쓰이지 않은 경전이다. 시간과 의식은 거울의 매끄러운 표면 위로 흘러간다. 거울에는 아무것도 고이지 않는다. 거울이 역사가 될 수 없는 이유는 자명하다. 거울이 할 수 있는 것, 혹은 보여줄 수 있는 것은 "순간의 연애"뿐이다. 거울은 순간마다 태어나고 너무 빨리 "명랑하게" 죽는다. 따라서 거울은 현재성의 표면으로서의 찰나 말고는 다른 시간을 가질 수가 없다.

거울은 깨어지며 완성되는 그 무엇이다, 라는 명제를 생각해보자. 거울의 완성이란 무엇일까. 거울에는 완성이란 게 아예 없다. 거울이 깨지는 것은 불운의 징조다. 징조들은 사건이 일어나기 전에 현실을 가로질러 온다. 거울이 깨지고 사태가 어긋난다. 세계는 무수히 많이 일어나는 사태들의 종결이다. 그때 수수께끼가 풀리고 자명함으로 세계가 굳건해진다. 시인은 그 완성이 곧 거울의 완성이라고 말하는 걸까. 다음으로 거울에는 아무도 빠져 죽지 않는다, 라는 명제를 검토해보자. 거울은 심연 없는 표면일 뿐, 어떤 깊이도 품지 못한다. 아무도 거울에 빠져 죽을 수 없다. 거울에는 죽음이 나타나지 않는다. 거울은 죽음을 넘어서는 곳에 있다. 거울 밖의 세계에는 꽃이 피고 바람이 분다. 그곳에는 꽃이 피고 지듯이 태어나고 죽는 삶이 엄연하다. 방금 태어난 거울이 명랑하게 다시 죽는다, 라는 또 다른 명제가 있다. 거울에는 죽음이 나타나지 않지만, 거울 자체는 죽는다. 거울은 깨지면서 사라지는데, 우리는 거울을 통해 현존재의 가장 중요한 가능성으로서의 죽음을 추체험한다. 홍일표는 '거울'이 흐르는 세계 속에서 태어나고 달아나며 사라지는 현존의 이미지들, 즉 새가 되거나 되지 못하는 것들, 거울에서 흘러내리거나 흘러내리지 못하는 나뭇잎들의 움직임들을 잡아낸다. "해와 달이 세 번 거울을 부인하며" 거울 바깥으로 빠져나가고, "방금 전 태어난 알몸의 거울"이 다시 죽는다. 그 뒤 "거울에서 흘러내린 나뭇잎들"이 지느러미를 가진 물고기로 돌아간다. "창세기의 첫 줄이 불타고" 있는 이 사태는 거울의 죽음 뒤에 이루어진다. 이런 시적 진술이 품은 게 하나 있다. 모든 거울에 앞서는 '거울', 즉 신이 보이지 않는다는 사실이다. 신은 왜 거울 상에서 사라졌는가? 신은 어디로 사라진 것일까? 거울에 거울을 비춰도 거울이 안 보이듯이 모든 거울에 앞서는 '거울'인 신도 거울에 자기를 비출 수는 없다. 신은 해와 달, 나뭇잎과 물고기로 화육(化育)되어 나타날 뿐이다. 거울에 신이 비치지 않는 것은 신이 사라진 탓이 아니라 신이 세계로 변신했기 때문이다.

거울이라는 홍미로운 광학적 기기는 그 자체로 시의 아주 중요한 이미지다. 거울은 이미지를 쪼개면서 수많은 표상들을 생산한다. 우리는 '거울'이라는 타자를 통해 자기 이미지를 보고, 자기를 넘어선 초월적 존재의 이미지를 본다. "〈거울〉은 장치이고, 거기에 비친 이미지를 보는 것이 '상상적이고 상징적으로 신을 보는 것'이다. 더 말하자면, 신을 보면서 자기 이미지를 보는 책략이 바로 이 〈거울〉인 것이다."* 거울은 무한 반사하는 것, 이미지의 세계, 표상의 제국이다. 진정한 '나', 타자의 지평 속에서 '나'가 누구인가를 바로 보려면 당장 상상의 표면인 거울 앞에 서라! 지금까지 윤동주와 이상을 거쳐 홍일표의 시까지 '거울' 시편들을 읽어보았다. 이게 끝이 아니다. 앞으로 더더 많은 '거울' 시편들이 나올 것이다.

* 사사키 아타루, 앞의 책, 283쪽.

'소녀'라는 문화적 코드

이것은 1930년대 이상에서 발원하여 가느다란 흐름이었다가 1968년 김수영이 사후 유작으로 내놓은 「성(性)」이 촉매가 되어 흐름을 키운다. 1960년대는 어떤 시대인가? 1960년대는 봉건 왕조의 부장품 같은 진부한 도덕들이 드문드문 그림자를 드리운 시대였다. 4·19혁명이 우익독재를 붕괴시키면서 근대로의 물꼬를 트는데, 그 뒤 개별자들의 '꿈틀거림', 즉 자기세계를 자각한 연대, 그리고 개인의 '자기수양'과 국가가 국민 계몽을 위해 주도한 교양주의의 시대가 열린다. 이 사태의 배경으로 저 멀리 프랑스에서 일어난 68혁명이 '금지를 금지하자'라는 슬로건을 앞세우고 '성의 자유'라는 큰 흐름을 만들지만, 동아시아의 저개발국가에서 '성'은 아직 제대로 된

담론조차 형성하지 못한 채 두꺼운 유교 도덕의 억압 아래 눌려 있었다. 그즈음 「성(性)」이라는 시가 불쑥 제출되면서 성의 풍속사와 그 표현의 지평에서 하나의 기원을 만들었다는 것은 기억할 만하다.

그것하고 하고 와서 첫번째로 여편네와
하던 날은 바로 그 이튿날 밤은
아니 바로 그 첫날 밤은 반시간도 넘어 했는데도
여편네가 만족하지 않는다
그년하고 하듯이 혓바닥이 떨어져나가게
물어제끼지는 않았지만 그래도
어지간히 다부지게 해줬는데도
여편네가 만족하지 않는다

이게 아무래도 내가 저의 섹스를 개관하고
있는 것을 아는 모양이다
똑똑히는 몰라도 어렴풋이 느껴지는
모양이다

나는 섬쩍해서 그전의 둔감한 내 자신으로
다시 돌아간다

연민의 순간이다 황홀의 순간이 아니라
속아 사는 연민의 순간이다

나는 이것이 쏟고 난 뒤에도 보통때보다
완연히 한참 더 오래 끌다가 쏟았다
한번 더 고비를 넘을 수도 있었는데 그만큼
지독하게 속이면 내가 속고 만다

– 김수영, 「성(性)」 전문

1960년대 한국사회에서 부부의 내밀한 성생활을 이토록 노골
적으로 까발린 시는 처음이다. 이 '성'은 담론을 만들지는 않았지만,
실은 생활 주변에서 범람하는 성이다. 이 '성'에는 어떤 신비도 숭고
성도 없다. 혓바닥이 떨어져나가게 물어제끼다, 여편네가 만족하지
않는다, 다부지게 해주다, 오래 끌다 쏟았다 따위 자기폭로적 표현
의 비속성은 성의 정치학에서 과잉의 현대성을 품어낸 징후다. 이
는 공적 언어의 지평에서는 파격이고 일탈이라 할 만한 문화적 사
건이다. 이로써 성은 감춰져야만 하는 것이란 금기를 깨고, 시인의
위악성은 성이 통제되어야 한다는 보수적 도덕주의를 덮치고 그것

을 넘어가버린다. 「성(性)」은 낡고 진부한 도덕들에 대한 월경(越境)으로 성에 씌워진 억압의 굴레를 해체하고 극복하려는 운동의 역사에서 하나의 기원, 하나의 기점을 이룬다. 남성들이 주도권을 쥔 가부장제 사회에서 섹스를 개관하는 것은 남성의 몫이고, 성의 해방은 남성 중심의 주도에 의해서만 이루어진다. 이 시의 어조는 남근주의의 완강함에 물들어 있고, 그 분위기는 마초적 폭력을 떠올리게 한다. 김수영의 다른 시편, 길거리에서 아내를 우산대로 때려눕히는 「죄와 벌」은 어떤가. 이 시들에는 남근주의적 폭력이 정당화되고 있지는 않은가.

이리 와요 아버지 내 음부를 하나 나눠드릴게 아니면 하나 만들어드릴까 아버지 정교한 수제품으로 아버지 웃으세요 아버지 아버지의 첫날밤 침대맡에는 일곱 어머니의 창자로 짠 화환이 붉디 푸르게 걸려 있잖아요 벗으세요 아버지 밀봉된 아버지 쇠가죽처럼 질겨빠진 아버지의 처녀막을 찢어드릴게 손잡이 달린 나의 성기로 아버지 아주 죽여드릴게 몇 번이고 아버지 깊숙이 손잡이까지 깊숙이 아버지 심장이 갈래갈래 터져버리는 황홀경을 아버지 절정을 아버지 비명의 레이스 비명의 프릴 비명의 란제리로 밤단장한 아버지 처녀 척하는 아버지 그래봤자 아버진 갈보예요 사지를 버르적거리며 경련하는 아버지 좋으세요 아버

지 아버지로부터 아버지를 뿌리째 파내드릴게

-김언희, 「가족극장, 이리 와요 아버지」 전문

2000년에 나온 한 여성시인의 시는 김수영 이래의 남근주의를 전복하면서, 또 다른 충격을 낳는다. 이 시에서 '딸'은 자기 음부를 '아버지'에게 주겠다고 제안한다. 김언희 시의 여성 화자가 여성화한 '아버지'를 올라타 성교를 하고 "그래봤자 아버진 갈보예요"라고 능욕할 때, 이 도착적 위악이 보여주는 것은 충격적이다. 딸이 아버지를 올라타는 섹스, "사지를 버르적거리며 경련하는 아버지"에게 "좋으세요 아버지"라고 묻는 섹스라니! 하지만 여성과 남성의 위치를 바꿔놓은 이 체위의 전복은 상징적이다. 여성 화자가 음부를 달고 란제리로 밤단장한 아버지의 "처녀막"을 찢고, 아버지의 귀에 대고 "아버지를 아버지로부터 뿌리째 파내드릴게"하는 속삭임도 상징의 맥락에서 읽어야 한다. 부녀간의 근친관계는 실재의 층위에서 벌어진 일이 아니다. 실재가 아니라 징후들이고, 무의식적 기표들의 놀이일 뿐이다. 그럼에도 김언희의 부녀간의 근친상간이 상영되는 무의식의 "가족극장"은 성의 정치화라는 충격에서 1968년 김수영의 포르노에 가까운 「성(性)」을 넘어선 하드코어다.

1980년대로 넘어오면서 박남철, 김영승, 김언희 등이 시의 속화(俗化)된 흐름을 이끄는데, 이들은 이상과 김수영의 탈(脫)/전복(顚覆)의 상상력을 잇고, 성적인 것을 감싼 진부한 도덕의 맨얼굴 드러내기, 몽매한 비밀주의를 발가벗기기, 삶의 비루함을 폭로하기 등에 나서며 저마다 개성을 각인한다. 그 이후 자지, 좆, 보지, 씹, 고환, 구멍 따위 생식기 용어들과 더불어 똥, 오줌, 정액 따위의 어휘들이 우리 시에 범람한다. 성기를 지칭하는 용어들과 함께 정액이니 생리대 따위를 아무 금기 없이 쓰는 한에서 2000년대 들어서면서 활동한 시인 김민정의 시사적 위치는 그 계보의 끄트머리다.

1항, 2항, 3항 그렇게 10항까지 써나간 수학 선생님이 점 딱 찍고 '시방'이라 발음하는데 웃겼어요. 왜? 여고생이니까. 고향이 충청도라는 거? 몰랐어요. 허리 디스크 수술이요? 제가 왜 무시를 해요. 마누라도 아닌데. 다시는 '시방' 때문에 웃지 않겠습니다. 칠판 앞에 서서 반성문을 읽어나가는데 뭐시냐 또 웃기지 뭐예요. 풋 하고 터지는 웃음에 다닥다닥 잰걸음으로 바삐 오시는 선생님, 부디 서둘지 마세요 했거늘 저만치 앞서 밀려나간 슬리퍼를 어쩌면 좋아요. 좀 빨기라도 하시지 얻어맞아 부어오른 볼때기에 발냄새가 밸까 때 타월로 문지르니 그게 볼터치라 했고, 내 화장의 역사는 그로부터 비롯하게 된 거랍니다.

─김민정, 「김정미도 아닌데 '시방' 이건 너무 하잖아요」 전문

김민정 시에서 읽은 것은 '소녀'라는 텍스트다. 이것은 "모든 텍스트는 그 외부에 의해 접힌 주름 위에 씌어진다"라는 의미의 맥락에서 그것을 둘러싼 외부의 주름이다. 그 외부성은 악의 속물성이다. '소녀들'은 속물성에 감싸인 채 숨쉬고 살아간다. 그것은 무엇을 생산하는가? '소녀들'은 순수, 순결, 귀여움 따위의 정념들을 생산한다. 진실을 말하자면, 이것은 당위가 낳은 관념이고 실체가 없는 허상이다. '소녀들'은 가부장적인 국가와 사회의 보호 관리망에 포섭되는 존재들이다. 시는 여자고등학교의 '수학 교실'을 비춘다. 수학 선생의 '시방'이라는 말에 까르륵 웃음을 터뜨린 소녀는 반성문을 쓰고, 그 반성문을 읽다가 다시 웃음을 터뜨린다. 소녀들의 발랄함은 비억압성의 발현이다. 소녀의 웃음에는 악의가 없지만, 수학 선생은 모욕받았다고 느끼고, 여학생을 때린다. 체제 재생산의 억압이 드리워진 교실에서 힘의 비대칭이 폭력 사태를 빚고, 그런 공간이 권력장으로 탈바꿈하는 것은 드문 일이 아니다. '선생'은 왜 불같이 화를 내고 반성문을 쓰게 하고 폭력을 행사했을까? "다시는

'시방' 때문에 웃지 않겠습니다"라는 반성은 얼마나 웃기는가! 존재를 모욕한 것은 소녀의 웃음이 아니라 그것에 폭력으로 대응한 '선생'이 아닌가. 소녀가 의식했건 하지 못했건 간에 웃음은 권위/권력에 맞서는 일이다. 교사는 불가피하게 더 큰 권력의 대리인이자 수호자, 체제 재생산의 전위(前衛)다. 웃음은 이 체제 재생산의 권력에 대한 저항이다. '소녀들'은 폭력의 흔적을 '볼터치'로 바꿔버리면서 폭력의 역사에 대한 응전으로서 화장의 역사가 비롯되었다는 익살스러운 시적 전언을 날린다.

정직함이라는 측면에서 김수영 시의 여성적 버전으로 읽힐 수도 있는 김민정의 시는 박남철의 전략적 해체주의, 김영승의 범한 자문화권의 가부장 교양주의와 다르고, 김언희와 황병승의 노골적인 섹스 모티브 시와도 차별화되는 지점에서 오롯하다. 김민정 시의 중심 화자가 '소녀들'이라는 점을 주목하자. 김민정이 소환한 '소녀들'은 김행숙의 '사춘기' 여자들, 이근화의 '소녀들'과 마찬가지로 여자 이전의 여자다. 이들은 아버지의 지붕 밑에서 양육된다는 점, 그리고 이들에게는 약탈하고 짓누르는 남근주의 권력의 억압이 나타나지 않는다는 점에서 닮았다. 시에 펼쳐진 '소녀감성'은 발랄, 천진, 솔직함 그 자체다. 김민정이 불러낸 '소녀들'은 세상과 만나면서

'처음 느끼'는데, 그 느낌의 실체는 추악과 비루함이라는 지점에서 두 시인과 미묘한 차이를 드러낸다. '세상'은 여러 '선생들'이고, 모욕을 주는 수녀 교장이며, 페니스를 권력의 표상으로 전유하는 '폭력' 남편이나 오빠들이나 남자 친구들로 이루어진다. 시인은 '세상'에게 당한, 기분 나쁜, 치사한, 비참한 '느낌들'을 채집하고 진설한다. 한 패거리로 미시권력을 휘두르며 뺨을 때리고, 모욕하고, 코딱지를 먹는, 남근주의 '세상'의 풍속과 행태에 물든 위선을 까발린다. 그 까발림의 한 항목이 "날 일으켜준다더니 그 손으로 자빠뜨리는 오빠"(「오빠라는 이름의 오바」)라는 폭로다. 시인은 '소녀들'과 '세상' 사이에 엄존하는 적대와 비호감, 불화와 어긋남으로 불거지는 모멸감을 독자에게 일러바친다. 순진, 발랄, 풋풋함은 소녀의 덕목인데, 이것은 짓밟히고, 깨지며, 흩어진다. "피에 젖은 채 돌돌 말린 수십 개의 생리대마다/아름답다, 빨간 리본이 묶여 있었다"(「그녀의 동물은 질겨」) 등등 '소녀유적'들은 불태워지거나 가차없이 버려진다. 이 버려짐의 방식으로 소녀들은 토벌당한다. 용케도 살아남은 것은 뻔뻔한 여자들, 생리를 하고 변비를 앓는 서른 살의 여자들이다. 김민정은 서른 여자의 시점에서 자신들이 거쳐온 '소녀들'을 소환한다. 그 시적 어조는 신랄하고 뾰족하고 그로테스크하면서도, 유머러스하고 천진하고 발랄하다.

우리는 김민정의 시들을 통해 '소녀들'과 만난다. 이 젊은 시인은 성적 금기의 해체라는 맥락에서 '소녀들'을 호명한다. 그동안 '소녀'는 문화적 코드를 갖지 못하고 소외된 채 과보호될 수밖에 없는 나약한 존재, 그저 대중매체로 유포되는 생리대나 초콜릿 광고 속에서 '순결성'의 기호로나 소비되는 존재, 정념의 지층 외부에서 욕망 없이 떠도는 비주체였지만, 이제 '소녀들'은 어른과 아이, 이것과 저것, 기표와 기의 따위의 이항적 대립을 뚫고 나아가는 탈주선의 다른 이름이다. 그것은 질료적 존재가 아니라 이항적 대립을 삼켜버리는 속도의 별칭이다. 소녀들은 탈주선을 타고 달아난다. 소녀들은 가부장제 사회라는 지층으로 영토화되는 것을 거부하면서 탈영토화한다. 그걸 '일탈'이라고 부르든 '반항'이라고 부르든 상관없다. 그 탈주선의 현실태는 김민정의 「소녀닷컴」이란 시에 따르면, 웨이브 펌의 가발 걸치기, 진하게 화장하기, 초미니스커트 착용하기 따위다. 이것을 '어른 흉내내기'라는 의미로 단순화해서는 안 된다. '소녀들'은 기성의 가치체계에 지층화되어버린 '어른 세계'를 모방하거나 재생산하는 것이 아니라, 그 너머로 가고자 한다. 지층화된 것들을 흔들고 교란하는 욕망이라는 점에서 이것은 새로운 '지도 그리기'다. 다시 말해 억압에 대한 저항이자 금기에 대한 의도적

위반이다. 프랑스 철학자들의 용어를 빌리자면 "코드의 포획이고, 코드의 잉여가치"를 체화해내는 것이다. 이 '소녀들'은 경계와 불균형을 품은 개별자인데, 이 불균형에 대해 한 문학평론가는 이렇게 말한다. "이 불균형은 아이와 어른, 순진과 유구(有垢), 초짜와 계명워리 사이의 긴장이다."* '소녀들'은 이질적인 가치항의 어느 한쪽에 소속되기를 거부한다. '소녀들'은 '뿌리줄기'같이 시작도 없고 끝도 없는 어느 마디에서나 뻗어나가고, 흐르는 물을 가둔 "두 둑을 무너뜨리고 중간에서 속도를 내는 개울"이다. '소녀들'이 곧 리좀이다. "리좀은 출발점이나 끝이 아니다. 그것은 언제나 중간에 있으며, 사물들 사이에 있는 간(間)존재요 간주곡이다."(질 들뢰즈, 펠릭스 가타리, 『천 개의 고원』) 김민정 시에서 '소녀들'은 항상 '중간'에 있고, '간주곡'으로 제 존재를 드러낸다.

* 권혁웅, 『입술에 묻은 이름』, 문학동네, 2012, 300쪽.

최후의 인간들이 부르는 노래들

좋은 시인은 항상 생성과 소멸에 민감하게 반응한다. 24세의 청년 윤동주는 "죽는 날까지 하늘을 우러러/한 점 부끄럼이 없기를,/잎새에 이는 바람에도/나는 괴로워했다."(윤동주, 「서시」)*라고 노래한다. '하늘'은 내면의 도덕적 기율, 즉 양심을 비춰보는 절체절명의 준거점이다. '하늘'은 깨끗이 닦인 거울이자 이념의 촛대가 되는 것이다. '하늘'의 투명함과 고결함은 내면에 숨은 양심에 묻힌 한 점 오탁조차 고스란히 드러나게 했으니, 잎새에 이는 바람에서조차 괴

---

* 윤동주가 「서시」를 쓴 것은 1941년 11월 20일이다. 일본 군국주의의 한반도 침탈이 극에 달한 시점이다. 전쟁의 광기에 휩싸인 일제는 조선의 말과 이름을 빼앗고, 민족문화를 짓밟고, 민족의 얼을 말살하려고 했다. 나라의 모든 것들이 죽어가던 시점에서 청년 윤동주는 「서시」를 쓴 것이다.

로움을 느꼈을 테다. 나무는 얼마나 많은 잎새를 거느리고, 바람은 또 얼마나 자주 잎새를 흔들어대는가! 크고 작은 바람에 휘둘리는 잎새와 마찬가지로 '나'의 크고 작은 괴로움은 얼마나 잦았을 것인가! 시인은 이 끔찍함을 죽는 날까지 감당하겠다고 언명한다. 청년 시인은 마음의 충족과 평화 대신에 현실과 타협하지 않는 양심의 괴로움을 선택한다. 이 괴로움을 감당하려는 마음과 "별을 노래하는 마음으로 / 모든 죽어가는 것을 사랑해야지"라는 구절의 마음은 하나다. 곧 세상의 오탁과 분리된 고결함을 지향하는 마음이다. 시인은 세속에 포박되었으면서도 '별을 노래하는 마음'을 갖고 산다. 즉 제 마음에 '별'을 품은 천상의 존재로 산다.

시인은 자기 세계의 한복판에서 산다는 점에서 농부다. 어디에 살든지 농경시대의 농부들은 대지의 자식들, 기후의 예측자들, 씨앗의 수호자들이다. 그들은 자연 세계의 중심에서 제 삶을 꾸리는 탓에 '풍경'의 중심을 꿰뚫어본다. 심리학자 에르빈 슈트라우스는 농부의 '풍경 감각'에 대하여 이렇게 말한다. "익히 잘 아는 중심의 둘레에 모르는 것, 낯선 것이 동심원을 이루면서 펼쳐진다. 모든 편에서 세계는 모르는 것 속으로 사라진다. 그러나 그는 자신의 세계의 중심에 살며, 또 이미 아는 것의 테두리 속에 있기 때문에 모르는 것에 의하여 혼란되지 아니한다."* 사물과 풍경들은 모르는 세계로 빨려들어가며 사라진다. 보통 사람들은 그 모름 속에서 혼란에 빠질 수도 있지만 농부들은 모르는 것 속으로 사라지는 세계의 모든 사물에 감응하고, 그것을 감각적 명증화 속에서 포착해낸다.

> 한 알의 모래 속에 세계를 보며
> 한 송이 들꽃에서 천국을 본다.
> 그대 손바닥 안에 무한을 쥐고
> 한 순간 속에 영원을 보라.

> – 윌리엄 블레이크, 「순수의 전조」 부분

시인은 견자(見者)다. '본다'는 것은 지각의 시작점이다. 사물과 세계를 본다는 것은 앎의 관점에서 파악하고 이해하면서 관조하는 행위이다. '본다'는 것은 지각의 단초가 되는 행동이다. 사물이 지각되는 바대로 존재한다면, 시인은 그 지각의 특이성과 확장성으로 주목받는다. 시인이 드러내는 지각의 특이성은 항시 다르게 보기, 낯설게 보기의 결과로 나타난다. 시인은 "새 보는 곡예사(曲藝師)"

---

* 김우창, 『지상의 척도』, 민음사, 2015(2판 1쇄), 102쪽에서 재인용.

(정현종, 「세상 초록빛을 다해」)의 눈으로 현실을 바라본다. 비를 "움직이는 비애"(김수영, 「비」)로, 수박을 "물의 보석상자, 과일가게의 냉정한 여왕, 심오함의 창고, 땅 위의 달!"(파블로 네루다, 「수박을 기리는 노래」)로 보는 게 시인이다. 시인은 모래알 따위의 가장 작은 것을 우주적 크기로, 가장 짧은 시간을 우주적 시간으로 바꾼다. 보라, 한 시인에 따르면, 한 알의 모래는 하나의 '세계'이고, 한 송이 들꽃은 하나의 '천국'이다. 또한 한 점은 '무한'이고, 찰나는 '영원'을 품는다. 바로 그것을, 사람들이 알지 못하는 것을 알아채고, 사람들이 보지 못하는 것을 시인은 본다.

시인은 한 사람의 생애를 살되 한 사람으로 살지 않는다. 한 시인은 여러 사람으로, 여러 겹의 생을 살아낸다. 모든 인간은 필연적으로 자기 안의 자기와 대면한다. 보통은 자기 안의 자기는 한 사람이지만 시인의 경우 그 '자기'가 여럿이다. 삶이라는 수수께끼 앞에서 시인들은 여러 사람으로 그것에 대처한다. "시인은 일곱 사람으로 이루어진다—"(아틸라 요제프, 「일곱 번째 사람」) 시인은 어느 시대에나 최후의 인간이다. 최후에 도착해 있기 때문이 아니라 최후까지 목소리를 낸다는 점에서 그렇다. 니체는 '최후의 인간'을 조롱한다. 저잣거리의 천민들이 산에서 내려온 차라투스트라에게 달려든다. "오, 차라투스트라여, 우리에게 그 최후의 인간을 달라. 우리를 그 최후의 인간으로 만들어 달라. 그러면 우리가 그대에게 초인을 선사하겠다." 군중은 차라투스트라를 둘러싼 채 웅성거리고 웃고 떠들어댔다. 이는 차라투스트라를 조롱하고 야유한 것이다. "이 종족은 벼룩과도 같아서 근절되지 않는다. 최후의 인간이 누구보다도 오래 산다."(『차라투스트라는 이렇게 말했다』) 이때 '최후의 인간'은 종말인, 말세인이다. 이들은 오래 살아 남기에 세상의 종말을 맞는다. 시인이 최후의 인간인 것은 오래 살기 때문이 아니다. 시인은 단명한다. 시인들은 단명의 운명을 태어나고 그 운명을 낭비하지만, 그럼에도 시인들은 오래 살아 남는다. 시인은 '혼자'가 아니라 여럿으로 살기 때문이다.

세상에 나가면
일곱 번 태어나라―
불난 집에서
눈보라 치는 빙원에서
광란의 정신병원에서
바람이 휘몰아치는 밀밭에서
종이 울리는 수도원에서

비명을 지르는 돼지 우리 속에서
여섯 아이가 울었어도 충분하지 않아—
너 자신이 일곱 번째 아이라야 해!

생존을 위한 싸움을 할 때에는
적에게 일곱 사람을 보여라—
일요일 하루는 쉬는 사람
월요일에 일하기 시작하는 사람
대가 없이 가르치는 사람
물에 빠져 수영을 배운 사람
숲을 이룰 씨앗이 되는 사람
야만의 선조들이 보호해 주는 사람
하지만 그들의 재주로는 충분하지 않아—
너 자신이 일곱 번째라야 해!

사랑하는 사람을 원하면
일곱 남자를 보내라—
가슴을 담아 말하는 남자
자신을 돌볼 줄 아는 남자
꿈꾸는 사람임을 자부하는 남자
스커트로 그녀를 느낄 수 있는 남자

호크와 단추를 아는 남자
단호한 태도를 취하는 남자
그들이 날벌레처럼 그녀의 주위를 맴돌게 하라—
그리고 너 자신은 일곱 번째가 되어라

그리고 할 수만 있다면 시인이 되어라
시인은 일곱 사람으로 이루어진다—
대리석 마을을 짓는 사람
꿈을 타고난 사람
하늘의 지도를 그릴 줄 아는 사람
언어의 선택을 받은 사람
자신의 영혼을 만들어 가는 사람
쥐를 산 채로 해부할 줄 아는 사람—
둘은 용감하고 넷은 슬기롭지만
너 자신이 일곱 번째라야 해

이 모든 것을 이루고 죽으면
일곱 사람이 묻힐 거야—
품에 안겨 입에 젖을 문 사람
젊은 여자의 단단한 가슴을 쥐고 있는 사람
빈 접시를 내던지는 사람

가난한 사람들이 이기도록 도와주는 사람
몸이 부서지도록 일하는 사람
밤새도록 달을 바라보는 사람, 그러면
세상이 너의 비석이 될 거야ー
너 자신이 그 일곱 번째 사람이라면

- 아틸라 요제프, 「일곱 번째 사람」 전문

1905년 부다페스트에서 태어난 헝가리 시인 아틸라 요제프는 태어나는 순간 "강제노역이라는 종신형 처벌"을 받았다고 쓴다. 그는 지독한 가난을 겪고, 무수히 많은 종류의 노동을 했고, 책을 압수당하고, 정치 선동과 외설로 처벌을 받고, 정신병원을 들락거렸고, 마지막에는 화물열차에 몸을 던져 죽었다. 그는 '일곱 번째'로 태어난 사람만이 시인이라고 단언한다. 일곱 번 태어나 산 사람은 죽을 때도 일곱 사람으로 죽어서 묻힐 것이다. 사람이 죽으면 남은 세상은 그의 생을 증언하는 비석이다. 이 시는 한 사람이 일곱 겹의 '살이'를 겪어야 한다는 전언을 담는다. 시인은 한 번 태어나는 게 아니라 일곱 번 태어나야 하고, 생존을 위한 싸움에서도 '일곱 사람'이 필요하다. 사랑하는 남자가 되려면 '일곱 남자'가 되어야 한다. 일곱은 여럿이고, 다수로 이루어진 무리다. 들뢰즈와 가타리의 화법을 빌리자면, 일곱은 복수성/다양체 그 자체다. 늑대 한 마리는 이미 무리다. 늑대는 늑대의 눈, 늑대의 발톱, 늑대의 날카로운 송곳니의 결합체인 한에서, 다시 말해 분자적 복수성의 형태로 분배된 신체인 한에서 그렇다. 늑대는 신체의 강밀도와 강밀도의 분포에 따라서 삶의 실체를 생산하고 변환하면서 한 개체를 넘어선다. 한 마리가 아니라 무리라는 것이다. 한 사람 역시 욕망의 다양한 변용과 무의식의 복합성이라는 측면에서 하나가 아니라 여럿이다. 시인이 상상-기계, 무의식-기계, 느낌-기계라는 한에서 시는 상상-기계, 무의식-기계, 느낌-기계의 생산 활동이다. 시는 다양성을 품은 신체에 의한 무의식과 욕망의 생산이다. 시인 한 사람은 이미 '일곱'이다. 시인은 한 사람일지라도 복수로 현실을 가로지르고, 항상 리좀적 다양체로 살기 때문이다.

질 들뢰즈와 펠릭스 가타리가 함께 쓴 『천 개의 고원』(1980)은 놀라운 책이다. '자본주의와 분열증'이란 부제를 달고 나온 책으로 『안티 오이디푸스』를 잇는 이 책을 가리켜 『천 개의 고원』의 한국어판 번역자인 김재인은 "개념들의 보석상자"라고, "천 개의 면을 가진 보석"*이라고 찬탄한다. 과연 프랑스산 두 철학자는 고원들의 노래를 들려주는데, 리좀, 탈-영토화의 운동들, 매끈한 공간과 홈 파인 공간, 전쟁 기계와 국가 장치, 유목주의 등등에 대한 참신한 개념들 사용은 눈부실 지경이다. 이 책의 '리트로넬로' 장을 읽으며 나는 놀랍고 즐거운 경험을 했다. "어둠 속에 한 아이가 있다. 무섭기는 하지만 낮은 목소리로 노래를 흥얼거리며 마음을 달래보려 한다. 아이는 노랫소리에 이끌려 걷다가 서기를 반복한다. 길을 잃고 거리를 헤매고는 있지만 어떻게든 몸을 숨길 곳을 찾거나 막연히 나지막한 노래를 의지 삼아 겨우겨우 앞으로 나아간다. 모름지기 이러한 노래는 안정되고 고요한 중심의 스케치로서 카오스의 한가운데서 안정과 고요함을 가져다준다. 아이는 노래를 부르는 동시에 어딘가로 도약하거나 걸음걸이를 잰걸음으로 했다가 느린 걸음으로 바꾸거나 할지도 모른다. 하지만 다름 아니라 이 노래 자체가 이미 하나의 도약이다. 노래는 카오스 속에서 날아올라 다시 카오스 한가운데서 질서를 만들기 시작한다. 그러나 노래는 언제 흩어져버릴지 모르는 위험에 처해 있기도 하다."** 길을 잃고 거리를 헤매는 아이는 필경 불안과 공포에 휩싸인다. 이 예에서 볼 수 있듯이 '리트

* 김재인, 『혁명의 거리에서 들뢰즈를 읽자』, 느티나무책방, 2016, 242쪽.
** 질 들뢰즈, 펠릭스 가타리, 앞의 책, 589쪽.

로넬로', 반복을 통해 질서를 만드는 선율들, 즉 음악은, 리듬은 불안과 공포를 벗어나 우리 발걸음을 안정되게 이끄는 힘이다. 아니, 그 이상이다. 아이가 가만히 흥얼거리는 노래는 불안을 진정시키고, 공포를 덜어내는 그 악구(樂句)들, 언제 흩어져버릴지 모를 노래는 그 자체로 이미 하나의 도약이다.

들뢰즈와 가타리는 "책은 하나의 다양체"*라고 말한다. 책이 다양체라면 시도 마땅히 다양체다. 책은 외부를 갖는데, 외부를 갖는 맥락에서 책은 사회적 의미를 얻는다. 책이 외부를 갖는다면 시 역시 외부를 갖는다. 김홍중은 이 '외부'에 대해 철학적인 사유를 했던 모리스 블랑쇼의 견해를 소개한다. "외부란 바깥을 의미하는 것이 아니라, 안에 존재하지만 경험적으로 지각되거나 포착될 수 없는 은폐된 차원"을 뜻하고, 이것을 겪는 것은 "경험의 대상으로 실재하는 무언가를 체험하는 것이 아니라, 우리의 일상적인 경험을 벗어나며, 우리의 일상적인 성찰을 벗어나며, 우리의 일상적인 의식을 벗어나는 선험적 질서를 체험하는 것"이라고 말한다.** 시의 외부는 목소리들이다. 더 정확하게는 목소리를 내는 세계다. 시는 통음

* 질 들뢰즈, 펠릭스 가타리, 앞의 책, 12쪽.
** 김홍중, 『마음의 사회학』, 문학동네, 2009, 279쪽.

난무하는 자들의 외침, 산부(産婦)의 허공을 찢는 비명, 사물들의 속삭임, 편물 기계들이 내는 소음들, 새벽이나 황혼 같은 기후들이 내는 소리, 악마와 연인의 목소리, 얼음과 바람이 내는 소리들을 주의 깊이 경청하고 이를 세계에 중계한다. 월트 휘트먼은 이렇게 노래한다. "나를 통해 오랫동안 말이 없던 목소리들이,/끝없는 노예 세대들의 목소리들이,/창녀들과 불구자들의 목소리들,/병들고 낙담한 자들, 도둑들과 난쟁이들의 목소리들,/준비와 증강의 순환의 목소리들,/별들을 잇는 실들의 목소리—자궁의, 아비 되는 것의 목소리,/다른 이들이 경멸하는 이들의 권리의 목소리,/별 볼 일 없는 이들과 의기소침한 이들, 바보스러운 이들과 무시당하는 이들의 목소리,/공기 중의 안개와 똥 덩어리를 굴려 가는 풍뎅이들의 목소리가, 나를 통해 흘러나온다."* 시는 목소리이고, 속도와 리듬의 흐름이다. 시의 흐름 안에는 무수한 선들이 있다. 책이 "도주선, 탈영토화 운동, 지각 변동(=탈지층화) 운동들"을 품고 있듯이. "한 권의 책에는 분절의 선, 선분성의 선, 지층 및 영토성의 선들이, 또한 탈주선과 탈영토화의 선들, 탈지층화의 선들이" 존재하듯이.** 시를 읽는 것은 그 선들을 따라가며 질료적인 세계와의 만남, 그리고 감각적인 상

---

* 월트 휘트먼, 앞의 책, 84~85쪽.
** 질 들뢰즈, 펠릭스 가타리, 앞의 책, 12쪽.

상의 세계와의 만남이다.

 시는 씌어지면서 지워진다. 이것이 시가 품은 비밀스러운 내면성의 원리이다. 정작 시에서 씌어진 것들, 언표된 표면은 아무 의미도 갖지 못한다. 겨우 문자나 깨친 무지몽매한 이류 비평가들은 씌어진 표면에서만 시를 읽는다. 시들의 표면은 심층을 갖지 않는 한에서 명료하고, 무의식의 외침 같은 다양한 선을 머금은 심층을 갖는 한에서 모호해진다. 시력이 나쁜 비평가들은 그 난해와 모호함이 만드는 강렬함을 견디지 못한다. 눈은 흐릿하고 의식은 물렁물렁하기 때문이다. 비평가들은 자주 시를 읽는다고 하면서 시를 고갈시킨다. 비평가들은 시를 읽으면서 의미의 고갈, 행복의 고갈에 이를 뿐만 아니라 더 자주 과잉의 의미부여로 시들을 질식에 빠뜨린다.

 무엇이 장미인가? 참수된 뒤 자라는 머리.
 무엇이 먼지인가? 대지의 허파가 뿜어낸 탄식 일성.
 무엇이 비인가? 먹구름의 열차에서 내린 마지막 승객.
 무엇이 애탄 근심인가? 구김살과 주름살, 신경의 견직물 상의.
 무엇이 시간인가? 우리가 입고 있는 옷, 다시는 벗어버릴 수 없는.

- 아도니스, 「의미의 숲을 여행할 때 필요한 몇 가지 지침」 부분

좋은 시는 젊다. 그것은 감각의 쇄신을 이루고, 세계의 쇄신을 의미의 살[肉]로 드러낸다. 시들은 저를 둘러싼 모르는 세계라는 외부성에 의해서만 성립되고 의미를 품는다. 시인의 상상력은 그 세계와 부딪칠 때 동심원을 그리며 펼쳐진다. 그런 까닭에 좋은 시를 읽는 것은 세계의 확장이자 의미 영역의 확장이다. 시인들은 끊임없이 묻는다. 그들은 우리를 대신하여 장미가 무엇이고, 먼지가 무엇이고, 비가 무엇이고, 애탄 근심이 무엇이고, 시간이 무엇인가를 묻는다. 이제 우리 차례. 우리는 무엇보다도 아직도 시가 가능한가를 물어야 한다. "서로 다른 사랑을 하고/서로 다른 가을을 보내고/서로 다른 아프리카를 생각했다/우리는 여러 세계에서//드디어 외로운 노후를 맞고/드디어 이유 없이 가난해지고/드디어 사소한 운명을 수긍했다"(이장욱, 「우리는 여러 세계에서」) 사소한 운명을 노래하는 시, 외롭고 달콤한 사랑을 노래하는 시, 서로 다른 황혼이 되어 다른 계절을 맞는 시가 아직도 가능한가? 우리는 여러 세계에서 모여들고 각자 다른 계절에서 돌아오지만 시인들은 여전히 상상

력의 천재로 군림하고, 이들의 상상력은 창의성의 원천이지만 시인들이 '최후'를 향하여 다가가고 있음을 느낀다. 우리는 여러 곳에서 시가 사멸하고, 시인이 사라지는 징후들을 감지한다. 시는 이미 수없이 많은 곳에서 살해되고, 매장되었으며, 더러는 화석이 되었다. 시는 교과서, 수험참고서, 수험생의 필답고사 시험지, 고서박물관에서만 찾아볼 수 있다. 오늘날 시인은 멸종될 위기의 생물종으로 대접받는다. 시인이 멸종되면 시는 사라진다. 지금 읽는 시들은 불가능성의 가능성을 탐색하는 멸종 위기에 직면한 시인이라는 종족이 제출하는 최후의 서정시들이다.

말은 감각들의 통역관

시에서 말들은 감각들의 통역관이다. 말은 이 세계에 대한 모호한 느낌들을 자명한 것으로 통역한다. '나'에게서 저 세계로. 혹은 저 세계에서 '나'에게로. 랭보는 '나는 타자다. 구리가 나팔이 되어 깨어난다 해도 이는 구리의 잘못이 아니다.'라고 말한다. 말이라는 감각들의 통역관이 없었다면 우리가 어떻게 세계의 타자로 존재한다는 사실을 알 수 있었으랴! 비스와바 쉼보르스카는 이런 시구를 남겼다. "세상의 표면을 뒤덮고 있는 수억만 개의 얼굴들."(「부산한 거리에서 나를 엄습한 생각」)* 우리는 이 수억만 개의 얼굴들의 세계

---

* 비스와바 쉼보르스카, 『충분하다』, 최성은 옮김, 문학과지성사, 2016, 16쪽.

안에서 단 하나의 타자로 살아간다. 나는 당신의 타자다. 다시 쉼보르스카는 이렇게 쓴다. "우리 사이엔 다른 점이 너무나 많다./단지 두개골과 안와(眼窩),/그리고 뼈들만 동일할 뿐."(「십대 소녀」)* 나의 얼굴은 타자의 얼굴로서만 이 세상에 모습을 드러낸다. 타자로서의 나, 이때 '나'는 다름 아닌 말의 타자다. '나'와 '세계' 사이에 언제나 말이 있다. 말은 저 너머다. 말이 먼저 '나'를 관심의 대상으로 삼은 적이 없다. 말은 무심하다. 말과 '나'는 겉돈다. 이 둘이 상피 붙은 듯 사랑에 빠질 때가 있다. 구리가 나팔이 되어 깨어나는 순간이다. 구리가 욕망이라면 나팔은 욕망의 현실태다. 구리는 나팔 앞에서 무산되거나, 무로 돌아가는 그 무엇이다.

말은 거울이다. 그것은 삶을, 삶의 세부 항목들을 빠짐없이 비춘다. 말에 비친 삶과 세상을 눈여겨보는 자들이 있다. 평생 말을 붙잡고 연구하며 사는 사람들이 있다. 이들은 말의 탄생과 죽음, 말의 생로병사에 관여하고 싶어한다. 말은 그 자체로 완벽하다. 말의 완벽함은 진실의 배반으로, 사실의 왜곡으로 증명된다. 그러나 사람들의 처지에서 보자면 말은 불완전하기 짝이 없다. '초록'이라는 말은

* 비스와바 쉼보르스카, 앞의 책, 23쪽.

'초록'으로 완전하다. 허나 '초록'을 표현하려는 자에게 '초록'이란 말은 부족하다. 그것은 '초록'이라는 경험의 전부를 드러낼 수 없다. '초록'이라는 말은 '초록'의 경험에 가 닿지 못하고 중간에서 추락한다. '초록'이란 말은 '초록'의 추상만을 겨우 건드린다.

사람의 기억은 말의 집적이다. 그 세계에서는 삶의 궤적, 경험한 모든 것들, 어떤 찰나의 풍경, 심지어는 이미지조차 말이다. 당신이 떠나고 난 뒤 당신이 부재하는 자리에 말이 고인다. 그 말은 당신의 부재를 파먹으면서 세균이 증식하듯 빠르게 증식한다는 뜻이다. 이미 말들 속에 부재하는 당신은 너무나 많은 당신으로 들어앉아 있다. "어쨌든 나는 돌아가야만 한다/내 시의 유일한 자양분은 그리움/그리워하려면 멀리 있어야 하므로"(쉼보르스카, 미완성 육필원고 부분). 그리운 것은 지금 여기에 없다. 그리움은 멀리 떨어져 있음을 전제한다. 그리움이란 대상의 부재를 이상화하는 가운데 이상 증식하는 감정이기 때문이다. 말은 그리움이란 자양분을 취하고 자라난다. 충분히 멀리 떨어져 있어야 그리움이 생겨난다. 말은 그것에게 건너가는 다리이다. 말이 없다면 그리움에게 다가갈 수 없다. 끊긴 다리 앞에서 발만 동동 구를 뿐이다. 그리움은 대상의 부재 속에서 발을 동동 구르는 우리를 그리움의 포로로 만든다. 우리는 그리워하면서 그리움의 존재로 탄생한다. 이 모든 것을 수행하는 게 바로 말이다. 우리 기억 안에는 주인을 잃은 말들로 넘치고 붐빈다. 이는 그만큼 그리운 것들이 많다는 증거다.

시 쓰기는 말을 도구로 쓰는 일이 아니라 말을 갖고 노는 일이다. 말은 유희성 안에 있을 때 비로소 온전하다. 말을 부리면 말은 온전한 의미에서 어긋나간다. 시인은 말의 주인이 아니라 말을 일방으로 연모하는 자다. 좋은 시는 항상 말의 부재 속에서 나타난다. '얼음'이라는 말이 있었다고 하자. 그것은 어떻게 부재에 이르는가? 어떻게 부재 속에 시가 생겨나는가?

얼음이 녹는 건 슬픈 일
얼음이 녹지 않는 건 무서운 일

어떻게든 살기 위해
남몰래
천천히 녹는다

―오은, 「야누스」 전문

얼음은 물의 결빙 상태를 지시하는 단어다. 물은 빙점에서 얼고, 기온이 빙점 이상으로 상승할 때 녹는다. 얼음은 녹으면서 다른 무엇으로 바뀐다. 우리가 얼음이란 단어/소리에 집중할 때 그 말이 지시하는 사물의 내면 형질이 바뀌면서 다른 무엇을 건너간다. "얼음이 녹으면 뭐가 됩니까?/생물이 됩니다. 움직입니다."(오은, 「희망―간빙기」) 녹는다는 건 존재의 변주. '얼음'에서 '생물'로. 얼음이 녹으면서 얼음이라는 말과 얼음 사이에서 움직인다. 흘러간다. 흘러가는 것을 무엇이라고 불러야 하는가? 그것을 사랑이라도 불러도 되는가? 녹아서 흘러간다는 점에서 사랑의 범례(凡例)다. 사랑은 흘러간다. 물은 생물이며 흘러가는 존재의 형질을 드러낸다. 그러니 혹자는 얼음이 녹아서 생긴 그것을 '물'이라고 부를 것이다. 진짜 물인가? 그것은 제가 얼음이라는 것을 기억하지 못하는 물이다. 시인이란 "사무쳐진" 존재다. "어느 날/나는 사무쳐진다"(오은, 「주도면밀」). 사무쳐진 존재에게 너무 많은 말들이 깃든다. 존재의 거푸집, 존재의 시뮬레이션. 우리에게 찾아와서 내면에 깃든 말들은 그런 것이다. "말이 되는 순간이 찾아온다는 것/말이 되는 소리가,/말이 되는 이야기가 된다는 것./너무 많은 말들이 두드러지고 있었습니다."(오은, 「말이 되는 이야기」) 시인은 "너무 많은 말들"을 가진 자다. 항상 너무 많은 말들을 가진 존재만 뭔가를 쓴다.

비를 기다리며 팬지를 심었지 흙의 자물쇠를 따고
나는 팬지를 거기로 돌려보내지

팬지는 위로만 꽃, 아래는 흙의 몸뚱이를 가졌지
나는 꽃을 움켜쥐고 아래를 쓰다듬었지

나를 만진 건 당신이 처음이야

옛날이었지 말미잘처럼 붙어살던 때
거긴 아주 물컹한 곳이었고
토악질하듯 갑자기 쏟아져나왔던 순간과

처음의 빛으로 구워지기 시작했던,
빛의 날들을 우리는 생생히 기억하고 있지
팬지도 지금 그럴까

나는 수많은 팬지를 실어나르지
팬지는 색색의 여린 잎을 벌려 다른 나라의 말로 조잘거리고
나는 그 나라의 말로 대답해주네

팬지를 심으며 나도 팬지라는 이름을 다시 얻고 싶었지
참 좋은 어딘가로 팬지와 함께 땅에 붙어서 가고 싶었지

팬지는 자꾸 줄어들고 있었네
하나둘 팔랑거리며 팬지는 내 손을 떠나갔네

—류경무, 「팬지」 전문

'팬지'는 팬지일 뿐인가? 팬지는 "흙의 몸뚱이"를 가졌고, '나'는 그것의 아랫도리를 "쓰다듬"는다. "나를 만진 건 당신이 처음이야"라는 말, 그리고 "말미잘처럼 붙어살던 때"라는 기억을 떠올리게 하고, 그 "여린 잎을 벌려" "다른 나라의 말"로 조잘거렸던 적이 있는 그 무엇이다. 몸뚱이, 쓰다듬다, 붙어살다, 벌리다 같은 어휘들은 팬지가 성애적 경험의 대상이라는 암시를 강하게 풍긴다. 한 대상과의 애착과 분리의 경험을 진술하는 이 시가 낭만적 사랑에 대한 기억을 환기시키는 것은 우연이 아니다. '나'는 팬지와 "함께 땅에 붙어서 가고 싶었"지만 팬지는 '나'를 "떠나"간다. '나'는 팬지와 함께했던 날들을 "생생히 기억하고" 있지만, 지금 팬지는 곁에 없다. 그

러니까 원치 않는 이별이다. 팬지는 멀리 간다. 팬지는 멀리 감으로써 지금 여기 부재하는 대상이다. '나'는 팬지를 다시 심으면서 "팬지라는 이름을 다시 얻고 싶"어한다. 그 욕망은 실패한다. 팬지가 떠났을 때 '나'는 이미 죽은 사람이기 때문이다. "나는 지난 유월에 죽은 사람/이미 이곳에 없는 사람"(류경무, 「데드맨」)이다. 죽었다는 것은 무엇인가? "나라고 부르는 것으로부터/가장 멀리 떨어져나온 지금,/그러니 거기 앉은 나여//이제는 제발/나를 부르지 말아다오"(류경무, 「의자」)라는 구절이 그 대답을 들려준다. '나'는 나에게서 가장 멀리 떨어져나온 상태다. '나'는 나로부터 가장 멀리에서 소외된 채 떨어져나와 있다. '나'에게서 가장 멀리 떠나온 자는 그 어떤 기쁨도 욕망도 실현할 수 없다. 그는 곧 죽은 자이기 때문이다.

시인들은 말을 모으는 자들이 아니다. 시는 말을 채집하고 그것을 쌓아두는 일이 아니라, 말을 버려서 의미의 부재에 이르게 한다. 말의 바닥에 닿으려고 말을 지우고 빈자리를 만든다. 말의 빈자리에 시가 들어선다. 말의 제의(祭儀)로서의 시, 그 제의를 주재하는 집정관으로서의 시인. 좋은 시들은 가장 나쁜 세상에서 우리를 살아남음으로 이끈다. 환멸과 지리멸렬 속에서도 자진(自盡)하지 않고, 기어코 살도록 돕는다. 시인들이 항상 세계의 의미화에 기여하는 것은 아니다. 그보다는 더 자주 세계를 향해 질문을 던진다. "볼링엔 행운이 뒤따랐는가?/담배는 승리만큼이나 중독적이었는가?/파업은 마침내 성공했는가?"(오은, 「럭키 스트라이크」)라는 질문들은 충분히 의미가 있는가? 볼링, 흡연, 파업이 생의 가장 중요한 부분이라고 할 수는 없다. 이 가벼운 질문들은 아무 의미도 머금지 못한 채 지리멸렬하다. 질문이 지리멸렬한 것은 이 세계가 지리멸렬하기 때문이다. "이제 남겨진 것은/쥐 뜯어 먹은 것 같은 세상."(오은, 「래트맨(Ratman)」) '쥐들'은 어디에서나 갉아먹고 뜯어먹는다. 우리는 '쥐들'인가, 아닌가? 이 탐욕스러운 무리에게 이 세계는 "창문을 열기 위해 창문을 닫은 사람/소문을 퍼뜨리기 위해 창문을 여는 사람/소문이 새나가는 것을 막기 위해 창문을 닫아버리는 사람"(오은, 「인과율」)들의 집합체다. 차라리 이 무의미한 질문들은 무의미로써 세계의 무의미에 대응한다.

물의 노래

한 철학자에 따르면 물은 우주를 구성하는 사원소 중 하나다. 사람이 사는 데 사원소 다 중요하지만 그중 물은 생명의 근원이다. 물은 땅을 비옥하게 만들고 식물이 무성하게 자라게 한다. 물이 풍부한 곳에 사람이 모이고 농업이 번성한다. 감자, 고구마, 토란은 물을 먹고 자란다. 밭과 논의 작물들은 물 없이 재배할 수가 없다. 뿐만 아니라 두 발이나 네 발 달린 동물들도 물을 취하지 않고는 하루도 살 수가 없다. 이렇듯 물은 만물을 기르고 번성하게 만든다.

탯속 아기들은 양수에서 열 달을 보낸 뒤 세상에 나온다. 그리고 사람은 평생 물을 마시며 산다. 몸을 이루는 체액들, 피와 눈물과 땀은 바다의 일부다. 그것들은 다 염분을 머금고 있다. 어디 그뿐인가. 물이 있는 장소들, 즉 우물가, 샘터, 강, 호수, 바다 등은 사람이 모이고 만남이 이루어지는 장소다. 물은 사람들을 끌어 모이게 하는 매개체다. 많은 사람들이 밀집해 사는 큰 도시는 대개 큰 강을 끼고 있다. 물은 생명이고 죽음이며, 인류 문명에 없어서는 안 될 기초적 요소이다. "그것은 무한한 가능성이자 발전의 약속이고 또한 모든 해체의 위협을 의미한다. 물속에 뛰어든다는 것, 그것은 근원으로 되돌아가는 것이다."* 물에 뛰어드는 것이 죽음이라면 다시 물속에서 나오는 것은 부활을 뜻한다. 우리는 물속에 뛰어든 자의 신화에 대해 논의를 할 것이다. 침례는 물에 온몸을 담갔다가 다시 물밖으로 나오는 것인데, 이는 낡은 자가 죽은 뒤 새로운 영혼을 얻어 재생을 한다는 표상적 의식이다.

한번 죽은 자는 다시 죽지 않는다. 펄떡이던 심장이 멈추고 뇌사에 도달하며, 몸통과 사지의 경직이 시작될 때 죽음은 돌이킬 수 없는 것이 된다. 죽음은 단 한 점의 모호함도 없는 자명함 그 자체다. 다른 무엇으로 대체할 수 없는 절대 경험이다. 시는 이런 자명함 속에서 배태되지 않는다. 시는 모호함 속에서 윤곽을 만들며 떠오른

* 뤽 브노아, 앞의 책, 63쪽.

다. 이름 붙일 수 없는 것, 어떤 찰나, 저녁의 거무스름한 물, 생리하는 개들, 처제들의 상상임신 같은 것, 이런 모든 모호함들은 시의 자궁이다. 시를 쓸 때는 대상에서 가장 먼 이미지들을 데려와야 한다. 대상과 먼 이미지들 사이의 모호함을 타고 나가라는 뜻이다. 대상과 유사성으로 인접한 이미지들 사이에는 모호함이 깃들 여지가 없다. 그러니 시가 나타나지 않는다.

오규원의 "비가 와도/젖은 자는 젖지 않는다"(「비가 와도 젖은 자는―순례 1」)라는 시구는 잠언 같고, 불교 경문(經文) 같다. 이 시구만으로는 젖지 않은 자가 젖은 자를 바라보며 하는 말인가, 아니면 젖은 자가 젖지 않은 자를 향해 하는 말인가 확정할 수가 없다. 이 구절은 두 경우를 다 거머쥔다. 한번 젖은 자는 다시 젖지 않는다. 당연한 것을 당연함으로 놔두지 않고 다시 노래하는 것에는 의도가 있다. 이 구절은 비―젖음에서 젖은 것―다시 젖지 않음으로 타고 나간다. 비에 젖음으로써 그 형질이 바뀌어버렸을 때 비가 더 내린다고 해서 다른 형질이 되지 않는 까닭이다. 젖은 것은 축축할 것이며, 그 축축한 것을 비가 적신다고 해서 그 축축함이 다른 무엇으로 변화되지는 않을 테다. 시인은 젖은 것은 젖은 채로 있다고 단정하는데, 성급한 독자들은 이 '축축함'을 다른 무엇의 은유로 읽고 싶어한다. 축축함은 물에 젖어 무겁게 늘어진다. 이것을 다른 무엇의 은유로 읽는 것은 저마다의 자유다.

물은 비, 지하수, 강물, 바다와 같이 우리 주변에 다양한 양태로 존재한다. 물의 양태는 실로 다양하다. 명랑한 물, 쾌활한 물, 난폭한 물, 고요한 물, 심심한 물, 우울한 물, 슬픈 물, 춤추는 물, 울부짖는 물, 성난 물, 미쳐 날뛰는 물, 의기소침한 물…… 사실 물의 본성은 하나지만 물은 시시각각으로 변한다. 물은 변화무쌍하고 그 심리적 양태가 다양한 듯하지만 이는 관조하는 자의 심리를 반영한 것에 지나지 않을지도 모른다. 우리는 물을 바라보고, 마시고, 생활에서 두루 쓰며 살아간다. 물 없이 산다는 것은 상상할 수도 없는 일이다. 심지어 사람의 몸은 70퍼센트가 물로 이루어져 있다. 따지고 보면 사람들 하나하나는 아주 작은 바다다. 걸어다니는 바다. 물은 흐르는 것이고, 형태를 갖지 않는다. 물이 심연일 때 위험하다. 이 심연은 제 안에 들어온 것을 삼킨다. 물은 삼킨 것을 다시 토해낸다. 물은 죽음이고 부활이다. 프랑시스 퐁주*라는 시인이 "나보다

---

* 프랑시스 퐁주는 프랑스 시인이자 비평가다. 그는 시에서 대개 돌멩이, 성냥, 양초, 물, 새, 나비, 빵, 담배, 오렌지, 굴, 물, 불 따위의 일상적인 사물이나 현상을 다룬다. 국내에 『사물에 대한 고정관념』, 『표현의 광란』, 『일요일 또는 예술가』, 『테이블』 등이 출간되었다.

낮은 곳에, 언제나 나보다 낮은 곳에 물이 있다."라고 노래할 때 물
은 항상 땅바닥이거나 땅바닥의 일부인 것처럼 스스로를 낮춘다.
물은 낮은 곳에 처할 때도 장엄하고 위대하다. 동양의 철학자 노자
역시 물은 낮은 곳에 처한다고 했다. 사람은 높은 곳에 있기를 좋아
하지만 물은 뭇사람이 싫어하는 낮은 곳에 있기를 좋아한다는 것이
다. "물은 만물을 이롭게 하고 서로 다투지 않는다."(『도덕경』 8장) 물
은 깨끗하다고 끌어안고 더럽다고 내치지 않는다. 물은 깨끗한 것
은 깨끗한 대로 더러운 것은 더러운 대로 분별하지 않고 끌어안는
다. 물은 더러운 것을 끌어안아 그것을 정화시킨다. 물은 변화하면
서 새로운 무엇을 생성한다. 변화와 생성으로 나가면서도 항상성을
유지한다. 그래서 도는 물에 가깝다.

　　나보다 낮은 곳에, 언제나 나보다 낮은 곳에 물이 있다. 늘 눈
을 내리깔고 나는 물을 바라본다. 마치 땅처럼, 땅의 일부처럼,
땅의 변형처럼.
　　물은 희고 빛나고, 무정형이고 시원하고, 수동적이나 중력이라
는 그 유일한 악에는 철저하고, 이 악을 만족시키기 위해 특별한
방법들을 동원한다—에두르고, 뚫고, 녹이고, 스며들면서.
　　그 내부에서도 이 악은 작용한다. 물은 늘 가라앉고, 매순간

어떤 형태도 버리고, 스스로를 낮추려고만 하고, 어떤 교단의 승려들처럼 마치 시체와 같이 배를 깔고 땅에 눕는다. 언제나 더욱 낮게—그것이 물의 신조인 것 같다—한층 높게의 반대이다—

- 프랑시스 퐁주, 「물」 부분

물은 "에두르고, 뚫고, 녹이고, 스며들면서" 나아간다. 항상 더 낮게! 아울러 물은 일정한 모양이 없다. 물은 끊임없이 움직이며 제 형태를 깨트리기 때문이다. 물은 흩어지고 형태들을 파괴한다. 물의 도덕적 품성은 가장 낮은 곳에 처한다는 점에서 두드러진다. 물은 하향하고, 불은 상향한다. 물은 다른 것들이 애써 기피하는 가장 낮은 바닥에 엎드리지만, 성난 불은 바람을 타고 더 높은 곳을 향해 기어오르며 기세를 올린다. 물이 수동적이라면 불은 능동적이다. 물은 항상 그 자리에 머무는 것이 아니라 더 낮은 바닥으로 나아간다. 물은 비굴하지는 않지만 비천한 곳에 처하기를 마다하지 않는다. 물은 무정형성으로 자신을 드러내는데, 이것은 물이 아상(我相)에 집착하지 않고, 규범 속에 갇히기를 거부하며 항상 자유로움을 지향한다는 뜻이다. 물은 규율에 복종하는 철저함에서 수도승이고, 가장 낮은 바닥에 엎드린다는 점에서는 시체일 것이다.

물은 노자나 공자 같은 동양 철학자들이 자주 쓰는 '뿌리 은유'일 뿐만 아니라 우리 서정시의 원류이기도 하다. 고대가요 「공무도하가」는 우리나라 최초의 서정시다. 이름을 알 수 없는 백수광부(白首狂夫)의 아내의 노래로 알려진 이 고대가요의 원가(原歌)는 전해지지 않는다. 다만 한문으로 적은 「공후인」이 진나라 최표(崔豹)의 『고금주(古今注)』에 설화와 함께 채록되어 있다.

> 임이여 물을 건너지 마오. 公無渡河
> 임은 결국 물을 건너시네. 公竟渡河
> 물에 빠져 죽었으니. 墮河而死
> 장차 임을 어이할꼬. 將奈公何

남편의 죽음을 애달파하는 아내의 노래가 널리 퍼진 배경설화는 다음과 같다. '공후인'을 지은 것은 조선의 진졸(津卒) 곽리자고의 아내 여옥이다. 자고가 새벽에 집을 나와 배를 저어 가는데, 한 미친 사람이 흰 머리를 풀어헤치고 물을 건너고 있었다. 아내가 뒤쫓아와서 막았으나, 그는 기어코 물에 빠져 사라진다. 아내가 공후를 타며 '공무도하'의 노래를 부르니, 그 곡조가 구슬퍼서 폐부를 찌르는 듯했다. 여자는 죽은 남편 뒤를 따라 제 몸을 물에 던졌다. 자고가 돌아와서 아내에게 새벽 강가에서 보고 들은 바를 전하고 노래를 들려주니, 아내 여옥이 슬퍼했다. 여옥이 공후로 그 소리를 본받아 연주하고, 이웃 여자 여용에게 전하니 이 노래를 일컬어 '공후인'이라 한다.

한 사람이 죽고 난 뒤 남은 한 사람이 죽음으로써 비극적 사태의 규모가 더 커지지만 강은 아무 일도 없었다는 듯 무심히 흐른다. 이 모든 사태를 목격한 곽리자고는 두 죽음을 품고 시치미를 떼는 강의 무정함에 몸서리를 쳤을지도 모른다. 집에 돌아와 제가 보고 들은 것을 아내에게 전하며 다시 한 번 이 비극적 사태가 미친 마음의 충격을 진정시키려 했을지도 모른다. '임'은 건너지 말라는 강을 왜 기어코 건넜을까. 그건 '임'이 술에 만취된 상태이거나 미쳤기 때문이라고 말할 수 있다. 어쩌면 가슴에 맺힌 한이 너무 깊어 살아서는 감당할 수 없었기에 능동적으로 죽음을 선택한 것인지도 모른다. 어쨌든 '임'은 미쳐서 건너서는 안 되는 강을 건너다가 죽고 만다. 이 비극적 사태는 뒤집을 수 없다. 죽은 '임'은 다시 살아 돌아오지 않을 테니까. '임'의 강 건너기를 한사코 말렸던 남은 자[아내]의 슬픔은 클 것이다. 남은 자는 그 슬픔을 이기지 못해 '임'의 뒤를 따라

강에 제 몸을 던진다. 죽음을 마다하지 않고 강을 건너는 '임'과 그 죽음을 막아보고자 소리쳐 만류하던 그의 아내는 강물 속으로 사라지고 말았다. 이 비극은 '기어코'의 비극이다. 두 사람의 죽음은 '기어코' 벌어진 사태이다. 이 '기어코'야말로 시가 발원하는 지점이 아닐까.

'이름들'의 세계에서 산다는 것

'말'의 가장 원초적인 존재 형태는 '이름들'이다. 한 종교 경전에 따르면 '아버지 하나님'이 최초의 합당한 이름을 붙여 불러주자 그것들은 비로소 존재할 수 있었다. 모든 것들은 이름들과 함께 시작되었다. 철학자들도 이런 사실에 힘을 보탠다. 사르트르의 말-"그것에다 이름을 부여한다는 것은 그것을 창조함과 동시에 거머쥐는 것이다.", 하이데거의 말-"언어만이 존재자들을 존재자들로서 처음으로, 열려진 곳으로 가져온다."* 사물들이 처음부터 이름을 가진 게 아니다. 이름이 불려짐으로써 그것들은 존재의 세계 속으로 들

---

* 서동욱, 『일상의 모험』, 민음사, 2005, 230쪽에서 재인용.

어선다. 모른다는 것은 이름을 모른다는 것이다. 이름을 갖지 못한 자들은 '벌거벗은' 존재들이다. 조르조 아감벤에 따르면 '벌거벗음'은 "은총이라는 옷이 결핍된 상태"이고, "복 받은 이들이 천국에서 받을 눈부시고 영광스러운 의복의 전조"인 것이다.* 옷이 '벌거벗은 신체'를 감싸고 숨기며 보호하는 것이라면 벌거벗은 상태가 되는 것은 사물화되거나 익명화됨으로써 존재의 밑바닥으로 추락하는 것이다. 익명화된 존재는 신성함과 고결함을 잃어버린 채 단지 '그것'으로 불린다. 우리는 '이름'을 가짐으로써 비로소 그 '이름'에 합당한 운명을 살아낸다.

대상을 가리키는 이름들. '말'은 기호다. 아무것도 아닌 것, 의미를 맺지 못한 채 떠도는 소리들. '말'이 소리의 범주를 넘어서서 우리에게 올 때 그것은 항상 무언가의 '이름들'로 온다. 말로 다 말할 수 없는 것들이 저마다 '이름들'로 와서 의미의 존재가 되는 것이다. 약 팔십 년 전 한 청년은 '이름'에 관해 이런 시를 쓴다. "나는 별하나에 아름다운 말 한마디씩 불러봅니다. 소학교 때 책상을 같이 했던 아이들의 이름과, 패(佩), 경(境), 옥(玉) 이런 이국 소녀들의 이

* 조르조 아감벤, 『벌거벗음』, 김영훈 옮김, 인간사랑, 2014, 98쪽.

름과, 벌써 애기 어머니 된 계집애들의 이름과, 가난한 이웃 사람들의 이름과, 비둘기, 강아지, 토끼, 노새, 노루, '프랑시스 잠' '라이너 마리아 릴케' 이런 시인의 이름을 불러봅니다."(윤동주, 「별 헤는 밤」)

「별 헤는 밤」은 1941년 11월 5일에 씌어진 작품이다. 시인은 어머니를 부르고 이어서 어린 시절의 벗들과 좋아했던 시인, 그리고 비둘기, 강아지, 토끼, 노새, 노루와 같이 친숙한 고향의 동물들을 하나하나 다정하게 호명한다. '패', '경', '옥' 같은 이국 소녀들은 멀리 있고, 이들은 타자인 한에서 멀리 있는 존재들이다. 어린 시절의 그리운 벗들의 이름을 하나씩 불러볼 때, 그 아득하고 미미한 존재들은 호명만으로 환대와 함께 커다란 존재성을 부여받는다. 그 이름들 하나하나는 추억과 그리움과 사랑의 '별'들이다. 이들을 '별'로 인지하는 것은 그만큼 멀고 아득한 곳에 있다는 뜻인데, 물리적 거리와 시간의 경과에서 '별'같이 닿을 수 없는 거리 저 밖으로 멀어졌음을 함의한다. 「별 헤는 밤」의 마지막 연은 다음과 같다.

그러나 겨울이 지나고 나의 별에도 봄이 오면
무덤 위에 파란 잔디가 피어나듯이
내 이름자 묻힌 언덕 위에도
자랑처럼 풀이 무성할 게외다.

은유의 힘 —— 119

'윤동주'라는 이름을 '언덕'에 쓰고 난 뒤 흙으로 덮는다. 이는 제 이름을 말소하고 망각에 두려는 제의적 행위다. 이 계절은 상징적 '겨울'인데, 시인은 "나의 별에도 봄이 오면" 제 이름을 묻은 언덕에 풀이 무성해질 희망과 기대를 품으며 시를 끝낸다. 시인이 「별 헤는 밤」을 쓸 무렵 식민지 조선인들은 일본식 이름으로 창씨개명을 하도록 압력을 받는다. 일본 제국주의는 창씨개명을 하지 않으면 여러 가지 면에서 불이익을 주겠다고 엄포를 놓는다. 구체적으로 열거하자면 각급 학교의 입학과 진학, 공사 기관의 채용, 행정기관에서 민원 사무의 배제, 식량 및 물자의 배급 대상에서 제외와 더불어 창씨개명을 하지 않은 사람을 비국민·불령선인으로 단정한다는 것 따위다. 일본 유학을 준비하던 청년은 창씨개명에 대해 갈등을 느끼지 않을 수가 없었다. 결국 윤동주는 1942년 1월 29일 제 이름을 '히라누마 도주[平沼東柱]'로 개명해서 창씨개명계를 연희전문에 제출한다. 이로써 '윤동주'라는 이름은 공식문서에서 사라진다. 제 나라의 말로 호명되는 이름을 '부끄럽게' 만든 것은 전적으로 일본 제국주의자들의 책임이다. 시인은 창씨개명으로 사라질 제 이름자를 쓰고 스스로 흙으로 덮은 언덕에 봄이 와서 '자랑'처럼 풀이 무성해질 기대를 숨기지 않고 드러낸다.

철학자이자 시인인 서동욱은 「주문(呪文)으로서의 이름」이라는 글에서 이렇게 쓴다. "이름 안에 들어 있는 것이 본질이고, 그 본질을 육화하는 주문이 바로 이름을 발음하는 것이라면, 이 '세계 전체의 본질'을 담고 있는 하나의 이름 역시 생각해볼 수 있지 않겠는가? 단 한 번의 발음(주문)으로 세상을 멸망시킬 수도 있고 세상의 본질을 회복할 수도 있는 그런 이름이 가능하지 않겠는가?"* 무엇보다도 먼저 '신'이 이름을 갖고, 사람들은 이 초월자의 이름을 부른다. 초월자의 이름을 부르는 것은 환대, 흠모, 숭배의 제의적 행위다. 이름 가진 것은 다 신의 현전을 반영한다. 우리가 불러준 이름들, 부르다가 죽을 이름들. 초혼의 의식에서도 망자의 이름을 부른다. "산산히 부서진 이름이여!/허공중에 헤어진 이름이여!/불러도 주인없는 이름이여!/부르다가 내가 죽을 이름이여!"(김소월, 「초혼」) 초혼 의식에서 이름을 부르는 것은 망자의 영혼을 불러내는 행위다. 이 세계는 이름 가진 것들의 세계다. 이름을 갖지 못한 것은 이 세계의 일원에서 배제된다. 우리가 이름을 붙여 부를 때 그것은 정체가 모호한 벌거벗은 덩어리가 아니라 하나의 존재로, 압도적인

* 서동욱, 앞의 책, 235쪽.

의미의 존재로 거듭난다. 존재는 이름으로 불려짐으로써 열린 세계 속으로 들어온다. 열린 세계 속으로 들어온다는 것은 익명성에서 기명성으로 존재의 형이상학적 전환을 이루며 공적 지평에서의 참여가 가능해진다는 뜻이다.

　이름은 단순히 대상을 가리키는 기호일 뿐만 아니라 그것의 특이점을 조형하고, 본질을 외시(外示)해내는 효과가 있다. 군중이라는 무리와 이름을 가진 개별자들의 집합체는 분명 다르다. 군중은 개인에게 이름을 허여(許與)하지 않고, 개별자를 무리의 일원으로서만 인정한다. 이름을 가진 자는 군중이라는 무리 속에서 이미 이탈한다. 개별자는 이름을 갖고 욕망이라는 탈주선을 타고 달아난다. 시인은 감각의 자발적 착란 속에서 사물들에게, 타자에게 제각각의 이름을 붙여 호명한다. 시인은 "욕망이여 입을 열어라 그 속에서/사랑을 발견하겠다"(김수영, 「사랑의 변주곡」)고 선언하거나, "번개처럼/금이 간 너의 얼굴"(김수영, 「사랑」)에 알맞은 이름을 붙여 호명한다. 호명하는 목소리는 길게 여운을 남기면서 저 너머로 사라진다. 사라지는 목소리. 내가 그의 이름을 불러주었을 때 그는 짐승 속에서 나와 비로소 사람이 되었다.

그녀는 도벽이 발견되었을 때 완성된다
그녀뿐이 아니라
나뿐이 아니라 천역(賤役)에 찌들린
나뿐만이 아니라
여편네뿐이 아니라 안달을 부리는
여편네뿐만이 아니라
우리들의 새끼들까지도
아무것도 모르는 우리들의 새끼들까지도

그녀가 온 지 두 달 만에 우리들은 처음으로 완성되었다
처음으로 처음으로

- 김수영, 「식모」 전문

‘식모’는 사라진 구시대의 직업이다. 직종이 사라진 게 아니라
그 명칭이 사라진다. 지금은 파출부나 도우미와 같은 말들이 그 호
칭을 대신한다. 「식모」에서 ‘그녀’는 이름이 없다. 이름 없이 ‘그녀’
로 호칭되는 존재라니! 이름이 없다는 것은 개별적 정체성을 부여
받지 못했음을 암시한다. 소녀는 입주해서 가사를 도우려고 어디
에선가 왔는데, 시인에게는 무수히 많은 ‘그녀’들 중 하나다. ‘그녀’

가 개별자로 발명되는 것은 '도벽'이 발각되는 계기를 통해서다. 천역에 찌들리고, 안달을 부리는 가족에게 겉도는 '그녀'의 도벽은 '그녀'의 개별적 특이함을 확실하게 각인하는 효과를 불러온다. '나'와 여편네, 그리고 새끼들이 만드는 '가족'의 일원이 되지 못한 채 그 바깥을 떠돌던 '그녀'는 도벽으로 말미암아 자신을 개별자로 완성한다. 이때 도벽은 남의 물건을 훔치는 습관이라는 점보다 욕망의 존재라는 사실을 더 드러낸다. '완성'이란 존재성이 미미하던 소녀가 실체로서 그 현존을 드러내는 사건이다.

김수영은 「꽃잎」이란 제목으로 세 편의 시를 남긴다. 이 연작시는 그의 후기시에서 중요한 위치를 차지하는데, 그 모호성 때문인지 정작 이 연작시를 분석하는 비평문을 찾아보기 힘들다. 「꽃잎 3」*에서 열네 살에 시인의 집에 고용살러 온 소녀는 '순자'라는 이름으로 호명된다. 순자는 "열네 살 우리집에 고용을 살러 온 지/3일이 되는지 5일이 되는" 소녀다. 시인의 언급대로 소녀란 나이를 초월한, 어린애도 아니고 어른도 아닌 존재다. 시인은 소녀 '순자'에게 감탄한다. "야아 순자야 깜찍하고나/너 혼자서 깜찍하고나". '순자'

---

* 김수영, 『김수영 전집 1』, 민음사, 2003, 351~353쪽.

는 "나의 방대한 낭비와 난센스와/허위를/나의 못 보는 눈을 나의 둔갑한 영혼을/나의 애인 없는 더러운 고독을/나의 대대로 물려받은 음탕한 전통을" 단박에 꿰뚫어보는 존재다. 오직 소녀만이 "썩은 문명의 두께"를 물리치고, 문명의 어마어마한 낭비에 대항한다고 하면서 "공허한 투자"를 일삼는 "나의 전모"를 파악하고, '나'를 비웃는다. '소녀'가 드러내놓고 비웃거나 하지는 않았겠지만 적어도 시인은 그렇게 느끼고 있다. 시인은 소녀에게 이 모든 사실을 "어떻게 알았느냐"라고 감탄하며 묻는다.

이 시의 의미를 열기 위한 열쇠 말은 '변화'와 '완성'이다. 변화는 자연 만물, 삶과 사회를 모두 포괄하는데, 이것은 항상 처음과 끝 사이에 걸쳐 있는 중간이고, 멈춤이 없는 지속이며, 내적 성분과 지형을 뒤흔드는 동요를 품는다. 만물에게는 변화하지 않음이 없다. 완성은 성분적 요소가 겪는 동요의 멈춤이고, 더 이상 변화가 일어나지 않는 멈춤이다. 완성은 동요를 정지함으로써 형태와 내용을 확정한다. '순자'는 '변화'하고 '완성'에 도달하는 당사자이다. 아울러 '그녀'는 자기 바깥 세계의 '변화'와 '완성'의 관찰자이자 매개자다. 먼저 '순자'는 꽃과 더워져가는 화원의 변화를 보고 느끼는 존재다. 식물의 초록빛은 나날이 짙어지고 꽃들은 연이어 꽃망울을 터뜨린다. 이 "너무나 빠른 변화"에 놀란 벌과 나비들은 "화원"에 찾아오기를 그친다. 물론 그것은 잠시 동안만의 현상이다. '순자'는 "잠시 찾아오기를 그친 벌과 나비의 소식을 완성"한다. "꽃과 더워져가는 화원"은 '순자'의 등장으로 말미암아 변화에 이른다. 계절은 빠르게 봄에서 여름으로 건너간다. 시인이 말하는 "실낱 같은 완성"이 무엇인지 확실하지는 않다. '완성'보다 더 중요한 것은 "실낱 같은"이란 수식어다. 이것은 가능성의 빈곤을 암시한다. 그런데 왜 "실낱 같은 여름날"인가? "실낱 같은"이란 수식을 받고 있는 것은 "여름날" 뿐이 아니다. "여름 바람의 아우성"과 "여름 풀의 아우성"도 실낱 같다. 여름이면 양의 기운이 천지에 가득하고 식물들은 무성해진다. 그것들은 실낱 같음으로 '완성'에 이른다. 이 모든 것들이 "너무 간단해서" 웃음이 나올 지경이다. 남자 어른에겐 너무 어려운 일이 '소녀'에겐 너무 간단한 일이다.

내가 그의 이름을 불러 주기 전에는
그는 다만
하나의 몸짓에 지나지 않았다.

내가 그의 이름을 불러 주었을 때

그는 나에게로 와서
꽃이 되었다.

내가 그의 이름을 불러 준 것처럼
나의 이 빛깔과 향기에 알맞은
누가 나의 이름을 불러 다오.
그에게로 가서 나도
그의 꽃이 되고 싶다.

우리들은 모두
무엇이 되고 싶다.
너는 나에게 나는 너에게
잊혀지지 않는 하나의 눈짓이 되고 싶다.

- 김춘수, 「꽃」 전문

'이름들'의 세계에 산다는 것은 어떤 의미인가? 널리 애송되는
김춘수의 「꽃」에서 그 대답을 얻을 수 있다. 이름은 아무것도 아닌
것을 뚫고 나온다. 이름은 다른 무엇으로도 대체가 불가능한 고유
한 가치를 갖는다. 따라서 이름을 불러준다는 것은 그를 환대함이

고, 아무것도 아닌 존재에게 의미를 부여하는 행위다. 그래서 누군
가의 이름을 불러주기 전 "그는 다만 하나의 몸짓에 지나지 않았
다"라는 구절이 나온다. 내가 그의 이름을 부르자 "그는 나에게로
와서 꽃이 되었다." 이 구절에서 '꽃'은 아름다움으로 겪는 타자적
인식을 가리킨다. 이때 이름은 본질의 외피가 아니라 본질 그 자체
다. 우리는 어머니의 자궁에서 벌거숭이 몸뚱이로 밀려나오면서 한
번 태어나고, 이름을 부여받고 사회적 생명을 얻으면서 두 번 태어
난다.

　　신이나 인간은 예외 없이 이름을 갖는다. 반면 개구리나 뱀이나
멧돼지 같은 동물들은 이름이 없고 이름으로 호명되지 않는다. 동
물이 이름을 갖는 것은 매우 예외적인 상황이다. 밀란 쿤데라는 『참
을 수 없는 존재의 가벼움』에서 어느 마을의 소들에게 이름을 붙이
는 관습을 언급하며, 이름이 "영혼의 표지"라고 말한다. 이름을 갖
는 한에서 소들은 익명적이고 수량적인 것의 범주를 넘어서서 "영
혼"이라는 가치를 부여받는다. 이름으로 호명된다면 동물들도 영혼
을 가진 존재로 탈바꿈한다. 이름을 명명한다는 것은 어떤 철학적
함의를 갖는가. 하이데거는 이렇게 말한다. "처음으로 언어가 존재
자를 명명함으로써, 그런 명명함이 비로소 존재자를 낱말로 가져오

며 현상하게 한다. 이런 명명함은 존재로 향해 있는 존재자를 그것의 존재로부터 지명한다. 그런 말함은 밝힘의 기획투사이며, 그 속에서 존재자를 개방하는 것이 알려진다. 기획투사함이란 어떤 던짐을 불러일으킴이고, 여기서 던짐은 비은폐성이며, 비은폐성은 존재자 안으로 자신을 보낸다."* 하이데거의 말대로 그 무엇에게 이름을 붙여 말함은 "밝힘의 기획투사"다. 그것은 존재자를 어둠 속에서 빛 속으로 끌어내는 일이고, 지명이자 개방이며, 그 이전에 비은폐적 차원에서의 파열이다. 그리하여 명명됨으로써 비로소 그 무엇인가로 인지되는 과정이다.

이렇듯 이름은 아무것도 아닌 존재에게 개별성을 특정하고, 그를 의미화한다. 그런 까닭에 우리는 이름으로써 제 존재를 드러낸다. 앞서 김수영의 시에서 보았듯이 이름 없이 '식모'라고 불려지던 그녀가 '순자'라는 이름을 갖게 되자 어엿한 인격과 정체성을 가진 의미의 존재로 떠오른다. 이름이 없는 것은 그저 물질의 덩어리에 지나지 않는다. 하지만 이름을 갖고 호명될 때 그는 존재의 존엄성이라는 아우라를 뿜어내기 시작한다. "물질이 영혼을 입고 생명

---

* 하이데거, 「예술작품의 기원」. 여기서는 김동규, 『철학의 모비딕』(문학동네, 2013) 106쪽 재인용.

이 된다. 반면 이름이 없다는 것은, 나의 양도 불능의 독자성을 잃어버리고, 가난한 벌거숭이가 되는 일이나 마찬가지다."* 이름은 존재 본질과 무관한 기호, 겉치레, 외관이 아니다. 이름은 그것을 불러주는 자의 마음에서 솟구치는 환대, 의미, 사랑을 두루 품는다. 따라서 누군가의 이름을 불러줄 때 그는 의미의 존재로 다시 태어난다. 우리가 그 누군가에게 의미의 존재가 되려면 누군가가 우리의 이름을 불러주어야만 한다. 누가 그런 일을 하는가? 오직 시인들과 지극한 사랑에 빠진 자들이 그 일을 한다. 만물들은 우리에게 속삭인다. 누가 나의 이름을 불러다오! 시인들은 꽃과 바위, 모래와 어둠, 흐르는 물과 허공을 가로지르는 바람 따위 이 우주를 채운 것들의 속삭임을 듣고 그에 반응하며 만물에게 이름을 붙이고 호명한다.

* 서동욱, 앞의 책, 226쪽.

"처남들과 처제들"의 슬하에서

근대 이후 한국인은 자신들이 원했건 그렇지 않았건 간에 자연과 실재에서 벗어나와 가상(假像)과 거짓, 꾸며진 것들이 득세하거나 이것들이 매개하는 세계 속으로 들어선다. 지금 우리가 겪는 '탈현대'의 세속주의와 신자유주의 경제 체제는 환영과 그림자들, 시뮬라크르로 가득찬 세계다. 이런 유령들이 활개치는 세계에 살면서 의미 있는 삶을 찾으려는 사람이 매달리는 도덕적 가치는 '진정성'이다. 그러나 이 '진정성' 찾기를 '근대성의 질병'으로 낙인찍는 젊은 철학자가 있다. 앤드류 포터는 『진정성이라는 거짓말』이란 책에서 반문한다. "경쟁과 이기주의, 속이 텅 빈 개인주의가 만연하고 진실한 인간관계와 참된 공동체가 사라진 천박한 소비주의 사회에 대한 우려는 정당하다. 그러나 이것은 불편한 모순을 야기한다. 천박성과 거짓됨을 자인하는 사람도 없고, 다들 그렇게 진정성을 갈망한다는데 어째서 세상은 날마다 점점 더 진정성을 잃어가는 것처럼 보일까?"* 진정성은 사라졌다. 진정성이 사라져버린 자리에는 진정성을 갈망하는 외침들이 들끓는다. 진정성이 사라진 세계에서 '진정성'은 가장 인기를 끄는 소비품목이다. "진정성이 자기급진화 역학을 탑재한 지위재라는 사실을 일단 인식하면, 진정성 추구의 이름으로 행해지는 각종 이상한 행위들이 이해되기 시작한다."** 근대 이후 우리는 얼마나 많은 변화, 변화, 변화를 겪으면서 지금 이 자리까지 왔는가? 신체에는 지울 수 없는 문신과 같이 우리가 겪어낸 '근대성'이 각인되어 있다. 지금 우리가 직면하는 인구, 자유, 첨단 과학, 개인주의, 소비주의의 문제들은 이 변화들에서 파생된 것이다. 근대 이전 어디에서나 쉽게 만날 수 있던 목가적 세계가 소멸된 이후 몰려온 '붉은 여왕의 세상' 속으로 들어설 때 이미 우리는 이 세상에 출현한 전대미문의 '신종 인류'다. "이렇듯 근대성은 과학 발전이 초래한 세계에 대한 환멸, 정치적 개인주의와 자유의 부상, 기술 주도의 창조적 파괴를 부르는 자본주의가 뒤얽힌 산물이

* 앤드류 포터, 『진정성이라는 거짓말』, 노시내 옮김, 마티, 2016, 23쪽.
** 앤드류 포터, 앞의 책, 156쪽.

다. 이것은 우리에게 신종 사회를 만들어주었고 불가피하게 신종 인간을 양산했다."* 우리는 태초의 호모사피엔스에서 진화한 인류가 아니고, 더구나 그 인류의 일원도 아니다. 우리는 그저 '신종' 무리다.

여기 한 시인이 발견한 세계가 있다. 시인 김근은 이들 위장된 진정성의 세계에로 몰려와 새로 주인된 "신종 인간"들에게 '조카'라는 명칭을 부여한다. 그것은 "처제들과 처남들"의 슬하에서 태어난 '조카'들이 이룬 세계다. '조카'들은 정신병과 빈곤과 사회적 불평등과 환경 파괴의 세계 속에서 어느 날 "가죽 주머니 입과 성기만 단 가죽 부대"로 태어난다. '조카'의 탄생과 성장에 사슴과 새와 나비는 전혀 관여하지 않는다. 그것은 "애초부터 불가능한 일"이었던 것이다.

처제들과 처남들의 슬하에서 그것은 자랐나 빈데
그 가죽 주머니 입과 성기만 단 가죽 부대
처음엔 마소들에게나 줘버릴까도 했지만

* 앤드류 포터, 앞의 책, 54쪽.

이리 차이고 저리 차이는 꼴이라 어디서
사슴과 새와 나비 한 마리 와서 그것의
탄생과 성장을 돕기는커녕 업신여길 뿐이라
하긴 옆구리에서 꺼낸 알도 아닌 바에야
그것은 애초부터 불가능한 일이라 여기긴
여겼지만서도 그처럼이나 천덕꾸러기일러나
했던 것이었으니 해도 처제들과 처남들이
호호 입김 불고 얼싸덜싸 어르며 키웠던
키우며 놀았던 바라 거기에 즈이들의 시간
몇 푼어치쯤은 그래도 안 보탰겠는가 하는
그런 생각쯤이야 할 수도 있을 것이지, 이지
이지만, 처제들과 처남들의 시간은 얼마나
비었는가 얼마나 빈 사이이기만 해서 바람
신산스럽게 불어닥치는 계절인가, 이기만 한가
그랬을 것이니, 저를 차던 마소의 시간과
오지도 않았던 사슴과 새와 나비 한 마리의
시간과 그것을 버려둔 당신과 나의 시간을
입고 입고 입고 껴입어 저것은 저렇게
부풀 부풀 부풀어만 지는가, 하고만 있는데
입과 성기만 달고 저 가죽 부대 가죽 주머니
굴러 굴러를 가버려버리대 당신과 나 사이

처제들과 처남들의 사이도 아닌 또 어떤 사이로
신화는 애진작에 글러먹은, 무슨 달짝지근한
바람이 부는지도 알 수 없는, 빛 쪼가리 하나
폴폴 날리지도 않는, 무엇과 무엇의 사이인지도
가늠할 수조차 없는, 그런 데로, 그러그러
아주는 안 돌아올 것처럼, 가버려버려, 그러그러

— 김근, 「조카의 탄생―아비의 말」 전문

　　이 '조카'들은 "처남들과 처제들"의 아이들이 아니라 실은 우리
들 자신이다. "헤헤헤, 나는 텅 빈 조카입죠"(김근, 「조카의 탄생―조카
의 말」)라는 구절을 보라. 속이 텅 빈 주체! 우리들 자신이 처남과 처
제들이며, 동시에 우리가 만든 세계에서 태어나는 '조카'라는 발견
은 선연하다. 이 '조카'들이 자라서 거리에 가득한 '청년'들이 된다.
"생산은 언제나 귀찮은 일 삶은 무수한 생산 안으로 쪼개져 숨었다
청맹과니 같은 죽음 때문에 몹시도 나는 바람 분다 우우우 나는 명
암이 희박하다 우우우 빛나는 나이를 거들먹거리며 청년들이 거리
에 가득하다"(김근, 「휴일」). 어느 시대에나 청년들은 '사이'의 존재
다. 이 '사이'는 "무엇과 무엇의 사이인지도" 모를 사이다. 청년들은

그리로 휩쓸려 들어간다. "처제들과 처남들의 사이"도 아니고, 인간과 동물 사이도 아닌 "가늠할 수조차 없는" 그런 '사이'로 흘러가는 존재들이라니! 실은 이 '사이'는 욕망과 욕망의 사이다. 이 무수한 '사이'들을 채우는 것은 다름 아닌 환멸이다.

이 환멸이란 무엇인가? 환멸은 떠오르는 해가 아니라 지는 해다. 구체적으로는 노동과 창조에의 열정 상실이고, 추상적으로는 절망과 아이러니의 조합물이며, 이는 부정하기 힘든 허무주의의 전조(前兆)를 띤다. 환멸은 아무나 가질 수 없는 정조(情操)다. 그것은 오로지 부유하고 한가로운 사람들의 권리다. 가난의 밑바닥에서 최저주의에 쫓기는 자들에게는 환멸에의 권리도 없다. 환멸은 잉여가 만든 환영이다. 환멸에 빠진 자는 아름다움, 유행, 행복에의 동기를 바닥낸 뒤 헛구렁에서 허우적인다. 그들은 불가피하게 시니컬해진다. 보들레르 시대의 '댄디'들은 환멸에 감염된 부류다. 보들레르가 "타락한 시대의 댄디즘은 영웅주의의 마지막 불꽃이다."*라고 쓸 때 그들의 영웅주의는 생산과 전쟁에서 거둔 승전보가 아니라 유유자적하는 가운데 나타나는 야유, 풍자, 유머에서 번쩍인다. 그들은 갈

* 샤를 보들레르, 『화장 예찬』, 도윤정 옮김, 평사리, 2014, 84쪽.

망함이 없는 탓에 일상으로 매몰하지 않고 그 표면 위로 미끄러진다. 이 미끄러짐이란 빈둥거리되 사회적 무리가 겪는 혼돈에 휩쓸리지 않고 독립 정신을 유지하며 멜랑콜리나 파먹는 것으로 소일하는 것을 이른다.

우리는 자주 영웅주의 역사에 깜빡 속는다. 더 정확하게 말하자면 영웅들의 이름과 업적을 나열하는 '역사'에 속는다. 역사는 자주 우리를 기만한다. 그것들은 중요한 사실들을 누락하고 덜 중요한 것들을 기록한다. 여기 한 시인이 있다. 그는 이 세계를 이루고 있는 엄연한 '사실'과 '의문'들에 관심 갖기를 촉구한다.

성문이 일곱 개나 되는 테베를 누가 건설했던가?
책 속에는 왕의 이름들만 나와 있다.
왕들이 손수 돌덩이를 운반해 왔을까?
그리고 몇 차례나 파괴되었던 바빌론—
그때마다 그 도시를 누가 재건했던가? 황금빛 찬란한
리마에서 건축노동자들은 어떤 집에 살았던가?
만리장성이 준공된 날 밤에 벽돌공들은
어디로 갔던가? 위대한 로마제국에는

개선문들이 참으로 많다. 누가 그것들을 세웠던가? 로마의 황제들은

누구를 정복하고 승리를 거두었던가? 끊임없이 노래되는 비잔틴에는

시민들을 위한 궁전들만 있었던가?

전설의 나라 아틀란티스에서조차

바다가 그 땅을 삼켜 버리던 밤에

물에 빠져 죽어가는 사람들이 노예를 찾으며 울부짖었다고 한다.

젊은 알렉산더는 인도를 정복했다.

그가 혼자서 해냈을까?

시이저는 갈리아를 토벌했다.

적어도 취사병 한 명쯤은 그가 데리고 있지 않았을까?

스페인의 필립 왕은 그의 함대가 침몰당하자

울었다. 그 이외에는 아무도 울지 않았을까?

프리드리히 II세는 7년전쟁에서 승리했다. 그 이외에도

누군가 승리하지 않았을까?

역사의 페이지마다 승리가 나온다.

승리의 향연은 누가 차렸던가?

10년마다 위대한 인물이 나타난다.
거기에 드는 돈은 누가 냈던가?

그 많은 사실들.
그 많은 의문들.

– 베르톨트 브레히트, 「어떤 책 읽는 노동자의 의문」 전문

우리는 이 '사실'과 '의문'들로 짜여진 세계에서 왕이나 영웅, 알렉산드로스나 카이사르나 로마의 황제들, 펠리페 왕이나 프리드리히 2세가 아니다. 그들은 몸을 가졌지만 몸을 향하지 않고 몸에 등을 돌리고 있는 권력-몸이다. 다시 말해 상징계 안에서 신적 존재로 성화(聖化)된 몸이다. 반면 우리는 차라리 테베를 건설한 노동자, 만리장성을 쌓은 벽돌공, 로마제국의 개선문을 세우는 데 동원된 시민들, 노예, 취사병들이다. 우리는 손을 쓰고 숨을 헐떡이며 땀흘리는 몸들이다. '나'는 실존에 자리를 제공하는 몸이다. 전쟁에서 승리를 거두고 돌아온 왕과 장군들이 향연을 벌일 때 정작 우리는 그 뒤편에서 쓸쓸하게 서 있는 그림자들이다. 역사의 페이지마다 나오는 "승리의 향연"은 우리의 몫이 아니다. 브레히트는 단지 '영웅 신

화'를 부정하고 있는 게 아니다. '영웅 신화'에 가려진 존재들, 즉, 돌덩이를 나르고, 파괴된 도시를 재건하고, 전쟁에 나가 승리를 거둔 그림자 존재들을 위한 노래를 부른다. 역사 주체는 손의 노동, 몸의 노동에 기꺼이 나섰던 사람들이지만 이들은 마치 존재한 적이 없었던 것처럼 역사에서 지워진 채 그림자 존재로 전락한다. 시인은 바로 이들을 호명하면서 이들의 업적을 되살려내라고 청원한다. 브레히트의 시는 "그 많은 사실들"의 복구를 청원하는 노래이자 "그 많은 의문들"을 제기하고 실어나르는 노래다.

'나'는 무리에게서 쪼개진다. 무수한 '나'들. 무수한 개성들. 이 '나'란 도대체 무엇인가? 프랑스 작가 에두아르 르베의 장편소설 『자화상』은 '나'를 주어로 삼고 시작하는 문장들을 나열한다. 문장과 문장 사이는 멀다. 그 문장들은 단속적이며, 문장과 문장 사이에 위계적 질서도, 인관적 관계도 나타나지 않는다. 각기 다른 정보들을 실은 문장들은 어떤 흐름을 이루고 흘러갈 뿐이다. 이 소설은 서사라고 말할 수 있는 이야기는 배제한 채 '나'의 진술로만 이루어지는데, '나'의 진술은 곧 '나'의 뇌리에 남은 사소한 기억들, 그리고 여러 경험의 흔적들을 임의적으로 펼쳐낸 것에 지나지 않는다. 이 소설 같지 않은 소설은 대단한 흡인력을 보여준다. "나는 해외에서 3

년 3개월을 보냈다. 나는 내 왼쪽을 보는 것을 더 좋아한다. 내게는 나를 배신하고 떠난 친구가 있다. 여행의 끝은 소설의 끝과 같은 슬픈 뒷맛을 남긴다. 나는 좋아하지 않는 일들을 잊어버린다. 나는 누군가를 죽인 누군가와 그 사실을 모르는 채로 얘기를 했을 수도 있다. 나는 막다른 길들을 바라볼 것이다. 나는 삶의 끝에 기다리는 것을 두려워하지 않는다. 나는 사람들이 내게 말하는 것을 정말로 듣지 않는다. 나는 나를 거의 모르는 누군가가 내게 별명을 지어주면 놀란다. 나는 누군가가 나를 잘못 대하는 것을 알아차리는 데 느린데, 그것은 항상 너무도 놀랍다. 악은 왠지 비현실적이다. 나는 기록들을 보관한다. 나는 두 살 때 살바도르 달리에게 말한 적이 있다. 경쟁은 내게 아무런 동기가 되지 않는다. 내 삶을 정확하게 설명하는 것이 삶을 사는 것보다 더 오래 걸릴 것이다. 나는 나이가 들면서 내가 반동적으로 변할지 궁금하다. 인조가죽 의자에 맨다리로 앉으면 내 피부는 미끄러지지 않고 찍찍 소리를 낸다. 나는 두 여자와 사귀면서 바람을 피웠는데, 얘기를 하자 한 명은 상관하지 않았고 한 명은 상관했다. 나는 죽음에 대해 농담을 한다. 나는 나 자신을 사랑하지 않는다. 나는 나 자신을 증오하지 않는다. 나는 잊는 것을 잊지 않는다. 나는 사탄의 존재를 믿지 않는다. 내 전과 기록은 깨끗하다. 나는 계절들이 일주일간 지속되기를 바란다. 나는 다른 누군가와 함께이기보다는 차라리 혼자 심심하고 싶다. 나는 텅 빈 곳들을 활보하고, 사람이 없는 식당에서 식사한다. 나는 음식과 관련해서는 단것보다는 짭짤한 것을, 조리된 것보다는 날것을, 물컹한 것보다는 딱딱한 것을, 뜨거운 것보다는 차가운 것을, 냄새가 없는 것보다는 향이 좋은 것을 더 좋아한다. 나는 냉장고에 음식이 없으면 가만히 앉아 글을 쓸 수가 없다."* 이 소설은 길게 이어지는 '나'를 주어 삼은 문장들이 쌓여서 '자화상'을 구축하는 형식을 취한다. 보시다시피 '나'에 관한 건조한 정보들을 전달하는 문장과 문장 사이에는 어떤 인과성도 나타나지 않는다. 처음부터 끝까지 서사가 없는 이런 흐름은 계속된다. 문장과 문장 사이를 연결하는 구조는 아주 느슨하다. 그 느슨한 틈으로 독자의 상상력이 흘러갈 수 있다. 이렇듯 파편화된 문장들은 인생이 이런 조각조각 깨어진 단편 모음이라는 사실을 암시하고 있는 듯하다.

『자화상』의 '나'는 서술 주체다. 이 서술 주체인 '나'와 작가 자신은 동일한 인물인가, 아니면 다른 인물인가? 아마 '나'는 작가 자신일 것이다. 제목이 『자화상』 아닌가! 이 소설이 철저하게 작가 자신

---

* 에두아르 르베, 『자화상』, 정영문 옮김, 은행나무, 2015, 7~8쪽.

의 체험과 사유로 이루어진 '자서전'이라면 과연 이것을 허구라는 전제 위에 성립되는 '소설'이라고 부를 수 있을까. 소설의 전제 조건들을 거부하고 배제한다는 점에서 이 소설은 반(反)소설이다. '나'의 이야기가 물고 있는 것은 허구가 아니라 '나'의 자전적 체험의 조각들이다. 시인이 "나는 나를 무어라고 불러야 할까요?"(김근, 「지극히 사소하고 텅 빈」)라고 물을 때 이 물음은 시가 반(反)기억이자 반소설이라는 암시다. "우리는 혁명을 기다리는 검은 그림자도 되지 못하고 그리움으로 뻗어나가는 푸른 이파리는 더더욱 되지 못하고, 하늘과 땅 사이를 쏘다니지요. 단지 고삐 풀린 천사처럼"(김근, 같은 시) 살아간다. 시는 텅 빈 주체를 위한, 텅 빈 주체의 노래다. 시는 아무도 기억하지 않고, 아무도 기억하지 않으려는 반기억에서 번쩍하고 우연히 출현하는 번개고, 지축을 찢을 듯 흔들며 울리는 천둥이다.

동물의 시간, 인간의 시간

두말 할 것 없이 '시간'은 시가 맹금의 눈으로 노려보고 탐구해야 할 유력한 화두 중 하나다. 인간의 실존 자체가 시간이라는 조건 속에서만 성립되는 까닭이다. 우주의 시간은 사물들을, 살아 있는 것들을, 제 안으로 빨아들여 부패와 변형을 일으키는 강력한 동력이다. 꽃은 피고 지고, 달은 야위었다가 차오르고, 파도는 왔다 간다. 사람은 초, 분, 시, 날, 주, 달, 해, 계절 들로 삶을 쪼개고 분절하면서 그것을 겪어낸다. 우리가 혼재된 시간 속에서 겪어내는 경험들, 의미화되거나 의미화가 되지 못한 채 유산되어버리는 것들, 삶의 모든 찰나와 여정들, 이게 모든 시간의 일이다. 우리는 저마다 시간이라는 우주적 규모의 도서관에 꽂힐 책을 쓰고 있다.

시간은 그 모든 것들의 정수를 파먹고 공허한 껍데기만 남기는 포식자이거나, 짓밟고 파괴해버리는 무시무시한 거인이다. 그것은 비애와 쾌락의 원천이자, 동시에 기억을 삼켜버리는 블랙홀이다. 삶이라는 건 그 시간과의 뜨거운 투쟁이면서, 거꾸로 뒤집어보면 우리 안에 있는 시간이 우리 몸통을 찢고 어디론가 사라지는 신비한 그 무엇이다. 인간이란 세계를 향해 뻗어 있는 신경다발로 시간을 촉지하고, 세계와 경계를 이룬 자아가 그것과 부딪치고 비비면서 살아가는 존재인 것이다. 우리가 개별자로서 나고 죽는 일, 결혼하고 아이를 낳아 유전자를 다음 세대에 전하며 핏줄을 이어가는 것도 시간 속에서 겪는 통과의례들이다. 젊은 날에 난해하기 짝이 없는 하이데거 철학을 기웃거렸던 것도 시간에 대해 나름대로 궁금했기 때문이었다.

내 작품 얘기를 해보자. 1979년 신춘문예 당선시 제목이 「날아라, 시간의 포충망에 붙잡힌 우울한 몽상이여」이다. 20대 초반 등단 무렵부터 시간의 심연을 들여다보고 거기서 건진 이미지들을 시로 써왔다. 과거는 흘러가버린 시간이 아니라 현재와 미래에 연결된다. 과거는 미래의 일부고, 현재는 과거라는 몸통을 포함하며, 미래는 아직 오지 않은 시간이 아니라 이미 와 있는 것들이란 발상 자체는 그다지 새로운 건 아니다. '나'라는 존재는 시간이 키운 열매이고, 때가 되면 그 열매들을 다 떨어뜨리는 것도 시간이다. 우리는 그 시간에서 촉발되는 상상이나 사유를 멈출 수가 없다. 그런 맥락에서 시간은 늘 시적 영감의 촉매제다. 시간과 시간 사이에 걸쳐져 있는 숨은 오차들은 항상 시를 낳는 태(胎)다. 사람도, 동물도 시간을 산다는 점에서는 같다. 그러나 사람의 시간과 동물의 시간은 어떻게 다른가?

한 유명한 철학자는 동물을 가리켜 "세계의 가난"이라고 말한다. 동물들이 이성을 배제한 채 힘과 본성의 세계에 갇혀 있는 존재라는 점에서 이 말은 절반의 진실을 담고 있다. 동물들은 왜 태어나는지 모른 채 태어나서 힘껏 먹이를 구하고 짝짓기를 하고 때가 되면 죽는다. 동물은 '몽롱한 욕망'이고, 애초에 자기실현이라는 목적이 배제된 '얼빠져 있음'에 지나지 않는다. 그것은 분명 세계 안에 있지만 그 있음은 어리둥절한 가운데의 있음이다. 동물들은 도무지 이해할 수 없는 세계가 있다는 사실조차 모른 채 죽는 것이다. 동물의 삶은 불완전한 것이고, 그런 까닭에 동물은 인류보다 열등한 형제들이다. 인간은 자신의 유한성과 하이데거가 말한바 "실존 일반

의 불가능성의 가능성"으로서의 죽음, 그리고 고독을 인지하고 그
것을 받아들이지만, 동물들은 죽음도, 고독도 인지하지 못한 채 피
동적으로 수납한다. 그로 인해 동물들의 내적인 가능성은 한계에
처해진다. 그게 철학자가 동물들을 "세계의 가난"이라고 말하는 이
유다. 동물과 인간이 유한한 생명의 시간을 살아낸 뒤 죽는다는 점
에서 동일하지만, 동물의 죽음은 인간과는 다른 죽음이다. "우리가
죽어감이라는 말을 인간에게 서술하는 한, 동물의 본질에는 '얼빠
져 있음'이 속해 있기 때문에, 동물은 죽어갈 수는 없고 다만 끝나버
릴 뿐이다."* 인간은 먹고 짝짓기를 한다는 점에서 동물과 닮았지만
말과 이성의 세계에 산다. 또 하나 동물과 인간의 차이를 가르는 건
'상징'이다. 동물은 '상징'을 이해하지 못하고 당연히 '상징체계'라는
것도 없다. 인간은 '상징'을 알고 다루면서 '상징체계'를 불가해한
세계를 이해하는 방식으로 쓴다. 언어는 기호이자 상징체계를 기반
으로 하는 소통의 수단이다. 시와 철학은 보다 정교한 상징체계를
기반으로 삼는다. 사람에게 시와 철학은 가능한 영역이지만 동물에
게는 불가능한 영역이다.

* 하이데거. 여기서는 김동규, 『철학의 모비딕』(문학동네, 2013) 102쪽에서 재인용.

나는 동물 중에서 무리짓지 않고 혼자 다니는 호랑이를 좋아한다. 호랑이는 고립을 두려워하지 않고, 높은 산과 깊은 계곡에서 어슬렁거리는데, 대부분 침묵 속에서 보낸다. 호랑이를 포함한 모든 동물들의 침묵은 생명의 약동을 품은 채 깊고 단단한 형태를 이룬다. 인간도 침묵하지만 동물들의 침묵과는 본질에서 다르다. "동물에게는 침묵이 자연적인 휴식의 상태이지만 인간에게는 내면의 소동에서 벗어나기 위한 노력이다. 변덕스러운 데다 정신없고 조화를 이루지 못하는 속성을 가진 인간 동물은 자신의 속성대로 존재하는 데서 놓여나기 위해 침묵에 기대려 한다. 하지만 다른 동물들은 일종의 타고난 권리로 침묵을 즐긴다."* 자, 보라, 여기 침묵의 제왕이 있다.

노란 일몰의 시간까지
나, 얼마나 바라다볼 것인가
철책 안에서
자신의 감옥에 대한 의심조차 없이
주어진 운명의 길을 서성이는
저 권능의 벵갈 호랑이를.

---

* 존 그레이, 『동물들의 침묵』, 김승진 옮김, 문강형준 해제, 이후, 2014, 184쪽.

나중에 다른 호랑이들이 올 것인가
블레이크의 불 호랑이가.
그 뒤로 다른 황금들이 올 것인가
제우스였던 사랑스러운 금속이,
아홉 일 밤마다 아홉 개를, 아홉 개가 아홉 개를
낳는, 그리고 끝없이 낳는
반지가.
다른 아름다운 색들은 세월과 함께
나를 두고 떠났느니.
이제 나에게 남은 것은
공허한 빛과 착잡한 그림자
그리고 처음의 황금뿐이니.
신화와 서사의
오, 일몰이여, 오, 호랑이여, 오, 빛이여,
그 손을 갈망하던 그대의 머리카락이여,
오, 더없이 소중한 황금이여.

- 호르헤 루이스 보르헤스, 「호랑이들의 황금」 전문

보르헤스가 노래하는 "벵갈 호랑이"는 말할 것도 없이 야생의 존재다. 호랑이뿐만 아니라 자연의 모든 동물은 불변의 야생성을 품고 살아간다. 따지고 보면 이 야생성은 곧 인간의 뿌리이기도 할 텐데 인간은 문명세계를 일구며 사는 동안 이 근원적 본성을 잃어 버린다. 인간은 문명화와 야생이라는 두 세계 사이에 걸쳐져 있는 존재다. 보르헤스가 "벵갈 호랑이"에 마음을 빼앗긴 것도 이것이 순수한 야생의 결정체이기 때문이다. 야생은 비록 철책 안에 갇혀 있다 하더라도 빼앗을 수 없는 호랑이의 권능이다. 호랑이는 "자신의 감옥에 대한 의심조차 없이/주어진 운명의 길을 서성이"지만, 호랑이는 여전히 저 원초의 "불"과 "황금"을 가진 존재다. 이 "불"은 활발하고 민첩한데, 시학자 바슐라르에 따르면 "변화하는 불은 변화의 욕망을, 시간을 앞당기고자 하는 욕망을, 모든 생명을 그 종말, 그 피안으로 나르고자 하는 욕망"*을 암시한다. "불"은 무엇보다도 생명의 정수, 그 활력이다. 이것이 꺼지면 존재는 생명의 활기를 잃은 "공허한 빛과 착잡한 그림자"에 지나지 않는다. 시인은 우리 안의 저 깊은 곳에는 "처음의 황금", 즉 금속으로 변한 "불"이 빛나고 있음을 안다. 우리 신체 어딘가에 야성이 잠재되어 있음을 암시한다.

* 가스통 바슐라르, 『불의 정신분석』, 김병욱 옮김, 이학사, 2007, 41쪽.

이 시의 시간 배경이 '일몰'이라는 점에 주목하자. 해가 진 뒤 빛이 서서히 사라진다. 빛이 사라지고 어둠이 오듯이 "벵갈 호랑이"는 멸종을 향해 다가간다. 호랑이는 살아 있는 한에서 불이고 황금이다. 이 호랑이가 사라질 운명에 처해진 것이다. "오, 일몰이여, 오, 호랑이여, 오, 빛이여"라는 구절은 그런 안타까움에서 솟구치는 외침이다. "벵갈 호랑이"가 멸종되면 그것은 "신화와 서사"에서만 만날 수 있을 것이다. 일몰, 호랑이, 빛들은 다 사라질 것들의 목록이다. 죽음은 불가해한 암흑이며, 거대한 침묵으로 이루어진 세계다. 동물들 하나하나는 어슬렁거리는 침묵의 작은 조각들이다. 그것들은 죽으면서 덧없이 거대한 우주적 침묵 속으로 빨려들어간다.

보르헤스는 호랑이에 관한 시 한 편을 더 남겼다. 「또 다른 호랑이」라는 작품이다. 보르헤스는 이 호랑이가 "수마트라나 벵골을 누비며/사랑과 빈둥거림과 죽음을 일상적으로 행하는/그 치명적인 보석, 그 숙명적인 호랑이는 아니네."라고 쓰는데, 이 호랑이는 "상징과 허상의 호랑이,/일련의 문학적 비유,/백과사전에서 따온 것일 뿐"이다. 보르헤스는 호랑이에 매혹된 사람임에 틀림없다. 그랬으니 호랑이의 생태에 대해 주의깊이 살펴보고 난 뒤 이 시를 썼을 것이다. 보르헤스는 실제 호랑이가 아니라 호랑이라는 상징에 대해서 쓴다. 이 은유와 상징 속에서 실제 호랑이를 찾을 수는 없다. 그러나 이 시의 너머에는 밀림이 있고, 그 밀림과 진흙 위에는 "전율이 일 만큼 멋진 가죽에 싸인 골격"을 가진 실제 호랑이가 어슬렁거릴 것 이다. 호랑이는 현실과 환상 사이, 금생과 피안 사이에 있다. 이 호 랑이는 꿈속의 호랑이, 초월적 몽상 속의 호랑이다. 이 호랑이가 수 마트라나 벵골의 밀림에서 걸어나와 부에노스아이레스의 도심 한 가운데를 가로질러간다 해도 놀랄 일은 아니다. 시인의 상상 속에 서 그런 초현실적 일들은 언제나 가능한 일이다. 보르헤스는 이 시 를 두고 "또 다른 호랑이를 결코 찾아내지 못할 테지만 언어의 구조 를, 상징의 구조를, 은유의 구조를, 형용사의 구조를, 심상의 구조를 만들어내고 있고, 그러한 것들이 존재한다는 걸 나타내고 있다."*고 말한다.

생태주의 시인 게리 스나이더는 『야생의 실천』에서 이렇게 쓴 다. "고함소리를 들으면 자기도 모르게 재빨리 머리를 돌"리고, "절 벽을 내려다보면 현기증을 느끼고 위험한 순간에는 심장이 덜컹"

---

* 호르헤 루이스 보르헤스, 윌리스 반스톤, 『보르헤스의 말』, 서창렬 옮김, 마음산책, 2015, 115쪽.

하는데, 이것들은 "포유류인 우리의 몸이 갖는 보편적인 반응들"이다. 우리의 "육체는 숨쉬고 심장을 계속 박동시키기 위해 어떤 의식적인 지성의 중재를 요구하지 않"는다. 왜 그럴까? "우리의 정신 속에는, 상상 속에는, '우리'가 놓치지 않고 쫓아갈 수 있는 것보다 더 많은 것이, 말하자면 생각, 기억, 이미지, 분노, 기쁨 같은 것이 명령받지 않고도 솟아"나고, "마음의 심연, 무의식은 우리의 내적인 야생지대"이기 때문이다.* 우리 안에 "내적인 야생지대"에는 야생 동물들이 우글거린다. 우리 안의 야생성은 퇴적암에 화석화된 빗방울 자국 같은 것이다. 그 기억은 쉽게 사라지지 않는다. 저 철책에 갇힌 "벵갈 호랑이"가 일깨워주는 것도 그 사실이다. 우리가 기르는 개들도 마찬가지다. 개들을 넓은 초원에 풀어놓으면 단 한 마리의 예외도 없이 정신없이 질주한다. 그게 조상 때부터 유전되어온 개들의 본성이다. "개는 우리에게 우아한 운동능력을 지닌 육체의 즐거움, 감각들의 날카로움과 희열, 숲과 바다와 비와 우리 자신의 숨결의 아름다움을 상기시킨다."** 모든 인간은 제 안에 시원(始原)으로서 동물을 품는다.

---

* 게리 스나이더, 『야생의 실천』, 이상화 옮김, 문학동네, 2015, 48~49쪽.
** 메리 올리버, 『완벽한 날들』, 민승남 옮김, 마음산책, 2013, 57쪽.

강정의 시들에는 우리 안에 얼어붙어 있는 수성(獸性)이 있다. 수성은 껍질과 가죽을 찢고 나오는 동물 내부의 날카로움이다. 동물은 대상을 잡고 삼키기 위해 공격한다. 공격하기 전에 공격할 대상을 찾아 어슬렁거리고, 대상을 쫓아 달리는 게 동물이다. 동물은 먹잇감을 포획하고 그 살을 찢어 먹는다. 동물의 공격성은 본성의 일부다. 이를테면, "나는 태양과 싸우는 고아/봄의 목전부터 벌써 가을 저녁 빛이 그립다/타오르기도 전에 꺼져가는/핏빛 난리의 뒤편을 보고 싶은 것이다/육식하는 새들이 오래 쪼다가/한 뒷박 엎질러놓은 사람의 내장으로/천지를 다시 발라보고 싶은 거다/뚝뚝 제 몸을 쪼개 강물 위에 써놓은/볕의 마른자리에서/흙속에 묻힌 아이의 유골을 파헤치며/처녀의 눈물로 사라진/여름의 자궁을 헤집고 싶어라"(「미스터 크로우」) 같은 구절에서 수성의 징후는 물씬하다. 핏빛 난리, 육식, 내장, 몸, 유골, 자궁 따위 명사는 말할 것도 없고, 쪼다, 쪼개다, 발라보다, 파헤치다, 헤집다 따위 동사는 '동물적인 것' 말고는 떠올릴 게 없다. 동물적인 것의 응집으로서 그 수성이 아무리 징그럽다 해도 동물은 벗어날 길이 없다. 내 안에 숨은 동물성의 발견은 동물과의 구조적 동형성을 찾아내는 일이 아니라 차라리 동물-되기에 더 가깝다. 동물-되기란 무엇인가? 이진경은 들뢰즈와 가타리의 『천 개의 고원』을 해설하는 책 『노마디즘』에서 "동물의 신체적 감응을 만들어낼 수 있는 속도와 힘을 나의 신체에 부여하는 것", "어떤 동물이 되는 방식으로 자신의 신체적 힘과 에너지의 분포를 바꾸고 새로운 분포를 만들어내 그 동물의 감응을 생산하는 것"*이라고 말한다. 사람이 고양이의 발톱, 독수리의 눈, 늑대의 이빨, 두더지의 앞발 등등의 동물 기관을 모방해서 제 신체기관의 양태를 바꿀 수는 없다. 하지만 수영을 하면서 개구리의 영법을 쓰고, 권투 선수는 벌이 쏘듯 재빠르게 상대에게 잽을 날리고, 무예에 통달한 사람은 사마귀 같은 자세로 상대에게 타격을 입힌다. 동물-되기는 동물의 신체적 감응으로 내 몸을 감염시키는 방식으로 작동하는 것이다.

포악과 갈증의 무늬를 잠시 여민 채
세상 그늘진 곳에서
순간을 영원 삼아 쉬어가던 몸
잠든 털 올들 사이
부대끼는 바람결에 꽃을 매달고 울대를 움켜쥔 이것은
제 살을 쥐어뜯는 몽매 같기도,
더 큰 울음을 내성케 하는 먼 과거의 엄명 같기도 하다

* 이진경, 『노마디즘 2』, 휴머니스트, 2002, 66쪽.

나는 응당 그래야 하는 심장의 지령에 따라

사위를 둘러본다

다만, 갑자기 어두울 뿐이다

이제, 몸안의 빛을 꺼내 나를 죽이고

죽인 나를 채찍질해 몸의 이끌림에 투신해야 할 때,

숨겼던 발톱과 이빨이 저만의 생기를 시위라도 하듯

점점 끄무러져가는 노을 아래 더 붉은 촉광으로 망막의 혈기
를 끌어올리고

위장은 무슨 쓰다 만 비문(碑文)처럼 정직하게 비어간다

자신을 죽여 다른 이를 살리는 것이나

자신의 호기로 다른 것을 죽여야 하는 사명이

이토록 뜨겁게 부딪친 적 또 있었을까

　　　　　　　　　　　　　　　　- 강정, 「호랑이 감정」 부분

시에 동물들이 나올 때 대개 동물 생태보다는 동물에 빙의된
자아의 감응들을 보여준다. 강정의 시도 마찬가지다. 시집 『귀신』
(2014)에는 동물 시편으로 「호랑이 감정」과 「사슴의 뜨거운 맹점」
을 꼽을 만한데, 이들 시편이 '호랑이'와 '사슴'을 노래하고 있다고
보기는 어렵다. 이것들은 실재가 아니라 우리 안의 추상과 상상, 혹

은 동물이 아니라 동물적인 것이다. '동물성'은 우리 안의 바깥이다. 이때 안과 바깥은 서로를 비춘다. 그러니까 동물은 우리 자아를 비춰주는 일종의 '거울'인 셈이다. 이를테면 「사슴의 뜨거운 맹점」에서 "사슴은 오래도록 불탄다"라는 구절은 사슴의 생태와 실재와는 무관한 시인의 판타지를 보여준다. 사슴은 "목이 말라 어둠 저편의 물길을 찾는 소리"와 짝을 이루는 어떤 사유의 표상이거나, 삶의 탕진을 암시하는 기미(機微)로서의 자연이다.

보르헤스의 「호랑이들의 황금」이 외부자의 시선을 보여준다면, 「호랑이 감정」은 내부자의 시선을 보여준다. 더 정확하게 말하자면 "꿈인지 생시인지/내가 사람인지 짐승인지 혼돈"에 빠진 자의 시선이다. 사람-짐승의 시선으로 자기 내부를 훑어가는데, 이때 이 내부는 "호랑이"의 것이 아니라 "호랑이 감정"에 빠진 자의 내부다. 자기 관찰자의 시선이 훑어내는 것은 "호탕과 소심"의 사이, 혹은 "참음과 굶주림"을 헤쳐 돌아온 지점이다. 그 사이 몸의 성분적 요소는 호랑이의 강밀도로 바뀌어 감응한다. 호랑이는 "호랑이 감정"이라는 강밀도를 가로질러서 온다. 이 호랑이는 정확하게 '몽매'와 '내성' 사이에 위치한다. "포악과 갈증의 무늬"가 가리키는 것은 호랑이의 외관이다. 외관이 사물 안쪽의 형질을 반영한다면, 안쪽은 사물 외관을 결정한다. '나'는 호랑이의 골격과 무늬를 뒤집어쓴 채 호랑이처럼 포효한다. 호랑이-되기란 무엇인가. 이것은 야생동물의 본성과 생태를 흉내내고 차용하는 것이 아니라, 제 몽상 안에서 호랑이를 살아내는 것이다. 또한 "자기 삶을 꽁꽁 싸맨 언어에서 벗어"남이고, 그 방편으로 시, 종교, 자연 세계에 빠져듦이다.* 그 결과로 "자신의 호기로 다른 것을 죽여야 하는 사명", 즉 사냥 본성을 풀무질하며 제 안에 은닉한 발톱과 이빨들을 드러낸다. 이것은 새로운 내면의 생성이다. 이 시의 대담성은 자기 안을 쪼개고 그 틈에 숨은 동물성을 드러내면서 '침묵의 시'들을 불러낸다는 점에서 두드러진다.

* 존 그레이, 앞의 책, 186쪽.

예언자 없는 시대의 시

현대 사회는 세속 사회이면서 예언자 없는 사회다. "서양의 역사에서 예언자prophet는 일찍이 사라졌다."* 동양의 사정도 마찬가지다. 자본이 세상을 지배하고 세속주의가 유령처럼 나타나는 예언자 없는 속화된 사회가 도래한다. 예언자의 부재와 함께 안식일이나 축일들도 감쪽같이 사라진다. 더 많은 무신론자들이 제 시간과 수고를 봉급과 맞바꾸며 세속 세계에서의 삶을 꾸린다. 정확하게 말하자면 그들은 어딘가에 살지 않고 세상의 무수한 비장소들을 헤맨다. 비장소들은 장소성이 머금은 시와 철학이 없는 곳, 서사가 증발

* 조르조 아감벤, 앞의 책, 8쪽.

해버린 메마르고 텅 빈 자리다.

자본이 지배하는 세속 사회는 가장 먼저 효용성이 없는 것들, 즉 시와 철학을 제거한다. 철학은 "불행한 시인이 명예롭게 피신할 수 있는 병원"*이고, "시인의 한탄은 비판적 예언, 즉 철학"**이라는 점에서 시와 철학은 한 아버지 아래 두 어머니의 자궁을 빌려 태어난다. 시와 철학은 이복형제다. 그들이 축출된 뒤 세계에는 무엇이 남는가? 예언자 없는 사회에서 누군가는 구원을 약속하는 자가 되어야 한다. 그 소임을 맡을 적임자는 시인이고 철학자지만 오늘의 시인은 철학을 잃고, 철학자는 시를 잃었다. 이들은 무력하다. 오늘의 시가 가끔씩 찰나의 섬광들로 예언과 구원의 메시지를 전하지만, 대개는 "욕망의 꿈틀거림이고, 불화(不和)의 부르짖음"***이다.

메시아의 도래를 예언하고 구원을 약속하는 예언자가 사라진 시대의 삶은 어떨까? 불확실성의 공포가 우리의 머리 위에 그림자처럼 드리워진다. 예언자 없는 시대가 만든 것은 미래를 가늠하고

* 프리드리히 휠덜린. 여기서는 조르조 아감벤, 앞의 책, 16쪽에서 재인용.
** 조르조 아감벤, 앞의 책, 19쪽.
*** 이성복, 앞의 책, 160쪽.

예측할 수 없는 사회, 속화된 사회, 그리고 불확실성의 위험이 상존하는 사회다. 지그문트 바우만은 예언자 없이 꾸리는 현대 사회에서의 삶을 이렇게 묘사한다. "운명의 횡포가 가진 돌연성과 불규칙성, 그리고 어떤 방향에서도 나타날 수 있는 고약한 능력, 이 모든 것이 그 횡포를 예측할 수 없게 만들고, 따라서 우리로 하여금 무방비 상태에 놓이게 만든다. 위험이 현저하게 제멋대로 떠다니고 변덕스러우며 어이없는 것들로 남는 한, 우리들은 꼼짝 못하고 표적이 될 수밖에 없다."* 모든 사고와 사건들, 재난의 발생은 예측 가능한 범주를 넘어선 불확실성 속에서 갑자기 도래한다. 이를테면 수백 명의 목숨을 차가운 바다에 수장시킨 2014년 4월 16일의 '세월호' 침몰, 2001년의 9·11 뉴욕 세계무역센터 테러, 이슬람국가(IS) 추종자들이 저지른 2015년 11월 13일의 파리 테러가 그렇다. 어디에도 구원은 없고, 그 구원 없는 장소에는 희생자들의 비명과 절망적인 탄식, 살아남은 자들의 애달픈 울부짖음만 공허하게 메아리친다. 세계는 비명과 탄식으로 뒤덮이고 있다. 자, 그 "소리 없는 아우성"을 들어보라!

* 지그문트 바우만, 『모두스 비벤디』, 한상석 옮김, 후마니타스, 2010, 152쪽.

이것은 소리 없는 아우성
저 푸른 해원(海原)을 향하여 흔드는
영원한 노스탈쟈의 손수건
순정은 물결같이 바람에 나부끼고
오로지 맑고 곧은 이념의 푯대 끝에
애수는 백로처럼 날개를 펴다
아아 누구던가
이렇게 슬프고도 애달픈 마음을
맨 처음 공중에 달 줄을 안 그는

— 유치환, 「깃발」 전문

바닷가 높은 첨탑에서 깃발이 나부낀다. 시인은 "맑고 곧은 이념의 푯대 끝"이라고 썼다. 그 깃발이 힘차게 나부낀다. 그 깃발을 바라보는 가슴을 적신 것은 "영원한 노스탈쟈"와 "애수"다. 둘 다 무언가를 잃은 자의 슬픔을 지시하는 감정이다. 깃발은 "소리 없는 아우성"이고, "푸른 해원"을 향해 흔드는 "손수건"이다. 깃발의 펄럭임이 "소리 없는 아우성"이 된 것은 어떤 정념이나 신념이 행동화되지 못한 채 내면화에 머문 탓이다. 우리가 잃어버린 것, 우리 삶에서 멀어져간 것은 무엇인가? 영원한 노스탈쟈의 손수건, 날개를 펴는 백로

같은 이미지들은 실재가 없다. 다만 그 실재 없는 것에서 우리는 잃어버린 이데아, 영원, 낙원, 꿈 따위를 상상할 수 있을 뿐이다. 잃어버린 것들이 지닌 찬연한 광휘에 반해 얻은 것은 삭막하고 고달프고 권태로 찌든 것이다. "깃발"은 동경의 대상과 조악한 현실 사이에서 펄럭이며 가 닿을 수 없는 것, 손에 거머쥘 수 없는 그 아득한 것을 향한 노스탤지어와 애수를 앓는다. 그런 까닭에 "깃발"은 공중에 단 "이렇게 슬프고도 애달픈 마음"이 되는 것이다.

「깃발」은 예언자 없는 사회의 상상력을 펼쳐낸다. 예언자 없는 사회에서는 실재보다는 환상, 사랑보다는 포르노, 정본보다는 위본(僞本)들, 본질보다는 가짜-현상들이 더 활개를 친다. 세속화의 물결 속에서 현실이 사라지고 그 빈자리를 가상적인 것들로 대체할 때, 삶은 속수무책으로 신성성을 잃고 전염병처럼 퍼지는 속화된 권태와 "사람들을 개별화하고 고립시키는 고독한 피로"*에 먹힌다. 속화된 권태와 고독한 피로는 카지노 자본주의로 뒤덮인 세계에 넓게 퍼진 질병이다. 이 질병을 '신자유주의'라고 부르는데, 이것은 이미 전 지구적 현상이다. 이런 사회 속에서 삶은 기껏해야 '대박의 꿈'을

* 한병철, 『피로사회』, 김태환 옮김, 문학과지성사, 2012, 66쪽.

쫓는 도박일 따름이다. 「깃발」의 시인은 "깃발"을 중요한 무엇인가를 상실한 마음을 공중에 매단 것으로 인식한다. 시인은 누가 맨 처음 공중에 매달았는가를 따져 묻는다. 시인은 적어도 자기가 사는 시대가 예언자 없는 사회라는 사실을 깨달은 자이기 때문이다.

고양이가 돌아오는 저녁,

입안의 비린내를 헹궈내고
달이 솟아오르는 창가
그의 옆에 앉는다

이미 궁기는 감춰두었건만
손을 핥고
연신 등을 부벼대는
이 마음의 비린내를 어쩐다?

나는 처마 끝 달의 찬장을 열고
맑게 씻은
접시 하나 꺼낸다

오늘 저녁엔 내어줄 게

아무것도 없구나

여기 이 희고 둥근 것이나 핥아보렴

- 송찬호, 「고양이가 돌아오는 저녁」 전문

이 시의 핵심적 이미지는 고양이와 달이다. "고양이가 돌아오는 저녁"이 첫 구절인데, 이 시구는 고양이가 집을 나갔다는 사실을 암시하고 전제한다. 달이 뜨고 고양이가 돌아오는데, 이것은 두 겹의 의미를 내포한다. 저녁이 가출한 고양이가 집으로 돌아오는 시각이라는 것, 다른 하나는 고양이가 자주 집을 나간다는 점이다. 고양이는 늘 배고픈 마음, 채워지지 않는 욕망으로 헐떡인다. 시인은 궁기와 배고픔 때문에 "처마 끝 달의 찬장"을 연다. 이는 처마 끝의 달을 묘사한다. 태양이 굳건한 남성의 이성이고, 그 위에 건설된 세계의 표상이라면, 달은 여성의 감성이고, 늘 변하기 쉬운 것의 표상이다. 달은 상현에서 보름에 만월로 차올랐다가 하현에는 다시 야윈다. 마치 여성의 기분이 시시각각으로 변하며 종잡을 수 없는 것과 닮았다. 고양이는 달을 품은 여성이다. 고양이가 돌아왔지만 그의 배고픔을 해결해줄 게 아무것도 없다. 희고 둥근 달은 떴는데, 마음은 헛헛한 상태다. 그래서 욕망하는 자에게 빈 접시를 내밀며 "여기 이 희고 둥근 것이나 핥아보렴"이라고 한다.

예언자가 사라진 시대의 시는 어떤가? 「고양이가 돌아오는 저녁」은 예언자 없는 시대의 메마른 삶과 속화된 욕망이 어떻게 꿈틀거리는가를 보여준다. 이 시의 전언은 실재에 대한 배고픔이라는 아주 단순한 사실이다. 시인은 욕망하는 자고, 시는 욕망 그 자체다. 멕시코 시인 옥타비오 파스는 이렇게 말한다. "시가 다스리는 영토는 '제발 ……했으면'이다. 시인은 '욕망하는 자'이다. 결과적으로 시는 욕망이다. 그러나 그 욕망은 가능한 것으로 표현되는 것이 아니며, 사실인 듯한 것으로 표현되는 것도 아니다. 이미지는 '그럴듯한 불가능'이 아니다. 즉 불가능한 것에 대한 욕망이 아니다. 시는 실재에 대한 배고픔이다."* 왜 아니겠는가? 시인은 세계의 가난을 산다. 그들은 항상 열등한 형제, 패배한 자들, 굶주린 자들의 벗이다. 이렇듯 곤경에 빠진 자들을 벗 삼음으로써 시인들은 세계의 가난을 산다. 이들은 열등하고 패배하며 곤경에 빠진 자들을 대신해 욕망하고, 그런 까닭에 존재의 한가운데는 항상 결핍으로 움푹 파

* 옥타비오 파스, 앞의 책, 83쪽.

여 있다. 고양이의 배고픔은 실재에 대한 주림이 초래한 배고픔이다! 달은 희고 둥근 접시라는 이미지로 전화(轉化)한다. 공중에 높이 뜬 달이 희고 둥근 접시라는 이미지로 탈바꿈할 때, 두드러지는 것은 욕망하는 자의 배고픔이다.

옥타비오 파스는 쓴다. "이미지의 의미는 이미지 자체이지 다른 말로 설명할 수 없다. 이미지의 의미는 그 자체로만 설명된다. 그 자신을 제외하고는 어떤 것도 이미지가 말하는 것을 말할 수 없다. 의미와 이미지는 동일하다."* 시에서 이미지는 유사성의 원리에 따라 상반되는 것을 새로운 것으로 바꾸고 조형해내는 기술로 나타난다. 이미지는 다른 의미를 표상하지 않는다. 정확하게 말하자면 이미지는 그 자체가 하나의 실재이고 의미다. 의미를 머금지 않는다는 점에서 이미지는 언어와 차별성을 드러낸다. 이미지는 현실을 의미하지 않고 현실을 보여준다.

1930년대의 김광균은 이미지를 빚어내는 데 유독 뛰어난 시인인데, 그의 시는 이미지의 다채로운 활용을 살펴볼 수 있는 좋은 기

* 옥타비오 파스, 앞의 책, 144쪽.

회를 펼친다. 같은 시기에 활동한 김기림은 김광균을 가리켜 "소리조차 모양으로 번역하는 기이한 재주"를 가진 시인이라고 평했다.* "벤취 위엔 한낮에 소녀들이 남기고 간/가벼운 웃음과 시들은 꽃다발이 흩어져 있다"라는 「외인촌」의 한 구절을 보자. "소녀들의 웃음"은 청각적인 성분을 품은 이미지인데, 시인은 이것을 "시들은 꽃다발"과 같이 아무 소리도 없는, 오직 시각적인 성분만을 품은 이미지와 병치한다. 이 병치된 두 이미지는 "흩어지다"라는 동사에서 교묘하게 교차한다. 소녀들의 웃음소리가 만든 청각적 여운이 맞물리는 가운데 어느덧 시들은 꽃다발이라는 소리가 소거된 시각적인 이미지로 바뀌는 것이다. 이런 기교는 시의 말미에서 다시 한 번 발휘된다. "퇴색한 성교당의 언덕 위에선/분수처럼 흩어지는 푸른 종소리"라는 구절에서 "종소리"라는 청각적 이미지에서 소리를 지우고 "분수"라는 시각적 이미지로 변용되는 것이다. "분수"는 물을 뿜어 공중으로 흩뿌리는데, 공중에서 흩어지는 물방울은 그 무게를 잃고 가볍게 상승하는 이미지다. 공중에 울려퍼지는 성당의 종소리와 공중에서 흩뿌려지는 분수의 물방울들이 이미지가 중첩되는 것이다. 듣는 것과 보는 것을 하나로 중첩해내는 시인의 솜씨는 놀랍다.

* 이어령, 『언어로 세운 집』, 아르테, 2015, 344쪽에서 재인용.

다시 옥타비오 파스는 덧붙인다. "이미지는 욕망이 인간과 실재 사이에 걸쳐놓은 다리이다. '제발 ……했으면'의 세계는 유사함의 비교에 의한 이미지의 세계이며 그것의 기본적인 매개체는 '같은'이라는 단어―이것과 저것은 같다―이다. 그러나 '같은'을 지워버리고 말하는 다른 은유―이것은 저것이다―가 있다."* 라고. 이미지는 '이것'과 '저것' 사이에서, '욕망'과 '실재' 사이에서 부재를 품고 자라난다. '이것'으로도 '저것'으로도 환원하지 않는 이미지는 실재의 텅 빈 구멍 속에서 부재를 파먹으며 몸피를 키우고 증식한다. 실재 없는 실재, 죽음 뒤에 드리운 죽음의 그림자, 끝 뒤에 새로 오는 끝들, 향락 뒤의 향락. 이미지는 부재하는 것들의 춤, 향락의 잉여다. 시의 세계에서 직유는 늘 눈총을 받는 천덕꾸러기다. 직유는 아무리 좋더라도 은유의 나쁜 친척이다. 오직 나쁜 시인들만 직유를 남발한다. 좋은 시인들은 '이것과 저것은 같다'라고 쓰지 않고, '이것은 저것이다'라고 쓴다. 좋은 시집은 빼어난 이미지들의 '집'이다! 좋은 시집들은 대개 좋은 이미지의 백과사전이다.

* 옥타비오 파스, 앞의 책, 84쪽.

내게 진실의 전부를 주지 마세요

시는 작은 그릇이다. 작기 때문에 시가 할 수 있는 일은 제한적이다. 시를 위대한 예술 장르라고 떠받드는 사람은 실망하겠지만 시는 큰일을 못 한다. 시는 잠과 고독을 지켜주지도, 사랑하는 이의 병을 낫게 하지도, 죽은 아이에게 소생의 숨결을 불어넣지도, 통한의 아픔을 삼키는 이의 눈물을 씻어주지도, 배고픈 아이의 주린 배를 채워주지도 못한다. 시는 심심한 마음에 약간의 기쁨을 주거나 상처받은 마음에 미지근한 위로의 빛을 비춰주는 정도 말고는 할 수 있는 게 없다. 시는 사람이 겪는 모든 고통과 난경(難境)들에 대해 아무런 해결책도 주지 않으며 그토록이나 무력하다. 그러니까 시는 개도 물어가지 않을 물건이다.

시는 햇빛을 튕기는 영롱한 아침 이슬이거나 폭설처럼 하얗게 쏟아지는 벚꽃의 낙화, "꽃가루의 눈썹이 열린"(파블로 네루다) 봄날 외딴 길에 저 혼자 청초한 제비꽃 한 송이이거나 새벽 연못 위에서 홀연 우아한 자태로 솟은 수련꽃, 저녁 강물 위에서 타오르는 석양 빛이거나 슷눈 내려 하얗고 고즈넉한 길, 이 모든 때와 장소를 스쳐 가는 아름다움에 반향하는 마음에서 일어나는 화창(和唱)이거나 세계의 여리고 착한 것들을 경멸하고 학대하는 온갖 종류의 악들과 빛을 누르는 악의(惡意)를 향한 노호(怒號) 이상도 이하도 아니다. 시는 꽃의 피고 짐, 열매의 맺고 떨어짐, 세계의 모든 곳에서 동시다발적으로 일어나는 발효와 정액의 일들, 그리고 비밀의 분출이 일으킨 기적들에 기대어 도취와 신명의 파장을 만들어낸다. 시는 그 모든 일들에 예민하게 반응하는 것이니 마음을 보살피는 일쯤은 되겠다.

정말 좋은 시인은 "진실의 전부"가 아니라 사막의 전갈이나 거미의 먹이사냥같이 진실의 작고 구체적인 조각만을 갈망한다. 왜냐하면 "진실의 전부"는 너무나 커서 시의 그릇에 담는 게 불가능한 탓이다. 시는 진실의 작은 부분들, 세상을 뒤덮은 소음과 혼잡도 꺼트릴 수 없는 작은 촛불의 숨결, 악취 속에서 홀연한 노란 장미의 향기 한 점으로 충분하다. 시가 머금은 진실의 조각들은 아무리 작아도 그것이 세계를 향해 발신하는 신호는 미약하지 않다. 그래서 시인은 "내게 진실의 전부를 주지 마세요"라고 노래할 수 있다. 당장 목마른 사람에게 바다를 줄 필요는 없다. 그에겐 차가운 물 한 잔이면 족하다. 어둠 속 길을 가는 이에게는 태양이 아니라 단지 한 줄기 빛이 필요한 것이다. 빛으로 차고 넘치는 하늘 전부는 필요 없다. 진실은 "빛 한 조각, 이슬 한 모금, 티끌 하나"같이 아주 작은 조각으로도 충분한 것이다. "목욕 마친 새에 매달린 물방울"이나 "바람에 묻어가는 소금 한 알"은 작지만 진실의 표상으로 얼마나 눈부시고 그 존재감이 강력한가!

내게 진실의 전부를 주지 마세요,
나의 갈증에 바다를 주지 마세요,
빛을 청할 때 하늘을 주지 마세요,
다만 빛 한 조각, 이슬 한 모금, 티끌 하나를,
목욕 마친 새에 매달린 물방울같이,
바람에 묻어가는 소금 한 알같이.

- 올라브 하우게, 「내게 진실의 전부를 주지 마세요」 전문

하우게는 노르웨이에서 태어나 농업학교를 나와 전문 정원사 노릇을 하며 시를 썼다. 그는 노르웨이 서부 지역인 울빅을 떠나 산 적이 없다. 이 장소에의 고착은 어려서 정신질환을 앓은 것과 상관 있을 테다. 나고 자란 고향 땅에 머무르면서 묵묵하게 정원사 일을 하며 시를 쓰고 시집을 펴낸 하우게는 1994년 고향 울빅의 집에서 제 의자에 앉은 채 평화롭게 죽었다. 사람들은 하우게를 20세기 노르웨이의 국민시인으로 꼽는 걸 주저하지 않는다. 하우게의 시가 국내에 처음 소개된 것은 『내게 진실의 전부를 주지 마세요』라는 시집을 통해서다. 2008년 이 시집을 처음 읽었을 때 작은 진실들이 만들어내는 마음의 떨림을 느끼며 그가 좋은 시인이라는 걸 단박에 알아차렸다. 그는 시의 언어를, 그 언어가 실어나르는 진실을 낭비하지 않는다. 그는 "매일 시 한 편을 쓰고 싶다"고 소박한 갈망을 표현한다. 시는 엄청난 영감이나 고매한 착상이 아니라 날마다 "떠오른 생각, 일어난 일, 무언가 주의를 끄는 것"에서 시작한다. "마음은 좋은 뜻으로 가득"하고, 어떤 찰나 "체리나무에서 참새 한 마리/내 봉오리를 훔쳐 날아가는 걸 본다."(「매일 시 한 편」) 한 편의 시가 태어나는 데는 사소한 사건이 일어나는 찰나를 목격하는 것만으로 충분하다. 시는 그토록 작은 진실만을 머금기 때문이다.

화살이 과녁을 맞추려면

이리저리 둘러갈 순 없다. 하지만 좋은 궁수는

거리와 바람을 수락한다.

그러니 네가 과녁일 때 나는 조금 위를 겨눈다.

— 올라브 하우게, 「조금 위를 겨눈다」 전문

　　뛰어난 궁수는 과녁을 맞추기 위해 오조준을 한다. 과녁을 조준할 때 "거리와 바람"이라는 변수를 계산에 넣는다. 과녁보다 조금 위를 겨누어야만 과녁의 중심에 꽂히는 것이다. 하우게를 비롯해 세상의 모든 좋은 시인들은 과학에 버금가는 투명한 진실을 담고자 한다. 하우게의 시구들은 곧추세운 창날의 끝인 듯 날카롭게 벼려져서 어느 한 군데 거짓이 깃들 여지가 없다. 하우게는 "거기 언덕 꼭대기에 서서 소리치지 말라"고 한다. 언덕 꼭대기에서 외치는 말들은 너무 옳다. 그 말들이 너무 옳다면 이미 그 말들은 화석화한 도덕이 되고 말기 때문이다. 그래서 세상의 높은 곳에 서서 옳은 말들을 외치는 대신 "언덕으로 들어가,/거기 대장간을 지어라,/거기 풀무를 만들고,/거기 쇠를 달구고,/망치질하고 노래하라!"(「언덕 꼭

대기에 서서 소리치지 말라」)라고 권면한다. 말들은 자의적 성질이 강해서 쉽게 변질되는 탓에 항상적 진실을 담보하지 못한다. 그래서 옳은 말[큰 진실]보다 대장간에서 쇠를 달구고 망치질하며 노래하는 것[작은 진실]들의 울림이 더 큰 경우가 자주 있다.

　나쁜 시는 사실보다 더 큰 진실을 담으려는 시, 큰 목소리로 외치는 시, 옳은 소리만 해대는 시들이다. 큰 진실, 큰 목소리, 넘치게 옳은 소리 들은 작은 진실, 여린 것들의 속삭임, 가냘픈 것들이 내는 소리들을 덮어버린다. 그런 종류의 시를 '나쁜 시' 혹은 '악시惡詩'라고 부를 수 있을 테다. 18세기에 태어나 '세속사제'로 살았던 조제프 앙투안 투생 디누아르는 『침묵의 기술』에서 "온갖 악서(惡書)를 상대로 싸우거나 뜯어고치는 작업이 걸출한 문필가의 숙제 중 일부가 된 것은 어제오늘의 일이 아니다. 세상에 널린 온갖 풍자문들, 거짓 기록들, 과도한 평문들, 무의미한 짜깁기 글들, 파렴치한 콩트들, 그리고 종교와 풍속을 해치는 여러 저작들이 내가 일반적으로 '잘못된 글쓰기'라 부르는 행위의 결과물들이다."* 라고 쓴다. 18세기의 이 사제는 거짓, 과도함, 무의미, 파렴치함, 반풍속성 따위를 악

---

* 조제프 앙투안 투생 디누아르, 『침묵의 기술』, 성귀수 옮김, 아르테, 2016, 143쪽.

서의 요소들로 꼽았는데, 물론 이 기준을 오늘날 그대로 적용할 수는 없을 것이다. '악서'가 있듯이 '악시'도 있다. 세상의 지면에 나오는 모든 시들이 다 좋은 시일 수만은 없다.

과문한 탓인지 주변에서 '악시'를 비판하는 사람을 본 적이 없다. 그렇다고 그것이 '악시'의 존재를 부정하는 단서는 아니다. 언제부터인가 우리 주변에 '악시'들이 유령처럼 떠돌고 있다. 아무도 '악시'라고 인지하지 못하거나 말하고 있지 않을 뿐이다. '악시'는 '이교적이거나 불온한' 내용을 담은 시도, 혹은 악행에 대해 쓴 시를 가리키는 것도 아니다. 프랑수아 비용의 시, 로트레아몽의 『말도로르의 노래』나 보들레르의 『악의 꽃』은 '악시'가 아니라 악의 양태와 궤적을 보여줄 따름이다. '악시'는 좋은 시와 대척적인 자리에 놓이는 시들, 거짓과 과도함에 오염된 시들, 인간 본성을 왜곡하는 시, 도덕적 상투성에 빠져 화석화된 진실들을 파렴치하게 담는 시들, 진부한 악에 교묘하게 동조하는 시들, 한줌의 가치도 없는 이기주의와 진부한 인지들로 가득찬 시들이다.

좋은 시는 작은 진실들에 충실하다. 좋은 시인은 그 진실이 아무리 작더라도 그것이 참이라면 경의를 표한다. 그 경의는 작은 진실의 세목들을 충실하게 묘사하는 것에서 숨길 수 없이 드러난다. 모름은 모르는 것이고, 아는 것만이 아는 것이다. 좋은 시인은 모름을 모름으로 인지할 뿐, 모르는 것을 안다고 하지 않는다. 이를테면 시인은 "멀리 이동하는 짐승들의 무리가 보였다/어디로 가는지는 몰랐다"(유진목, 「동산」)라고 쓴다. 시는 삶의 찰나들, 모호한 무의식적 꿈의 신호들, 구체적 경험의 국면들, 아침이 오고 다시 저녁이 오는 일 따위에 대해 쓴다. 시인 유진목에 따르면, 시인이란 사랑하는 이의 심장으로부터 오는 가을, 내가 모르는 체위로 사랑을 하는 것, 앙상해진 심장 가까이 나침반을 대어보는 일, 펄럭이는 바람을 타고 나뭇잎 묻은 영혼이 오는 사태에 대해 쓰는 자다.

　　화분을 키우고 소리 내어 점을 친다 그리하여 당신이 모르는 일을 알게 된다 죽지 않는 법을 익히고 항상 그래왔다 믿는다 맨처음 식물이 죽던 날 이유를 몰랐다 왜 죽었을까 나 때문일까 죽어가는 식물에게 물을 주고 남은 목을 축이는 일 모자란 햇빛이 그늘을 넓히는 일 밤에는 화분을 옮기고 커튼을 친다 누군가 구둣발로 오줌을 누었다 창문을 두드리는 오줌 줄기 어떤 노래를 들으면 지린내가 나는 일 귀를 막고 숨을 참는 일 죽는다 안 죽는다 산다 못 산다 병든 잎을 떼어내면서 낮에는 화분을 들고 산

책을 한다 맑고 따뜻한 날씨의 감정을 간직하려고 보드라운 구름의 생각을 따르면서 그러다 보면 그늘에서 쉬어가는 일도 그중에 좋아하는 그늘이 생기는 일도 조금 더 자라면 분갈이를 해줄게 봐둔 게 있어 그리고 나도 집을 옮기게 되겠지 발코니가 있었으면 좋겠다 죽은 화분을 버리고 돌아오던 날 바로 거기서부터다 나는 당신이 모르는 일을 많이 했다

— 유진목, 「식물의 방」 전문

「식물의 방」은 반지하 방에서 살며 식물을 키우는 이의 소소한 경험을 바탕으로 씌어진다. 이때 중심을 꿰뚫고 지나가는 것은 현실과 꿈의 어긋남에서 빚어지는 슬픔이다. 시의 화자는 화분을 키우고 점을 치며 산다. 그가 거주하는 곳은 햇빛이 잘 들지 않고, 그늘에 잠긴 화분의 식물들은 잘 시든다. 반지하 방 생활자들은 함부로 방뇨하는 자의 "창문을 두드리는 오줌 줄기" 소리와 "지린내"가 만드는 불쾌함과 악취의 고통에 방치되어 있다. 이것은 삶이 품은 모종의 비참과 수모의 작은 표상들일 테다. 반지하 방 생활자가 화분 속 식물의 "병든 잎을 떼어내면서 낮에는 화분을 들고 산책을" 나서는 일은 범상한 부분이다. 딱히 이유를 모른 채 시들어 죽어가

는 식물들이 처한 상황과 '나'의 처지는 닮아 있다. 내가 할 수 있는 일은 무엇인가. 겨우 "죽어가는 식물에게 물을 주고 남은 목을 축이는 일"이다. 향일성 식물들에게 햇빛을 쬐게 하고, 분갈이를 해주는 것은 곧 삶의 최저주의에 대한 미약한 저항이고, 생명 세계 일원으로서 쇠락의 어두운 기운에 감싸인 세계를 향한 가장 낮은 단계의 도덕적 실천일 테다. 반지하 방 식물들에 드리워진 그늘은 모든 생명 억압적인 어둠의 작은 표상이다. 시인은 무심코 "나도 집을 옮기게 되겠지 발코니가 있었으면 좋겠다"라는 소망을 펼쳐낸다. 잘 산다는 것은 주어진 세계에 피동적으로 존재하기가 아니라 그것을 넘어섬, 즉 초월적 기투다. 반지하 방에서 발코니가 있는 지상의 집으로의 이사는 지하에서 지상으로, 그늘에서 빛으로, 죽음에서 생명에로 나아가는 향일성의 무의식적 욕망과 초월적 기투를 드러낸다. 그런 맥락에서 이 시는 햇빛의 생명 정치학, 향일성의 시학을 펼쳐내고 있는 셈이다.

은유들의 보석상자

시는 은유들의 보석상자다. 시가 은유들의 보석상자라는 걸 프랑시스 퐁주는 이렇게 보여준다. "가는 화살 또는 짧고 굵은 투창,/지붕 모서리를 에둘러가는 대신,/우리는 하늘의 쥐, 고깃덩이 번개, 수뢰,/깃털로 된 배, 식물의 이,/때로 높은 가지 위에 자리잡고,/나는 그곳을 엿본다, 어리석고,/불평처럼 찌부러져서……"(프랑시스 퐁주, 「새」) 이 은유에 따르면 새는 하늘의 쥐, 고깃덩이 번개, 수뢰, 깃털로 된 배다. 은유를 직조해내는 것은 바로 시적 상상력의 언어들이다. 언어, 이 괴이쩍은 것! 이 야만! 이 색(色)과 공(空)의 전쟁터! 시는 아포리아나 코스모스가 아니라 언어 그 자체를 직격한다. 시와 언어의 본질적인 관계는 오직 죽음과 언어 사이의 본질 관계에 견줄 만하다. "언어가 본질적인 의미에서 시"라고 생각한 철학자 하이데거는 "죽음과 언어 사이의 본질적인 관계가 섬광처럼 빛나 건만, 그것은 아직 사유되지 않은 채 남아 있다."[*]라고 말한다. 그는 언어가 시와 어떻게 연관되는지를 다음과 같이 설명한다.

처음으로 언어가 존재자를 명명함으로써, 그런 명명함이 존재 자를 낱말로 가져오며 현상하게 한다. 이런 명명함은 존재로 향 해 있는 존재자를 그것의 존재로부터 지명한다. 그런 말함은 밝 힘의 기획투사이며, 그 속에서 존재자를 개방하는 것이 알려진 다. 기획 투사함이란 어떤 던짐을 불러일으킴이고, 여기서 던짐 은 비은폐성이며, 비은폐성은 존재자 안으로 자신을 보낸다.[**]

언어는 우주 안에 흩어진 채 존재하는 '있음'들을 하나씩 불러 이름을 주고 그것에 실존을 입혀 누군가에게 건넨다. '있음'에 이름 을 붙여주는 것, 그것이 하이데거가 말하는 "말함"이고 "밝힘의 기 획투사"다. 나의 "말함"은 당신에게 세계를 건네줌이다. 시 쓰기는 넓은 범주에서 "말함"에 속한다. 언어는 투명하거나 불투명하다. 언

[*] 김동규, 『철학의 모비딕』, 문학동네, 2013, 91쪽에서 재인용.
[**] 김동규, 앞의 책, 106쪽에서 재인용.

어는 사물, 형태, 진실, 존재의 집 등등이 아니고, 다른 무엇도 아니다. 언어는 사물과 형태의 허상이고, 그 허상은 진실과 인식의 기호로 춤추는 것이다. '죽음'이라는 단어는 죽음의 현전을 그대로 보여주지 못하고 겨우 그것의 추상성을 모호하게 지시한다. '괴로움'이라는 단어는 어떤 심적 상태, 기억의 단층(斷層)을 어렴풋하게 가리킬 뿐이다. 어떤 경우에도 언어가 실제로 환원되지는 않는다. '현실의 진흙탕'이란 언어 표현도 실재 없이 중심이 텅 빈 기호의 묶음이다! 언어에 대한 단 한 가지 진실은 언어가 실재와는 다른 그 무엇이라는 점이다. 언어는 시에서 직관과 예감의 기미들을 품고 드러내는 도구지만 그 불완전함으로 말미암아 그 기능은 한계가 분명하다. 언어는 오성과 형상의 대체물이다.

언어는 늘 흩날리는 은유들이고, 진리의 화육이다. 시는 언어의 만행(蠻行)이다. 그러나 시는 언어를 중간 매개로 삼을 뿐 언어로 돌아가지는 않는다. 시가 언어를 매개로 의미를 움켜쥐는 것이 아니라 언어 그 자체라는 사실을, 시인이자 철학자인 서동욱은 이렇게 쓴다. "시의 언어는 기능하는 것이지 의미하는 것이 아니다."* 시는

* 서동욱, 「시인의 글」, 『곡면의 힘』, 민음사, 2016, 112쪽.

언어가 가진 불가능성의 가능성을 쓰는 언어 놀음이다. 당연히 시의 한계는 언어의 한계와 맞물린다.

시들은 '시적이지 않은 언어들'의 소음 속에 있다. 그것은 마치 가벼이 내려앉는 눈발로 인해 제 곡조를 내지 못하는, 허공에 자유로이 걸려 있는 종(鐘)과 같다. ……아마도 시들에 대한 모든 해명은 종에 떨어지는 눈일 것이다. 설령 그럴 수 있다 해도 어떤 해명이 할 수 있는 것과 할 수 없는 것에 대해 언제나 다음의 사실이 유효하다. 즉 시 속에 순수하게 지어진 것이 좀더 분명해지기 위해서는 해명하는 말 자체와 그렇게 말하려는 시도가 매번 부서져야만 한다. 시로 지어진 것으로 말미암아 시에 대한 해명은 그 자신을 쓸모없게 만들려고 해야만 한다. 모든 해석의 마지막 발걸음이자 가장 어려운 발걸음은 시의 순수한 존립 앞에서 해석의 해명들과 함께 사라져버리는 데 있다.*

시는 불가능성의 가능성을 뚫고 우리에게 온다. 좋은 시들은 예외 없이 해석할 수 없는 심연을 갖고 있다. 시는 해석의 불가능성을 품고 있을 때 지속성을 얻는데, 이는 시가 말할 수 없는 것의 "말함"

* 하이데거, 여기서는 김동규, 앞의 책, 112쪽에서 재인용.

이기 때문이다. 시는 "말함"이 아니라 "말함"의 이면, 은폐적 영역, 즉 말할 수 없음에 기반한다. 그 지점에서 시의 해석 불가능성이 생겨난다. 시의 깊이, 혹은 의미의 시원(始原)은 해석의 불가능성을 품은 깊이에서 오연(午然)하다. 해석의 불가능성으로 늘 새로운 해석의 시도를 열어놓는 시라니! 이상의 「오감도 시 제1호」는 그 작품이 제출된 지 80년이 넘었어도* 여전히 해석의 불가능성에 놓여 있다. "十三人의兒孩가道路로疾走하오./(길은막달은골목이適當하오.)"로 시작되는 「오감도 시 제1호」가 제시하는 '13', '아해', '질주', '골목' 등에 대한 해석은 불가능성의 가능성을 끄집어내려는 덧없는 시도다. 도로를 질주하는 '13인의 아해'는 누구인가, 그 아해들은 왜 '무서운 아해'와 '무서워하는 아해'로 나뉘는가, 그 아해들은 왜 막다른 골목에서 질주하는가, 이 시를 지배하는 '공포'는 어디에서 비롯된 것인가. 한 비평가는 이렇게 해석한다. "이상의 눈에 조선인들은 식민지 근대의 도시 경성이라는 매트릭스matrix에서, 편재하는 '공포'에 휘둘리면서 '막다른 골목'을 향해 편집증적인 '질주'를 '반복'하는 불길한 타자들처럼 보이지 않았을까. 이 식민지 거리의 공포라는 테마가 그에 걸맞은 '반복 강박'적 형식의 옷을 입고 있는

---

* 이 시는 소설가 이태준이 학예부장으로 근무하던 조선중앙일보 1934년 7월 24일자 지면에 발표되었다.

것이 「오감도(烏瞰圖) 시 제1호(詩第一號)」다."* 이 해석은 수많은 연구자들과 비평가들이 행한 덧없는 시도들 중 하나다. 그러나 「오감도 시 제1호」의 내포적 의미는 해석 이전에 있다. 존재함이 제 일부로 품은 죽음이 그렇듯이 시는 해석할 수 없는 불가능성, 해답이 없는 수수께끼, 신비 그 자체인 까닭이다.

내가 오른쪽 볼과 왼쪽 볼을 내어 주지 않으면
사과는 부풀지 않는다.
흥분이 극에 달해야만
나는 향기로워진다.
이제껏 구분되지 않던 냄새를 드러내며 비로소
둥글어진다.

너는 노을이 아름답다지만
누가 칼날을 세우기라도 하면 핏줄들이 모두 숨어 버린다.
모처럼의 흥분이 사그라질까 봐 나는
칼끝에 집중한다.

* 신형철, 『몰락의 에티카』, 문학동네, 2008, 469쪽.

사과는 사과를 유지하려 애쓴다.
둥근 사과는 이미 잘린 사과일지 모른다.
사과 노릇을 하려는 사과일지 모른다.

창 너머로 나란히 기차가 가고
덜컹덜컹 배경을 자르면서 가고
칼이 지나가면서 고요해지는 저녁이다.
나는 환부를 움켜쥐고 몸을 뒤튼다.
칼이 지나간 줄도 모르면서
너는 노을이 아름답다 한다.

— 심언주, 「사과에 도착한 후」 전문

이 아름다운 시는 '사과'의 무엇에 대해 쓰는가? 얼핏 보면 사과,
노을, 칼, 기차와 같이 평이한 이미지들로 이루어진 시다. 사과라
는 단어는 개체-사물이 아니라 그것을 지시하는 언어 기호다. 시인
은 사과가 과육과 향기를 통해 그 현전을 보여주는 것이라고 추측
한다. 사과의 불가피한 사과-됨은 "사과는 사과를 유지하려 애쓴
다."라는 구절로 또렷해진다. 사과를 지시하는 기호로는 사물의 윤
곽과 정체를 확정짓지 못한다. 기호의 추상성은 실재에로 접근하는

것을 가로막는 장벽이다. 이렇듯 사과는 말할 수 없음 속에서 아무런 도덕적 감정 없이 사과라는 형태만을 드러낸다. 언어만으로 사물의 정체를 확정지을 수 없는 탓에 "둥근 사과는 이미 잘린 사과일지도" 모르고, 한사코 "사과 노릇을 하려는 사과일지도" 모르는 것이다. 칼은 도구-사물인데, 칼의 도구성은 '사과'라는 객체-사물로 인해 새롭게 주목된다. 노을이 흐르는 조용한 저녁에 누군가 칼로 사과를 깎는데, 이 저녁의 고요는 사과를 깎는 작고 조용한 노동이 불러온 것이다.

사과의 과육과 껍질 사이를 칼이 가르며 지나간다. 창 바깥에서는 기차가 두 개의 풍경으로 가르며 지나간다. 칼과 기차는 '가르고', '지나가는' 것에서 하나다. 또 다른 겹쳐짐이 있다. 시인의 상상 세계에서 '사과'와 '나'는 하나다. 그래서 사과 껍질이 깎일 때 "나는 환부를 움켜쥐고 몸을 뒤튼다."라는 구절은 자연스럽다. 이 시를 다시 읽으면, 여기 사과와 칼이 놓여 있다, 누군가 칼을 들어 사과를 깎는다, 이 고요한 노동 속에서 나[주체]-사과[대상]-칼[도구]은 한 덩어리다, 그러나 한 찰나 속에서 엮인 이것들, 즉 나, 사과, 칼은 제각각의 개체들로 돌아간다. 시는 이렇게 의미의 연쇄구조를 노출한다. 사과는 의미 이전 그것의 있음만으로 충분히 빛난다. 우리는

늘 정체성의 이상한 감각 속에서, 혹은 감각의 쇄신 속에서 사과를
사과로 발견하는 사태와 만난다. 우리는 날마다 이런 돌연한 아름
다움이 강림하는 기적의 찰나들을 겪는다.

중력과 대기의 변화들, 푸른 바다, 태양과 달, 우주의 궤도를 도
는 별들, 해마다 땅에 뿌려지는 어마어마한 씨앗들에 대해 우리는
무엇을 아는가? 우리는 월트 휘트먼처럼 대답할 수밖에 없다. "개
방된 대기 속을 떠다니는 태양과 별들…… 사과 모양의 지구와 그
위의 우리들…… 그들이 떠다니는 모습은 장관이다./나는 그것이
장관이라는 것과 행복이라는 것 외에는 그것이 무엇인지 알지 못한
다."(휘트먼, 「직업을 위한 노래」) 사과들은 먼 곳에서 오고, 빛과 공기
의 혼례가 이루어지는 찰나 속에서 사과들은 빛난다. 내가 여기에
있음으로 사과도 여기에 있다. 이 아름다운 것, 어느 순간 생활 속으
로 끼어들고, 추측과 우연의 상상력을 낳는 이 사과에 대해 우리는
똑같은 말을 할 수밖에 없다. 심언주의 '사과'는 감각을 쇄신시키는
은유이고, 뇌의 파장을 바꾸는 음악이며, 지금 눈앞에서 벌어지는
기적의 사물이라고! 지금 여기에 사과가 있다는 것, 그리고 맘껏 먹
을 수 있다는 사실은 놀라운 사태이고 우리가 누리는 행복이라고!

시의 고요한 황혼녘에서, 모두들 시가 끝장났다고 선언하고 돌아서는 시점에서 시를 찬찬히 다시 읽는 계기가 있었다. 어쩌면 나는 운이 좋았다. 월간지 『시와표현』의 청탁으로 2년간 '권두시론'을 맡아 쓰면서 죽은 시인들과 젊은 시인들의 시를 두루 찾아 읽고 미적 현전으로서 시의 본질과 정체성에 대해 두루 생각을 펼칠 수 있었다. 사실을 말하자면, 시는 낡은 의례와 방법론 속에 방임되면서 흔하고 진부해졌다. 서울지하철 스크린도어에서 만나는 저 끔찍하게 진부한 시들이 그렇다. 한편에서는 진부한 시들이 양산되고, 다른 한편에서는 그 진부함을 시라는 이름으로 그럴 듯하게 포장해서 널리 퍼뜨린다. 이런 시들의 뻔뻔함은 피로를 자아내고, 상상력과 창의성을 바닥에 이르게 한다. 시란 과연 무엇인가? 나는 사십 년 동안 묻고, 묻고, 물었다. 내 재능을 의심하고, 의심하고, 의심했다. 나는 물음과 의심 속에서 시를 사십 년이나 쓴 뒤 비로소 시의 수사학적 기교들, 은유와 상징과 이미지들, 시의 리듬과 소리의 파장들, 혹은 음역(音域)들, 의미와 무의미의 분별과 경계들, 그리고 시의 통사적 흐름들에 대해 가까스로 몇 자 끼적일 수 있었다.

좋은 시는 지옥에서 올라온 물건, 놀랍고 의외의 것, 예기치 않은 사건이다. 시는 직관으로 직관을, 무의식으로 무의식을 드러낸다. 이 창의성의 총체, 의외의 발상, 관성적 익숙함의 전복! 시가 종이에 쓰이고 종이에 인쇄되는 것이라면 모든 시는 피와 종이의 전쟁이다. 누가 시가 전쟁이라는 사실을 부정할 수 있는가? 때로 시는 거울이다. 거울은 다양한 상징체다. 거울은 온전하거나 깨져 있거나 상관없이 인간 내면과 그 안에 축적된 경험의 깊이를, 세계를 구성하는 사실들과 그 밑에서 균열하는 집단무의식의 흐름들을 통찰하고 살피는 장치다. 탈모더니즘의 세계에서 이것을 비추는 거울은 속절없이 깨져버린다. 깨진 거울을 주체에게 닥칠 불운의 징조로 보는 건 옳은가? 깨진 거울상에 비친 세계를 하나의 예언으로 보는 건 정당한가? 어쨌든 우리는 그 거울을 통해 자기 영혼과 무의식을 비춰보고 객관 세계를 들여다볼 수가 있을 테다.

어느날 갑자기 시가 내게로 왔다. 내가 시를 찾은 게 아니었다. 시는 "내 혈관으로 돌진하는 불꽃과 에테르"*, 진부한 것들에 내려치는 벼락, 내 전두엽에 내리꽂히는 모든 느낌과 직관의 신호들, 수수께끼 중의 수수께끼다. 나는 시와 함께 살았다. 진짜 시를 쓴다는 건 시를 산다는 것이다. "이토록 고요한 세상을 봐/별들로 하늘이

* 월트 휘트먼, 앞의 책, 93쪽.

뒤덮인 밤/자리에 일어나 시대에, 역사에, 세계에/말을 걸 시간."(블라디미르 마야콥스키, 「미완성의 시」)을 살아내는 것! 시는 땅과 하늘, 시대와 역사, 그리고 이 모든 것을 품은 우주에게 말을 거는 것이다. 그리하여 나는 이렇게 말할 수 있을 테다. 나는 곧 시다! 아니다, 나는 시의 타자, 영원한 이방인, 어긋나는 반역자다!

지금 누군가 울고 있다

미국의 철학자이자 시카고대학 로스쿨 교수인 마사 누스바움은 『시적 정의』에서 시인을 재판관이자 신성한 것들의 중재자라고 말한다. 누스바움은 월트 휘트먼의 시를 인용하며, 아이의 작은 손에 들린 하찮은 풀잎 하나에서 "시민들의 평등한 존엄—또한 성적 갈망과 개인적 자유의 보다 신비로운 이미지들"을 보는 시인들이 사물과 사물, 사물과 세계, 사물과 인간 사이에서 재판관과 중재자 역할을 한다고 단언한다. 시인들은 재판관의 관점이 아니라 삶의 내재적 시선으로 사물과 세계를 바라보고 감싸 안는다. 대다수 사람들이 주류 도덕의 관점에서 생각하고 판단하는 데 반해, 좋은 시인들은 도덕의 바깥에서 도덕을 본다. 어쩌면 시인이란 낡은 당대 도덕의 속박에서 벗어나 자유로 충만한 미래의 도덕을 꿈꾸며 산다. 한 시인은 이렇게 쓴다. "위대한 시인들의 오래된 붉은 피와 흠 없는 우아함은 그들의 자유로움으로 증명된다. 어떤 영웅적인 이가 그 관습이나 선례, 그를 벗어나는 권위를 통과하거나 그것들을 지나 편하게 걸어간다. 작가들, 시인들, 음악가들, 발명가들과 예술들의 형제애적인 기질 중 새롭고 자유로운 형식으로부터 나오는 말없는 도전보다 더 아름다운 것은 없다."* 시인들은 관습이나 선례 따위로 굳어진 도덕을 조건 없이 승인하지 않는다. 그 대신에 본성과 무의식에서 나오는 직관과 선험을 취하고 따라간다. 시인의 흠 없는 우아함과 위대함을 취하려는 기질은 어디에서 비롯하는가? "아는 것의 감격, 질적인 깊이와 주제가 있는 것들에 대한 탐구를 믿는 것은 위대하다. 시인의 영혼은 여기에 길을 내어 순환하며 팽창하지만 항상 자연스러운 통괄자이다."** 시인들은 사물의 재판관이자 자연스러운 통괄자다. 그들의 존재성은 어느 시대에나 진부한 것의 거부, 경이로움과 초월에의 헌신, 아름다움을 얻기 위한 도약과 상상에서 두드러진다.

* 월트 휘트먼, 앞의 책, 22쪽.
** 월트 휘트먼, 앞의 책, 24쪽.

우리 시대의 대다수는 생산과 효율이라는 측면에서 사물을 수량화하고, 돈이나 교환의 잣대로만 그 가치를 따진다. 천박한 실용주의에 매몰되어 부와 특권들만 좋아하는 사람들은 정작 삶의 숭고한 미덕들을 놓친다. 누스바움은 『시적 정의』에서 이렇게 말한다. "인식 가능한 세계의 질적인 풍성함, 인간 존재의 개별성과 그들의 내면적 깊이, 그리고 희망, 사랑, 두려움 따위는 보지 못한다. 또한 인간으로서 삶을 산다는 것이 어떤 것인지 등을 알지 못한다. 무엇보다 인간의 삶이라는 것이 신비하고도 지극히 복잡한 어떤 것이라는 점, 그리고 그 복잡함을 표현하는 데 적합한 언어들과 사유의 능력을 통해 접근해야만 한다는 점을 보지 못하는 것이다."* 이것은 무서운 일이다. 오직 돈과 물질의 위력만이 안녕과 행복을 지켜준다고 믿는 이들은 어디에서나 살아 있고 잘 지낸다. 그들은 모험을 두려워하고 안전 자산만을 선호한다. 자신의 삶이 반쯤 죽은 채 흘러가고 있음을 까마득히 모른다. 돈이 모든 가치에 우선한다는 생각에 갇히면, 침묵과 관용의 가치, 키스와 포옹의 기쁨과 보람들, 사월의 비, 봄마다 돋는 작약의 움들, 공중에 흩뿌려지는 종달새의 명랑한 노래, 산소와 피톤치드와 향기로 가득찬 울울창창한 숲, 개별

* 마사 누스바움, 『시적 정의』, 박용준 옮김, 궁리, 2013, 73쪽.

성의 존귀함을 지닌 인간의 숭고함, 연인들이 나누는 교감의 신비와 복잡성 따위를 다 놓친다.

그들은 "혼자만의, 혹은 부산한 거리에서의, 들판이나 언덕배기에서의 즐거움,/건강의 느낌…… 한낮의 떨림…… 침대에서 일어나 태양을 만날 때"*의 벅찬 환희 따위는 알지 못하고, 알려고도 하지 않는다. 그들은 대지와 태양이 만드는 이득 따위는 돈이 되는 것이 아니라는 이유로 코웃음치고 지나쳐버린다.

> 지금 어디선가 울고 있는 사람은
> 세상에서 까닭 없이 울고 있는데
> 그 사람은 나 때문에 울고 있다.
>
> 지금 어디선가 웃고 있는 사람은
> 세상에서 까닭 없이 웃고 있는데
> 그 사람은 나 때문에 웃고 있다.
>
> 지금 어디선가 걷고 있는 사람은
> 세상에서 정처 없이 걷고 있는데

* 월트 휘트먼, 앞의 책, 44~45쪽.

그 사람은 나에게로 오고 있다.

지금 어디선가 죽어가는 사람은
세상에서 까닭 없이 죽고 있는데
그 사람은 나를 바라보고 있다.

– 라이너 마리아 릴케, 「엄숙한 시간」 전문

시인만큼 모순에 찬 존재는 찾아보기 힘들지도 모른다. 시인들
은 늙으면서 젊고, 지혜로우면서도 한편으로는 바보스럽다. 다른
이들에게 관심이 없는 척하고, 다른 사람들에게 늘 과도한 관심을
퍼붓는다. 아버지이고 어머니이며, 때 묻은 어른이고 동시에 천진
한 아이다. 가장 작으면서도 가장 크고, 가장 무능하면서도 가장 유
능하다. 모든 것을 받아들이면서 동시에 모든 것을 거부한다. 사물
들의 작은 변화에 깜짝 놀라면서도 항상 태연하다. "나는 육체의 시
인이다./또 나는 영혼의 시인이다./천국의 기쁨이 나와 함께하며,
지옥의 고통이 나와 함께한다./나는 최초의 것을 나 자신에게 접목
시키고 점점 더 증가시키고…… 이후의 것을 새로운 언어로 번역한

다."* 시인들은 분열과 모순으로 가득 찬 세계에서 분열과 모순으로 대응하며 그것을 태연하게 수용하고 견딘다. 한 위대한 선각의 통찰에 따르면, 이들 창조하는 자의 뛰어남은 타인의 고통과 비참에 대한 비범한 공감 능력에서 비롯한다. 시인은 지금 어디선가 누군가 울고 있다면 그 사람은 나 때문에 울고 있다, 지금 어디선가 누군가 웃고 있다면 그 사람은 나 때문에 웃고 있다고 생각한다. 이렇듯 시인들은 타인의 고통과 슬픔에 동참하며 가장 늦게까지 울고, 세상의 고통과 비참의 원인에 자신이 연루되었다고 믿으며, 그것에 대한 통렬한 윤리적 책임감을 뼛속까지 새기는 자다.

시인은 세상의 모든 "영혼의 갈망과 입맛에 응답"하는 겸손한 자다.** 시인은 영원 앞에서 자신을 개방하는 자다. 아니, 영원함이 시인에게 스스로 개방하는 것이다. 이것이 위대한 시인으로 나아가는 전제 조건이다. 만약 그렇지 않다면? "그에게 영원함이, 모든 시대와 지역과 과정, 생명체와 비생명체에 유사성을 부여한, 시간의 구속이며, 그 알 수 없는 막막함과 오늘의 유영하는 형태 속의 무한함에서 일어나 인생의 유순한 닻에 묶여 현재의 시점을 과거로부터

* 월트 휘트먼, 앞의 책, 78쪽.
** 월트 휘트먼, 앞의 책, 36쪽.

앞으로 존재할 것들로의 길로 만들어 스스로 한 시간의 파도와 이 파도를 이루는 60명의 아름다운 아이들의 흐름을 표현하는 것에 헌신하는 그 영원함이 열려 있지 않다면, 그를 일반적인 흐름에 통합시켜 그의 발전을 기다리자……"* 우리는 시인을 기다려야 한다. 기다림은 예감과 전조들로 채운 시간이다. 기다림은 기다림의 보람이 다 무산될 때까지, 기다린다는 사실조차 까마득히 잊어버릴 때까지, 기다림이 기다리는 시간들을 다 삼킬 때까지 계속되는 것이다. 시인과 시는 오직 기약없는 기다림 속에서 도래한다.

기타의
통곡이 시작된다.
새벽의
컵들이 깨진다.
기타의
통곡이 시작된다.
그것을 멈추게 하는 것은
부질없는 짓이다.
그것을 멈추게 하는 것은

* 월트 휘트먼, 앞의 책, 37쪽.

불가능하다.
물이 울듯
설원 위로
바람이 울듯
단조로운 음으로 운다.
그것을 멈추게 하는 것은
불가능하다.
기타는 아득한 일들이 그리워
운다.
하얀 동백을 간구하는
뜨거운 남쪽 사막.
과녁 없는 화살이
아침 없는 오후가
그리고 나뭇가지 위로
죽은 첫 새가 운다.
다섯 개의 칼에
치명상을 입은 심장,
오, 기타여!

　　　　　　　　　　－ 페데리코 가르시아 로르카, 「기타」 전문

페데리코 가르시아 로르카는 20세기 스페인이 낳은 최고 시인이다. 자주 '민요시인, 집시시인, 국민시인'으로도 일컬어졌는데, 그 자신은 탐탁지 않아했다. 어린아이의 천진한 마음에 매혹되고, 도마뱀, 거북, 매미, 나비, 개미, 달팽이 따위들을 즐겨 노래한 로르카의 골수에는 세속의 오탁 한 점 묻지 않은 어린아이의 순수와 미에 대한 사랑으로 가득차 있었다. 그는 미풍, 땅의 정령들, 바람에게서 오는 무의식의 영감들로 시를 쓰고, 죽은 아이에 대한 비탄을 시에 담는다. 스페인 내란 중 친구인 시인 루이스 로살레스 집에 숨어 있던 로르카는 극우파 프랑코를 따르는 민병대원들에게 붙잡혔다. 1936년 8월 16일 오후에 체포되고 사흘 뒤인 19일 밤에 총살당한다. 로르카의 명목상 죄명은 '소련의 첩보원'이었지만 이는 터무니없는 것이다. 그는 어떤 이념에도 편향되지 않은 사람이다. 굳이 따지자면 자유를 신봉하는 무정부주의자에 가까운 사람이었다. 시인은 "기타의 통곡이 시작된다"고 썼다. 기타의 통곡은 "과녁 없는 화살"이나 "아침 없는 오후"와 상관이 있다. 과녁 없는 화살이란 이미 무용한 것이다. 아침 없는 오후란 목 잘린 시체같이 불길하다. 기타의 통곡을 멈추게 하는 일이 불가능한 까닭은 기타가 "다섯 개의 칼에 치명상을 입은 심장"이기 때문이다. 기타의 통곡이 시작되었을 때 물과 설원 위로 부는 바람도 운다.

숲에 어둠이 내리자 올빼미는 날개짓을 하며 먹이 사냥에 나설 채비를 한다. 공중을 활강하던 새들이 둥지를 찾아드는 시각, 올빼미는 종일 주린 배로 사냥 채비를 하는 것이다. 누가 죽었는가? 어디선가 조종(弔鐘) 소리가 무겁게 울리고, 돌연 큰 문과 작은 문들이 닫힌다. 어느 닫힌 문 뒤에 소복 입은 여인들이 모여 있는데, 여인들은 슬픔에 잠긴 채 어깨를 들썩이며 운다. 억울한 누명을 뒤집어쓰고 학살당한 젊은 남자의 생애는 오래 기념되지 않을 것이다. 이른 죽음으로 그의 후반생이 생략되었으므로 망각은 빨리 이루어진다. 여인들의 비통함 역시 사라진 그 후반생에 대한 애도에서 비롯된다. 바람이 불고, 숲이 천천히 흔들린다. 나는 숲가에 서서 바람 소리에 귀를 기울였다. 2016년 노벨문학상 수상자로 지명된 음유시인 밥 딜런은 이렇게 노래한다. "얼마나 많이 귀 기울여야/사람들이 우는 소리를 들을 수 있을까?/얼마나 많은 사람이 죽어야/너무 많은 사람이 죽었다는 걸 알게 될까?/친구여, 그 대답은 바람에 실려 있네,/바람에 실려 있다네."(「바람에 실려」) 어두운 숲은 야행성 짐승들의 움직임들로 부산하다. 가랑잎 위로 도마뱀 한 마리가 빠르게 지나갈 때 들쥐를 사냥하려고 눈에 불을 켠 채 주의를 기울이던 들고양이는 그 소리에 귀를 쫑긋 세운다. 사방에 어둠과 함께 아주 오래된 과거와 현재에 걸쳐져 있는 고독이 그물같이 내려앉는다. 시인들이 고독의 심연에서 눈을 뜬다. "당신은 멀리 찾아갈 것인가? 당신은 분명 결국 돌아올 것이다,"* 시간이 밤의 한가운데를 가로질러 흐를 때 시인들은 별과 둥근 지구, 사람들의 꿈과 역사를 모아 그것들로 빚은 망명 정부를 세우기 위해 손놀림이 바빠진다. 좋은 시인들은 저마다 항상 공정하고 평등한 하나의 정부다.

* 월트 휘트먼, 앞의 책, 168쪽.

목소리들은 먼 곳에서 온다

　　침묵의 충만함이 파열하듯이 깨지면서 맑은 목소리가 흘러나온
다. 목소리는 깊은 침묵에서 배태되어 세상에 노출되면서 다시 둥
근 침묵의 요람 속에 잠긴다. 사람의 목에서 나온 낭랑한 소리들은
음성학적 파장 현상을 넘어서서 말이 되고자 애쓴다. 소리가 목소
리에서 스스로 빠져나와 의미를 잡아챈다는 뜻이다. 목소리는 안
보이는 세계를 소리로써 드러내 보인다. 이 목소리의 시작점은 어
딘가? 목소리는 저 아득한 곳, 즉 존재의 시원에서 온다. "목소리는
아득히 먼 곳에서 와서 아득히 먼 곳으로 간다. 그러나 목소리는 말
을 담는다. 말은 아득한 것을 현존하게 만든다. 인간이 말에 싣는 진
리는, 태초에 인간이 떨어져 나온 그 원초적 진리를 현존하게 만들

때, 말을 전달하는 목소리는 기쁨에 가득찬다. 목소리는 목소리로서 기쁘다. 목소리는 자신을 들어올려, 말 위에서 환호한다."* 모든 목소리가 다 맑은 음색으로 울리는 것은 아니다. 어떤 목소리들은 거칠고 쉰 듯해서 마치 쇠를 긁을 때처럼 음산한 소리를 낸다. 미친 사람의 목소리, 매춘부의 목소리, 살인마의 목소리는 괴로움과 메마름, 분열된 자아의 조각들로 차 있다. 그것은 말의 기쁨과 명료성을 실어나르는 것이 아니라 뜻이 맺히지 않은 잡음어로서만 웅웅거린다. "신에게 목소리는 말 그 자체다. 신의 목소리는 신의 말이다."** 진실한 사람의 목소리에는 타자에게 반향되는 메아리가 있다. 그 메아리는 인간의 목소리가 신의 목소리를 모형으로 빚어진 것임을 반증한다.

인간의 말은 침묵의 자궁에서 자란다. 이 말과 세계에 흩어진 만물들이 결합하면서 이것들은 거기에 있음을 인증받는다. 말로 인해 사물이 존재성을 부여받듯 사람 역시 말로 인해 비로소 사람으로 우뚝 선다. 말의 형태, 말의 윤곽을 갖는 목소리들은 기억들, 즉 시와 이야기를 전달한다. "시는 물론 기억 속에서 자라지요. 나의 기

* 막스 피카르트, 『인간과 말』, 배수아 옮김, 봄날의책, 2013, 197쪽.
** 막스 피카르트, 앞의 책, 201쪽.

억은 시로 가득하답니다."* 누군가에서 누군가에게로, 당신에게서 우리에게로 목소리는 흘러간다. 내가 사랑하는 목소리는 막 말문을 연 아이의 청아한 목소리다. 아이의 기쁨에 가득차 있는 목소리는 그 자체로 음악성을 품은 시다. 시는 말의 음악성 속에서 튕겨지듯 떠올라 청자의 고막을 울린다. 아이의 목소리는 세상에 없던 새로운 목소리로 제 주변의 사물들과 현상들, 그리고 사람들을 번역한다. 그런 맥락에서 아이들은 시인이다. 아이의 목소리가 실어나르는 언어는 현대의 것이 아니다. 말이 막 태어나는 순간의 순결한 언어, 즉 오래된 밤과 폭풍들, 처음 지구를 금빛으로 물들인 아침의 광휘와 원시의 숲속 공기가 뒤섞인 태초의 언어, 까마득히 아득한 조상들의 언어다. 아이의 목소리가 가끔은 우리 영혼을 화들짝 놀라게 하는 것은 그런 까닭에서다. 사람들은 저마다 다른 빛깔의 목소리로 자기의 영혼, 자기의 자아, 자기의 역사를 들려준다.

시들은 내면의 목소리, 음성화된 상징들, 말의 무늬들이다. 한 위대한 시인은 이렇게 노래한다. "나는 사람들의 목소리를 듣는다……"라고! 이 목소리들은 어떤 소리인가? "내가 사랑하는 소

* 호르헤 루이스 보르헤스, 윌리스 반스톤, 앞의 책, 183쪽.

리,/나는 모든 소리들을 그것들이 사용되는 순간에 듣는다······ 도시의 소리들, 도시로부터 나오는 소리들······ 낮과 밤의 소리들,/자기를 좋아하는 사람에게 말하는 젊은이의 소리······ 생선 장수, 과일 장수······ 식사하는 노동자들의 커다란 웃음,/어긋난 우정의 노기 띤 저음······ 아픈 사람의 가녀린 어조,/책상에 손을 붙인 판사, 사형 선고를 내리는 그의 떨리는 입술,/부두에서 짐을 내리는 하역인부가 가슴 부풀려 내는 소리······ 닻 올리는 선원의 후렴 소리,/자명종 울리는 소리······ 불이야 하는 소리······ 빠르게 나아가는 기계의 윙윙 소리,/경고 종과 색깔 등을 단 호스 운반차의 붕붕 소리,/기적 소리······ 다가오는 객차의 단단한 바퀴 소리,/군중의 앞머리에서 밤중에 이어지는 느릿한 행진곡"(월트 휘트먼, 「나 자신의 노래」). 세계는 이런저런 다양한 소리들로 꽉 차 있다. 이 소리들은 세계를 향해 울려 퍼지는 합창이고, 장엄한 오페라이며, 교향악이다. 이 소리들은 우리 마음 깊은 곳에 반향하면서 메아리친다. 우리는 이것에 영향을 받는다. 이 소리들 중 어떤 것들은 우리 생각과 습관을 바꾸고, 우리 존재를 새롭게 빚는다. "나는 오랫동안 듣는 것 말고는 아무것도 하지 않으리라 생각한다,/그리고 내가 들은 바를 내

속으로 불어넣고…… 소리들이 나를 위해 기여하게 할 것이다."* 나는 사람들의 목소리에서 시와 노래를 느낄 때 그 목소리들이 좋아진다. 나는 타자와 사물들이 내는 목소리들이 나를 빚는다고 믿는다. 자, 보라, 목소리들이 어떻게 사물을 빚는가를.

돌, 거기까지 나와 굳어진 것들
빛, 새어 나오는 것들, 제 살을 벌리며
벽, 거기까지 밀어본 것들
길, 거기까지 던져진 것들
창, 닿지 않을 때까지
겉, 치밀어 오를 때까지
안, 떨어질 곳이 없을 때까지
피, 뒤엉킨 것
귀, 기어 나온 것
등, 세계가 놓친 것
색, 파헤쳐진 것, 헤집어놓은 것
나, 거울에서 막 빠져나오는 중,
　　늪에는 의외로 물을 게 많더군
너, 거울에서 이미 빠져나온,

* 월트 휘트먼, 앞의 책, 90쪽.

허공에도 의외로 묻힌 게 많군

눈, 깨진 것, 산산조각 난 것

별, 찢어진 것

꿈, 피로 적신 것

씨, 가장 어두운 것

알, 거기에서도 꼭 다문 것 격렬한 것

뼈, 거기에서도 혼자 남은 것

손, 거기에서도 갈라지는

입, 거기에서도 붙잡힌

문, 성급한, 뒤늦은, 때늦은

몸, 그림자가 실토한 몰골

신, 손가락 끝에 딸려 오는 것

꽃, 토사물

물, 끓어오르는

칼, 목구멍까지 차오른

흰, 퍼드덕거리는

- 이원, 「목소리들」 전문

다시 한 번 시는 목소리다. 만물은 저마다의 목소리를 낸다. 시인은 만물이 내는 소리들을 조용히 귀기울이고 그것을 채집한다. 이때 시는 목소리고, 목소리는 그 자체로 시다. 이를테면 돌, 빛, 벽, 길, 창, 겉, 안, 피, 귀, 등, 색, 나, 너, 눈, 별, 꿈, 씨, 알, 뼈, 손, 입, 문, 몸, 신, 꽃, 물, 칼, 흰 등등은 목소리를 통해 거기에 있음을 드러낸다. 그 목소리가 꼭 심오할 필요는 없다. "나는 멍하니 누워 사물들의 아름다운 이야기와 그것들의 양식에 귀 기울인다./그것들은 너무나 아름다워서 나는 들으라고 나 자신을 설득한다."(월트 휘트먼, 「나의 가르침을 완벽하게 배우는 사람」) 물은 물소리를 내고, 구름은 구름의 말을 한다. 북은 북소리를 내고, 비와 우박은 비와 우박의 소리를 낸다. 강과 바다, 들과 동굴들, 사막과 고원, 우물과 화산, 언덕과 나무들은 저마다 제 목소리를 낸다. 사물은 이 목소리로 인하여 비로소 제 심연으로 돌아가는데, 이것은 만물의 웃음소리이고 메아리다. 만물은 소리로써 이야기, 신화, 노래를 품는다. 때때로 이것은 너무나 아름다워서 놀랍다. 시인들은 이 만물의 목소리를 어떻게 들려줄 것인가? 그것은 불가능한 일이다. "나는 내가 듣는 것을 다른 이에게 말할 수 없다⋯⋯ 그것을 나 자신에게도 말할 수 없다⋯⋯ 그것은 정말 놀랍다."* 시인은 만물에게서 들은 소리를 제대

* 월트 휘트먼, 앞의 책, 240쪽.

로 전달할 수 없을 때 다만 그것들을 중계한다.

　서정적 자아에서 울려나오는 목소리들은 진술이거나 고백, 혹은 방백의 형식으로 고착한다. 황인숙의 시는 방백의 목소리를 들려주는데, 이 목소리는 분열되어 있다. '당신'과 '나'는 하나에서 둘로 갈라진 자아다. 자세히 들여다보면 목소리는 하나뿐이다. 즉 이 시 전체에 울려나오는 것은 '나'의 목소리다. '당신'의 목소리는 소리로 없고 오직 선험적인 것으로만 존재한다. '당신'은 얼마나 외로운지, 얼마나 괴로운지에 대해 한마디도 하고 있지 않다. '당신'은 미쳐버리고 싶은지 미쳐지지 않는지에 대해 한마디도 하고 있지 않다.

　　당신이 얼마나 외로운지, 얼마나 괴로운지,
　　미쳐버리고 싶은지 미쳐지지 않는지
　　나한테 토로하지 말라
　　심장의 벌레에 대해 옷장의 나방에 대해
　　찬장의 거미줄에 대해 터지는 복장에 대해
　　나한테 침도 피도 튀기지 말라
　　인생의 어깃장에 대해 저미는 애간장에 대해
　　빠개질 것 같은 머리에 대해 치사함에 대해

웃겼고, 웃기고, 웃길 몰골에 대해
차라리 강에 가서 말하라
당신이 직접
강에 가서 말하란 말이다

강가에서는 우리
눈도 마주치지 말자.

- 황인숙, 「강」 전문

시인이 말하는 '당신'이란 누구인가? 우리는 '당신'이 누구인지 확정지을 수 없다. 어쩌면 '당신'은 다름아닌 '나'의 심층에서 튕겨져 나간 파편적 존재일지도 모른다. 어쨌든 「강」은 '나'한테 와서 자기가 얼마나 외로운지, 얼마나 괴로운지 말하려는 '당신'을 만류한다. '나'는 '당신'이 하려는, 몸을 저미고 빠개는 것들에 관한 토로, 탄식, 고백을 듣고 싶지 않다. 그리고 "웃겼고, 웃기고, 웃길 몰골"에 대한 얘기를 들어줄 용의가 없다. 그 일이 괴롭기 때문이다. 누군가의 얘기를 들으며 자주 맞장구를 쳐야 하고, 내 마음과 같지 않더라도 공감을 표현하는 일은 권태롭고 피로를 가져온다. 그래서 시인은 단호한 말로 거절의 뜻을 전한다. "당신이 직접/강에 가서 말하란 말이다." 이 시에서 '당신'은 바로 '나'다. 외롭고 괴로운 '당신'이 다름아닌 '나'라는 것이다. 우리의 생각함은 곧 자기 자신과의 내면적 대화다. 그러니까 생각하는 사람은 자기 안에 일인칭과 이인칭을 동시에 품는다. 황인숙의 시는 일인칭인 '나'와 이인칭인 '당신'이 말하는 형식이다. 두 사람이 대화를 나누는 것 같지만 실은 서정적 주체 안에서 자아가 둘로 나뉘어서 하는 말이다. 서정적 주체는 생각함에서 저 혼자 문답을 주고 받는다.

목소리는 태초의 인간보다 앞선다. 그때 목소리는 아무도 들어줄 자가 없었으므로 공허한 메아리 그 자체다. 인간이 나오고 난 뒤에야 그 소리는 비로소 의미의 현전이 될 수 있었다. 진짜 시들은 저 태초의 목소리를 그리워한다. 저 태초의 목소리가 시의 시작점, 즉 아득한 근원이다. 시는 태초에서 흘러나온 목소리의 메아리다. 시는 저 태초의 소리에서 울려나오는 또 다른 메아리다. 목소리의 본질이면서 핵심을 이루는 것은 소리다. 소리는 언어 이전이다. 소리는 어떤 규칙이나 규범 없이 공중에 떠돌다가 흩어져 사라진다. 이 소리가 존재를 품을 때 말이 탄생한다. 말은 목소리 속에서 솟아나오며 그 주체를 세계의 현전으로 자유롭게 한다. 사람은 저 자신에만 종속되지 않고 말의 세계 안에서 사람이라는 한계를 벗어나 자유롭다. 반면 말은 없고 소리의 세계에 속박된 동물들은 소리의 포박에서 풀려나지 못한다. 동물은 언어라는 장벽 저 너머에서 울부짖고 헤맨다. 이렇듯 동물들은 말의 장벽을 넘어서지 못하는 한 동물성에 포박된 채 말 없음의 세계에서 제 생명을 꾸린다. 동물들은 말을 가질 수 없기 때문에 말이 개시하는 전체성이나 진리와 차단된 세계에 머문다. 동물의 몽매함과 한계는 말을 갖지 못한 존재의 숙명이다. 그에 반해 인간은 말을 가짐으로써 자유를 얻고, 말이 개시(開示)하는 전체성과 진리에 다가간다. 인간은 말하는 자, 즉 말로써 사물들의 이름을 지어 부르고, 그것의 현존을 허용한다. 나는 나라고 말하는 나다! 나를 나라고 부를 수 없는 말이 없다면 나는 나로 영원히 돌아가지 못한다.

가끔 바람부는 쪽으로 귀기울여봐

당신의 1주기를 맞는 첫가을, 유리창 너머 하늘은 파란 심연이다. 이 가을에 반짝이는 재화(財貨)인 이슬들은 햇빛에 잘 마른다. 계절의 권능이 골고루 미치니 세상은 살 만하고 다 괜찮다. 초본식물은 마르고 모과나무는 제 열매들을 풀밭에 슬며시 놓아버린다. 어떤 약속은 깨지고, 잃어버린 물건들이 돌아오는 법은 없다. 건강한 자들은 제 건강함을 아파하고, 지병을 가진 자들은 제 지병과 더불어 더 이상 나빠지지 않음에 안도할 테다. 동지에 가까워질수록 밤은 빨리 온다. 동지 지난 뒤 마른 풀밭에 드리워진 달그림자는 더 차가워진다. 밤은 수천 마리의 까마귀들마저 재우는데, 이는 밤이 까마귀의 깃보다 더 어둡기 때문이다. 어느 날 아침 나는 흰 눈썹을 하고 깨어난다. 아침마다 끝난 것들은 끝나고, 끝나지 않은 것들은 끝나지 않은 채 의연하다. 이 아침 내가 안도하는 것은 이제 내 삶으로 그대의 죽음을 견딜 것을 아는 까닭이다. 그것이 내가 나 자신 속에서 익사하는 어처구니없는 사태를 막아줄 방식이기 때문이다.

월트 휘트먼의 『풀잎』을 몇 달째 읽고 있다. 휘트먼은 1855년 긴 서문과 12편의 시가 담긴 『풀잎』을 내놓은 뒤 새로 쓴 것들을 보태면서 같은 제목의 시집을 계속 고치면서 보완한다. 휘트먼은 평생 『풀잎』이라는 시집 단 한 권만을 남겼다. 수많은 질문들과 함께 신비주의적 계시와 영혼의 고양감을 보여주는 12편의 시로 구성된 『풀잎』은 강렬하고 명료한 어조로 독자를 그 세계로 초대한다. 이 시집은 실로 삶의 모든 부면을 들춰내고, 다양한 직업군에 속한 사내들의 자유분방함에 대해 사유하면서 천 개의 주제를 다룬다. 시인 메리 올리버는 『풀잎』을 두고 "진실로 하나의 설교요 선언이며 유토피아의 기록, 사회계약, 정치적 진술, 그리고 변화에의 초대다."*라고 쓴다. 휘트먼의 목소리를 빌리자면, 시는 풀밭에서 빈둥거리며 짐작한 것, 침대에 홀로 누워 짐작한 것, 아침 별 아래서 해

* 메리 올리버, 『휘파람 부는 사람』, 민승남 옮김, 마음산책, 2015, 98쪽.

변을 걸으면서 짐작한 것의 전부다. 그는 직관으로 '풀잎' 한 줄기에서 모든 것에 대한 은유, "아름답고 기이한 숨쉬고 웃는 육체"의 일들, 그리고 육체의 관능에 꿰어본 사랑과 연민을 다 짐작할 수 있었다. 시인은 모래 한 알, 풀잎 하나, 바람 한 줄기에서 시를 얻는다. 보라, 아득히 멀리서 오는 바람의 말에 귀기울이는 시인을. "가끔 바람 부는 쪽으로 귀 기울이면/착한 당신, 피곤해져도 잊지 마./아득하게 멀리서 오는 바람의 말을."(마종기, 「바람의 말」) 바람은 참 아득히 멀리서도 오는구나! 가끔 바람부는 쪽으로 귀기울여봐. 누군가 먼 곳에서 당신에게 속삭이잖아. 당신보다 먼저 죽은 자들의 말들에 조용히 귀기울여봐.

모든 것은 이미 배달되었다.
그것이 늙은 우편배달부들의 결론.

당신이 입을 벌려 말하기 전에 내가
모든 말을 들었던 것과 같이

같은 계절이 된 식물들
외로운 지폐를 세는 은행원들

먼 고백에 중독된 연인들
그 순간

누가 구름의 초인종을 눌렀다.
뜨거운 손과 발을 배달하고 있다.
우리가 있는 곳이라면 어디에나 있는
바로 그 계절로

단 하나의 답장이 도착할 것이다.
조금 더 잔인한 방식으로

—이장욱, 「우편」 전문

　　합리론적 이성을 믿고 따르는 사람은 굳이 시를 찾아 읽지 않을
테다. 시는 우연에서만 가능한 결합과 해체의 찰나들, 꿈속의 목소
리, 비약과 상징의 문장들로 된 초논리의 세계이기 때문이다. 시인
들은 종잡을 수 없이 모호하고 말할 수 없는 것들에 대해서 언어적
형상을 부여한다. 이장욱의 「우편」은 모호하다. 이 모호한 시에서
확실한 의미로 도드라진 것은 '배달'이라는 단어다. 화물도, 계절도
배달되는 것에 속한다. 배달은 이곳에서 저곳으로의 흐름, 위치의

조정, 누군가에게서 누군가에게로의 전달이다. 시인은 첫 구절에서 대뜸 "모든 것이 이미 배달되었다."라고 쓴다. 이미 견고해진 습관의 세계는 '늙은 배달부'들의 세계다. "습관은 개를 항상 자기가 토한 자리로 돌아오게 하는 무게 중심이다."* 늙은 배달부는 늙음으로 인해 신경과 이성이 확고해질 뿐만 아니라 세상을 다 안다는 확신으로 이끈다. 배달할 것이 없으니 세계는 더 이상 변화도 없다. 식물은 식물들대로, 은행원은 은행원들대로, 연인은 연인들대로 제 일에 여념이 없다. 그들은 더 이상 세계를 바꾸려고 하지 않고 관습의 나태와 이완에 기댄다. 남은 것은 "단 하나의 답장"이다. 답장은 곧 도착할 것이다. "조금 더 잔인한 방식으로". 하지만 시인은 그 "단 하나의 답장"에 무엇이 담겨 있는지를 말하지 않는다.

어느덧 가을이 끝나간다. 가을의 날들 속으로 바람이 불어갈 때 단풍든 잎들이 우수수 떨어져 날린다. 바람이 불 때마다 그게 당신의 목소린가 해서 바람부는 쪽으로 귀를 기울인다. 우리가 함께 보낸 가을들은 저편으로 사라졌다. 가을은 항상 흘러가는 구름들, 단풍과 조락, 일찍 떨어지는 해, 황혼을 보며 공허하게 짖는 개, 도처

* 사무엘 베케트. 여기서는 존 그레이,『동물들의 침묵』(이후, 2014), 214쪽에서 재인용.

에 깊어지는 침묵과 그림자들······로 이루어진다. 이 가을의 쓸쓸한 풍경은 늘 똑같아 보이지만 어딘지 모르게 지난 가을과는 미묘하게 형질이 달라진다. 당신이 떠난 작년보다 내 눈동자는 더 흐려지고, 내 삶의 모호함은 더 깊어졌다. 아마 이 모호함은 죄로 인해 생겨났을 것이다. 사랑을 잃으면서 나는 자주 아팠다. 나는 직관과 예감의 능력을 잃고, 기억들은 단속적으로 자주 끊겼다. 비밀들은 더 이상 비밀스럽지 않았다. 반면 천박하고 저속한 것들에 대해 느슨해졌다. 오, 사랑을 잃은 자는 아무 잘못이 없어도 숨쉬고 사는 것 자체가 죄다! 한 젊은 시인이 "나는 직업이 죄인이다"라고 쓸 때 그것이 과장된 것이라 할지라도 나는 격하게 공감한다.

육체는 빛을 이해하기 위해 그림자를 드리운다

나는 직업이 죄인이다
누구보다도 죄를 잘 짓는다

하얀 기척

야생을 벗어나 죽어가는 늙은 이리처럼

나누어 줄 수 없는 것을 나누어 주고 싶을 때마다
느껴지는 초라한 참담이 있다

먼 이국을 고향에서 그리워하는,
향수(鄕愁)를 거꾸로 앓으면서

희생양의 성좌

죄 없는 자들로부터 병든 삶을 옮아
나는 시든 꽃으로 만개한다

손등으로 벽을 밀어본다

살쾡이들이 다가오는 묽은 저녁
알에도 표정이란 것이 있다

하얀 기척

허구의 귀로 환한 속삭임을 줍는다

                              ─이이체, 「푸른 손의 처녀들」 전문

사람은 두 부류다. 자신을 죄인이라고 생각하는 사람과 그렇지 않은 사람들. 관습의 노예가 된 자들은 항상 죄라는 똥더미 위로 추락한다. 시민의 의무라는 이름으로 널리 퍼진 진부한 관습들이 육체와 삶의 감각 속으로 스며들어 존재를 지배한다. 그다음 우리는 어처구니없이 진부함이라는 똥더미 위로 추락한다. 똥묻은 자는 아무리 씻어도 나쁜 냄새를 풍긴다. 죄도 마찬가지다. 죄는 다양한 유형을 갖는데, 그것의 공통점은 단 하나, 즉 어떤 예외도 없이 존재를 누추하게 만든다는 점이다. 죄는 존재의 전락이다. 시인은 "육체는 빛을 이해하기 위해 그림자를 드리운다"라고 쓰는데, 죄는 빛이 아니라 그림자에 더 가깝다. 빛이 있는 곳에 서보라! 빛의 반대편에 그림자가 뚜렷하다. 자기 자신을 죄인이라고 인식하는 한에서 우리는 젊고, 오직 젊은 자만이 "나는 시든 꽃으로 만개한다"라고 쓸 수 있다. 젊음의 주요 성분은 감각의 예민함과 무모함이기 때문이다. 젊음이 무모한 것은 무한한 자유를 꿈꾸는 탓이다. 고향을 떠나본 적이 없는 사람만이 고향에서 이국을 그리워하며 '향수병'을 앓는다. 늙은 자들은 대체로 짓궂은 운명이 시키는대로 가장 멀리까지 가본 자다. 늙은 자들은 젊은 자보다 항상 죄가 많은 법이다. 그들은 죄가 만든 존재의 누추함을 뒤집어쓰고 "야생을 벗어나 죽어가는 늙은 이리들"이다. 애초에 죽음은 삶의 일부이지만 늙을수록 그 사실에 예민해진다. 그리하여 늙은 자들의 날들은 죽음을 향해 다가가는 날들이다. 늘그막에 고향에 돌아와 죽음을 맞는 자는 그래도 행복한 축에 속한다. 반면 생명의 시작에는 어떤 죄도 없다. 알! 이 생명의 원형질은 그저 "하얀 기척"일 뿐이다. 시인은 "살쾡이들이 다가오는 묽은 저녁/알에도 표정이란 것이 있다"고 쓰는데, 이때 알의 표정이란 어떤 것인가? "하얀 기척"이 알의 표정일까? 알은 아직 운명의 아이러니를, 삶의 가혹함을, 죄의 추악함을 모른다. 알들은 그저 빛에 감싸여 있을 뿐, 어떤 오탁도 붙지 않는다. 알들은 깨끗하다. 그런데 제목으로 제시된 "푸른 손의 처녀들"이란 누구일까? 이들이 하얀 알을 줍는 존재들이 아닐까?

나는 이미 죄가 많다. 그랬기 때문에 늘 "푸른 손의 처녀들"을 꿈꾸고 찾아 헤매 다녔을 것이다. 내게 남은 것은 실패의 기억들뿐이다. 나는 꿈꾸고 갈망했지만 그것들을 다 가질 수는 없었다. 저녁 무렵, 하늘이 갑자기 캄캄해지면서 먼 데서 우레가 운다. 번개가 어두운 구름장을 가르며 번쩍인다. 잿빛 하늘이 비를 쏟아붓는다. 쏟아지는 빗줄기를 바라보면서 이 세상의 종달새들이 가을에 알을 낳지 않는다는 것에 안도한다. 아마 종달새의 둥지들은 다 비어 있을 테다. 나는 한 계절이 끝나고 있음을 알아차렸다. 가을은 끝장나고, 그 어디쯤에서 내 사랑도 끝났음을 눈치챈다. 나는 생의 어떤 극단까지 가본 듯하다. 이윽고 내가 모든 기대를 버렸으므로 내 죄들도 얇아질 것이다. 아무것도 갈망하지 않았으므로 영혼은 고결함에 가까워진다. 누군가 가을비 오는 이 저녁, 다시 돌이킬 수 없는 이 계절을 우주 저편으로 보내면서 전별한다.

시가 "망치질"이 되는 방식

철학을 "망치질"로 만드는 방식에 대해 사유한 철학자는 니체다. 어려서부터 시를 쓰고 작곡을 한 이 천재는 늙고 쇠잔해진 서구에서 자신의 비판철학을 펼치는 데 망치가 필요하다는 사실을 일찍이 깨닫는다. 새로운 시대가 도래하는데 여전히 낡은 가치와 개념들의 낡은 우상이 군림하는 것으로 비쳤기 때문이다. 서양은 너무 늙어버려서 자기 갱신 능력이 다 소진되었다. 니체는 이 우상들을 깨야 한다고 한 치의 망설임도 없이 외치는데, 그리스 비극에서 멀어져버린 서양의 예술과 철학에 대해 비관하고, 이런 독설을 퍼붓기에 이른다. "이제 비극은 죽었다. 시도 비극과 함께 사라졌다. 서둘러라, 이 문드러진 앙상한 아류들아. 어서 저승으로 달려가라. 그

곳에 가면 옛 거장들이 남겨놓은 빵부스러기를 배불리 먹게 될지도 모른다."(니체, 『비극의 탄생』) 예술에 들러붙어 곰팡이처럼 기생하는 이 문드러진 아류들아, 어서 저승으로 달려가라! 니체의 이 외침은 기괴하고 낡은 우상들을 "망치질"로 깨뜨리기로 다진 마음에서 나온다.

니체는 2천 년 동안이나 서양을 지배한 기독교의 폐해에 진저리를 쳤다. 먼저 기독교가 퍼뜨려온 관념론, 거짓말, 허약한 양심을 낳은 원죄론, 몸과 정신의 생리적 퇴화, 문명의 병폐인 니힐리즘을 깨야 한다고 판단한다. 니체는 차라투스트라의 입을 빌려 정신의 세 단계로 이루어지는 변화에 대해 설파한다. 니체는 『차라투스트라는 이렇게 말했다』에서 정신이 낙타가 되고, 낙타는 사자가 되며, 사자가 어린아이로 변화하는 세 단계를 언명한다. 이 철학자는 동시대인들에게서 낙타를 보았는데, 낙타는 거대한 정신의 짐을 짊어지고 말없이 사막을 건너간다. 낙타는 무거움을 짊어지는 것에 순응하고, 그것은 "지식이 열린 참나무와 그 풀잎을 먹으며 진리를 위해 영혼이 굶주림을 참겠다는 것"이나 마찬가지다. 그들은 한없이 착하고 관습들에 기꺼이 순응하지만 기실은 허약한 양심들에 지나지 않는다. 니체는 낙타보다 더 강한 정신의 단계를 사자에서 찾는다. 사자로 변한 정신! 그들은 "자신의 자신을 다스릴 최후의 군주" 를 찾고, 그리고 "모든 신을 적으로 여긴다. 그는 거대한 용에게 [맞서] 싸움"을 하는 존재들이다. 이 철학자는 사자가 세계에 군림하는 거대한 용에게 단호하게 '아니오!'라고 외치는 위대한 정신이기는 하지만 새로운 가치의 창조를 하기에는 부적격이라고 낙인찍는다. 낡은 우상들을 깨고 새로운 가치를 창조하는 자들은 어린아이여야 한다. "어린아이는 순수하다. 망각이다. 새로운 출발이다. 하나의 놀이다. 저절로 굴러가는 수레바퀴이다. 최초의 운동이다. 그리고 무엇보다 신성한 긍정이다." 니체는 이 아무 왜곡도 없는 우주적 순수성을 가진 어린아이들만이 우상들을 깨고 새로운 가치 창조에 나설 존재라고 말한다. 어린아이에게 단순한 정신의 망치질은 아무 강박이 없는 천진한 놀이일 따름이다.

망치질이 된 철학은 먼저 몸과 감정을 착취하는 비자발적 노동들, 생을 누추함으로 물들이는 계율들, 자유인이 되는 것을 방해하는 도덕의 완고성을 깬다. 깨고 부수는 이 동력을 뒷받침하는 것은 권력의지가 아니다. 망치에 실린 전복과 파괴라는 두 힘은 생의 약동함에서 뻗쳐나온다. 더 정확하게 표현하자면 전복은 비판적 전복이고, 파괴는 창조적 파괴이다. 전복을 넘어선 전복, 파괴 그 이상의 파괴다. 이 뒤집고 깨려는 결단은 기필코 새로운 것을 만들려는 생성의지에 잇대는 것이다.

깨려는 것은 우리가 적대하는 것, 싫어하는 것, 정신의 순결을 더럽힌 것 따위가 아니다. 깨야 할 우상들은 신이라는 하나의 사상, 강렬한 욕구로서의 조국, 사회를 떠받치는 도덕 강령들의 고결함, 정치의 거짓된 숭고함 따위다. 옳다고 외치는 것들은 언제나 옳지 않다. 옳기 때문에 한 점의 오류조차 용납되지 않는다고 외치는 것들은 늘 오류로 범벅된다. 이것들은 제 옳음의 완고성으로 비천한 생명들을 억누른다. 어느 시대에나 도덕적 인간들이 대의를 명분으로 사고를 친다. 손에 망치를 쥐었다면 도덕, 이념, 국가 따위 수탉처럼 거드름을 피우는 것들을 가차 없이 깨라. "무덤이 있는 곳에 부활이 있다"라는 니체의 말은 파괴와 창조가 맞물리는 것임을 드러낸다.

오늘의 시인들, 이를테면 반시대적 고찰을 하며 세계를 가로지르는 김수영, 이성복, 황지우, 김혜순, 박남철, 서동욱, 이장욱, 강정, 심보선, 진은영의 시에서 시가 "망치질"이 되는 방식을 두고 더 많이 숙고할 수 있을 테다. 오늘날이라고 깨뜨릴 우상이 사라진 게 아니다. 우리 주변에는 너무 많은 우상들이 있다. 시장의 우상, 동굴의 우상, 극장의 우상들이 엄연한데 오늘의 시는 망치질하기를 그만둔 지 오래다. 우리는 세금을 꼬박꼬박 내고, 정해진 시각에 출근을 하며, 가끔 낡은 구두나 안경을 새것으로 바꾼다. 간혹 개에게서 달아나려는 서정시인들만 자기 내면의 이미지들, 혹은 그 내면에 타오르는 "열정의 반음계"를 우리에게 들려준다. "서정시인은 시대를 불문하고 늘 자기 자신에 대해 말하며, 내면에 숨겨둔 열정의 반음계를 우리 모두에게 들려주고자 열망한다."(니체, 『비극의 탄생』) 우리가 감당할 비극은 무엇인가? 오늘의 비극은 직접적인 것이면서 동시에 겉으로 잘 드러나지 않는 내면적인 것으로 존재한다. 길들여진 개의 비굴함과 어리석음을 받아들이는 것은 간접화된 비극이다. 시인은 인간의 관습에 순치된 개의 욕망을 흉내내는 방식으로서의 수동적 삶에 대하여, 개를 닮아가는 "긴 영원 속에서" "대격전 속에서" 분노할 수도 있을 테다.

    그런 개에 대하여

    내가 수동적이라고 생각하지 않는다.
    지워지고 있다고 믿지 않는다.

개에 대하여
개에 대하여

커다란 양은그릇에 담겨 있는 소시지와 나물과 흰밥이 하나의
동일한
이름 붙일 수 없는 것이 되어가는 세계에서

내가 개를 부르지 않고 개가 나를 향해 짖지 않고 나는 개의
기다란 혓바닥이 되고 개는 나를 호흡하는
이토록 긴 영원 속에서
대격전 속에서
우리는 전 세계에 가까워질 것이다.
무섭게 너그러워질 것이다.

나는 여전히 석양에 연루된 것으로서
개의 꿈이 아닌 것으로서
저기 저 지구의 바깥을 돌고 있는 행성으로서
여전히 피투성이로서

개에 대하여

개에 대하여

―이장욱, 「이제 바닥에 긴 몸을 붙이고 잠을 자려는 욕망 외에
다른 어떤 것으로도 존재하지 않는 개에 대하여」 전문

"다른 어떤 것으로도 존재하지 않는" 개의 욕망을 흉내내고, 말 대신에 컹컹 짖으며, "개의 꿈"이나 꾸며 사는 수동적 생을 수락할 때 우리는 비천해진다. 우리는 늑대의 야만성을 잃어버린 채 이토록이나 먹고 배설하며 사는 것이 전부인 개와 연루된다. 경멸하는 자가 경멸의 대상으로 전락할 때 우리는 개로 변한다. 어리둥절한 채 제 목숨의 안위만을 염려하며 이 세계를 가로지를 때, 코를 킁킁거리며 이 세계 구석구석의 냄새를 맡으며 제 하찮은 잇속만을 챙길 때 우리는 개처럼 컹컹 짖어댄다. 질 들뢰즈와 펠릭스 가타리가 『천 개의 고원』에서 "장기의 말들은 모두 코드화되어 있다."라고 말할 때 장기판의 말들은 독창적인 길을 내지 못하고, 감히 금지를 꿈꾸지 못한다. 차, 포, 마, 상, 졸로 명명된 말들은 강제된 규칙과 규범 속에서만 움직인다. 개의 욕망을 흉내내며 익명으로 추락한 자들은 장기판의 말과 같이 모두 코드화된다. 우리를 코드화 속에 배치하며 개로 피동화하는 것은 자기 공덕들을 자랑질하는 국가들, 긍정

주의를 과잉으로 유포하는 자본가들, 굴종과 희생을 강제하는 종교들이다. 이것들을 조심하라! 이 뻔뻔하고 사악한 것들은 다량의 독을 품고 있어 씹어 삼킬 수 없다. 어리석은 대중은 그 빵을 씹고 독에 중독되어 죽는다. 대중은 중독되기 전에 알아야 할 것들을 오직 독이 번져 죽어가는 순간에만 깨닫는다.

　　　광염(狂焰)에 청년이 사그라졌다.
　　　그 쇳물은 쓰지 마라.

　　　자동차를 만들지 말 것이며
　　　가로등도 만들지 말 것이며
　　　철근도 만들지 말 것이며
　　　바늘도 만들지 마라.

　　　한이고 눈물인데 어떻게 쓰나.

　　　그 쇳물 쓰지 말고
　　　맘씨 좋은 조각가 불러
　　　살았을 적 얼굴 흙으로 빚고
　　　쇳물 부어 빗물에 식거든

정성으로 다듬어
정문 앞에 세워주게.

가끔 엄마 찾아와
내 새끼 얼굴 한번 만져보자, 하게.

-제페토*, 「그 쇳물 쓰지 마라」 전문

    이 시는 평이한 언어들로 되어 있지만 소름이 끼칠 만큼 아름답다. 진짜 아름다운 것은 아름답지 않고 끔찍한 형상을 취한다. 현실에서 비극은 많은 경우 이토록 직접적이다. 비극은 늘 어떤 잠재성 속에서 섬광처럼 일어난다. 한 노동자가 쇳물의 광염 속으로 떨어져 흔적도 없이 사라져버리는 것. 쇳물은 한 청년의 생명을 삼키고도 그 흔적을 남기지 않는다. 시인은 한 생명을 삼키고 녹여버린 그 쇳물을 그 어떤 용도로도 쓰지 말라고 한다. 그걸로 자동차도, 가로등도, 철근도 만들지 마라! "한이고 눈물"인 이 쇳물은 그를 기억하는 일에 쓰일 때 정당성을 얻는다. 현실의 비극에 대한 감수성이 무

---

* 제페토는 포털사이트 '다음'에서 활동하는 누리꾼의 필명이다. 본명은 밝히지 않은 채 인터넷 뉴스에 시 형식의 댓글을 달아 유명해졌다.

며진 채로 그저 입 다물고 있을 때 서정시인은 자신이 아주 멍청한 존재임을 드러낼 뿐이다. 세계를 뒤흔드는 고요한 사상과 폭풍을 일으키는 가장 조용한 언어를 갖지 못한 서정시인은 비루해진다.*

진짜 좋은 시인은 가장 추악하고, 괴기하고, 가혹한 것들에 기꺼이 몸을 던진다. 그 안에 진실이 숨어 있는 까닭이다. 어떤 시인은 그 추악, 괴기, 가혹에 삼켜지는 방식으로 진실의 순교자로 변신한다. 니체, 보들레르, 랭보, 카프카, 파울 첼란, 장 주네 등이 훌륭한 시인인 까닭은 바로 그런 점들 때문이다. 그들은 세계의 질병들을 선험적으로 앓는다. 질병이란 괴로움을 괴로움으로 견뎌내는 과정이다. 그런 까닭에 아무 대가나 이득 없이 순교한 자들로 후세에 기억되는 것이다. 이 현실의 부적응자들, 혹은 금치산자들은 오직 피로 쓴다. "낡아빠진 잉크 대신 펜 끝에 그대의 피를 적셔라. 사람들은 그제야 이 피가 그대의 정신임을 알게 되리라."(니체,『차라투스트라는 이렇게 말했다』) 좋은 철학이 그렇듯이 좋은 시 역시 낡은 규범들을 깨고 그 경계를 넘는 반시대적인 유전자를 갖는다. 오늘날 가장 철학적인 시들은 오직 무지 속에서 무지를 견디며 피로 쓴 것들이다.

* 철학자 니체는 이렇게 말한다. "폭풍을 일으키는 것은 가장 조용한 언어이다. 비둘기처럼 고요한 사상이 우리의 세계를 뒤흔든다."(『차라투스트라는 이렇게 말했다』)

시의 육체, 육체의 시

몸은 피부인 한에서 감각의 확장이다. 몸은 살갗과 피와 뼈와 심장과 두뇌로 이루어지고, 윤곽과 부피를 갖지만 항상 그 이상이다. 몸은 세계와 경계를 이루는 감각의 최전선이다. 몸은 움직이고, 닿고, 스치고, 만지고, 비비고, 쓰다듬고, 물고, 빨고, 잡고, 놓아주고, 흔들고, 어르고, 안고, 더듬고, 주무르고, 던지고, 피한다. 몸은 타자, 그리고 세계와 처음으로 만나는 접속점이다. 주체는 항상 몸으로 도래하는데, 이때 몸은 심연의 화육(化育)이다. "영혼은 몸의 형태이고, 고로 몸 그 자체(확장된 프시케)이다. 그러나 정신은 몸이 스스로를 투신하는 구멍의 비-형태 또는 형태-너머이다. 몸은 영혼 안에서 도래하고, 정신 속에서 스스로를 제거한다."* 몸은 먹는-몸, 말하는-몸, 노동과 수고로 교환되는-몸, 타인과 접속하는-몸이다. '나를 만지지 마라' 할 때 금지되는 대상은 몸이다. '나'는 곧 몸-나인데, 이렇듯 삶은 몸으로 산다는 함의에로 귀속한다. 사는 한에서 우리는 몸의 실존을 살아낸다. 몸을 써서 도모하는 일, 그게 삶이다. 탄생과 죽음이라는 실존 사건도 몸을 통해서만 겪는 일이다. 그러니 삶의 가능성이란 곧 몸의 최대치 가능성에 이르는 일일 테다.

일찍이 철학자 니체는 몸의 귀환을 예고하는데, 다들 정신과 몸을 이원론적으로 분리한 뒤 몸을 정신의 부속물, 영혼에 부속된 도구쯤으로 취급하던 시대에 몸이 인간의 전부인 것이라고 선언한다. "감각과 정신은 도구이자 장난감일 뿐이다. 그들 뒤에는 자기라는 것이 있다. 자기는 감각의 눈을 도구로 탐색하며 정신의 귀를 도구로 경청한다. 자기는 언제나 경청하며 탐색한다. 그것은 비교하고, 정복하고, 파괴한다. ……자아를 지배하는 것도 그것이다. 형제여, 너희의 사상과 생각과 느낌 뒤에는 더욱 강력한 명령자, 알려지지 않은 현자가 있다. 이름하여, 그것이 바로 자기다. 이 자기는 너의

---

* 장 뤽 낭시, 앞의 책, 76쪽.

신체 속에 살고 있다. 너의 신체가 바로 자기다."(『차라투스트라는 이렇게 말했다』) 영혼, 정신, 몸 중에서 몸이 가장 앞선다. 정신이 몸을 지배하는 게 아니라 몸이 정신을 제 도구로 쓴다는 니체의 선언은 혁명적인 것이다. 그는 신체, 즉 몸이야말로 명령자이자 알려지지 않은 현자라고 단언한다. 사상과 생각과 느낌 뒤에 '자기'라는 존재가 숨어 있는데, 바로 '몸'이 그 자기라는 것이다. 인간은 몸을 창안하고 발명하며, 몸을 부리고 섬기며, 몸으로 사는 존재라는 것은 의심할 여지없는 진리로 굳어진다. "몸은 길고, 넓고, 높고, 깊다. 더 크거나 더 작은 저마다의 크기 안에 이 모든 것이 다 들어 있다." 뿐만 아니라 "몸은 형태의 형태이자 영혼의 형태"인 것이다.* 인간은 몸 그 자체고, 몸 이상도 이하도 아니다.

파블로 네루다는 여자의 몸을 대지라는 은유 속에서 상상하고 예찬한다. 이 여자의 몸은 이전에는 알지 못했던 몸, 저 태초의 모름에서부터 오는 몸, 대지의 양육으로 풍요한 양감을 갖게 된 몸, 모험가들의 신대륙같이 늘 새롭게 발견되는 몸이다. 시인은 은유의 피

---

* 장 뤽 낭시, 앞의 책, 164쪽.

안에서 여자의 몸을 대지로 바꾼다. 「한 여자의 육체」*는 이 여성 몸의 비밀과 매혹에 대한 예찬이다. 이것은 "피부의 육체, 이끼의, 단호한 육체의 갈증나는 밀크!/그리고 네 젖가슴 잔들! 또 방심(放心)으로 가득 찬 네 눈!/그리고 네 둔덕의 장미들! 또 느리고 슬픈 네 목소리!"들로 이루어진다. 여자의 몸은 미지의 것, 정동(情動)과 정염의 불꽃으로 이루어진다. 여자 몸의 매끄러운 피부와 모공과 주름들, 둥글게 솟은 엉덩이와 넓고 흰 넓적다리는 샘과 이랑을 품은 너른 들에 대응하는 기름진 옥토이다. 영원한 갈증과 욕망을 불러일으키는 이것! 남자들은 이것의 이끼들을 쓰다듬고, 젖가슴의 잔들을 들이켜 갈증을 달래며, 둔덕의 장미들 속에서 난봉꾼처럼 뒹군다. 수렵채집 시대 이후로 남자들은 난봉꾼들일 뿐만 아니라 몸의 지형학을 탐구하는 연구자들이고, 이 대지를 갈아엎으며 경작하는 부지런한 농부들이다. 여성–대지는 아들을 생산한다. 남자는 한 여자 몸의 양감들, 그 표면과 주름들을 아무리 더듬고 탐색하지만 그 계시적 비밀과 신비를 푸는 데 실패한다. 그 실패를 겪으며 남자들은 여자의 몸에 대한 영원한 갈증으로 헐떡거린다. 얼마나 많은 남자들이 이 기름진 대지 위에서 "내 갈증, 끝없는 내 욕망, 내 동요

---

* 파블로 네루다, 『스무 편의 사랑의 시와 한 편의 절망의 노래』, 정현종 옮김, 민음사, 1989, 11~12쪽.

하는 길!"이라고 노래했는가. 남자들은 이 탐스러운 것을 거머쥔다고 생각하지만 이것을 소유할 수는 없다. 이것은 붙잡는 순간 흘러가고 날아간다. 이 욕망은 이룰 수 없는 불가능한 꿈이다. 이 불가능성으로 말미암아 이 세계에는 피로와 더불어 "가없는 슬픔"이 마르지 않고 흐른다.

몸은 세계와 대면하는 접혀 있음이다. 몸은 접힌 주름들로 그 주름 안에 과거의 시간들, 상처, 기억들이 숨어 있다. 주름은 과거, 상처, 기억들로 이것은 시작도 없고 끝도 없다. 몸은 입구도 없고 출구도 없다. 우리는 무수히 많은 주름들이다. 산다는 것은 그 주름들의 펼침이다. "커튼은 양쪽으로 접혀서 소란스럽고 두 귀 쪽으로 접었던 내 얼굴이, 등에 접혀 있던 손들이 다음 생의 문을 양쪽으로 부산하게 접고 있다."(강금희, 「접힌 것들」) 접었던, 접혀 있던, 접고 있다와 같은 연속으로 이어지는 진술을 통해, 시인은 실존이 몸의 주름으로 접혀 있음을 적시해낸다. 삶이란 접힌 것들을 펼쳐내면서 닫는 일이다.

네 눈의 깊이는 네가 바라보는 것들의 깊이이다.
네가 바라보는 것들의 깊이 없이 너의 깊이가 있느냐.

깊고 넓다 모든 표면이여
그렇지 않느냐 샘물이여.

―정현종, 「네 눈의 깊이는」 전문

눈은 세계를 본다. 눈의 깊이는 곧 "바라보는 것들의 깊이"다. 다시 말하면 보는 것의 깊이가 곧 내가 사는 세계의 깊이인 것이다. 누군가의 눈은 세계의 넓은 표면들을 더듬는다. 누군가의 눈은 세계의 표면을 넘어서서 그 심연까지 가 닿는다. 세계는 우리 몸의 삶이 이루어지는 표면이다. 몸과 세계는 하나다. 몸은 현재 한국시에서 가장 자주 호명되는 뜨거운 상징이다. 오늘날 몸들은 어디에 있는가? 오늘의 한국시는 몸들을 어떤 방식으로 포획하는가? "몸들은 우선 교통수단을 타고 일터로 가거나 일을 끝내고 돌아오고, 휴식을 기다리고, 휴식을 취했다가 이내 그것을 포기하고, 일하고, 상품 속에 병합되어 상품 그 자체가 되고, 노동력이 되고, 축적되고 축적되는 자본 시장에서 축적할 수 없되 팔거나 소진시킬 수 있는 자본을 형성한다."* 몸이 끊임없이 이동하고, 배치되며, 재생산되는 까

* 장 뤽 낭시, 앞의 책, 107쪽.

닭은 그것이 재화이고 자본이기 때문이다. 몸은 그 운명을 거스를 수 없다. 삶의 종말은 소진된 것의 종말이다. 다 쓰고 잉여가 되어버린 몸은 삶의 무대에서 퇴출당한다. 명예퇴직, 정년퇴임이라는 말들은 노동시장에서 더 이상 유통할 수 없는 몸들에게 내려지는 폐기처분 선고라는 함의를 담고 있다.

또한 몸은 옷 속에 숨는다. 하지만 무엇으로 가리든 간에 몸이 우리 자신이라는 사실은 변하지 않는다. 옷은 제2의 피부이자, 문명이 입힌 새로운 자아다. 옷이 입은 이의 직업, 신분, 취향을 드러낸다는 점에서 그렇다. 그가 누구인가 하는 정체성은 입은 옷으로 드러난다. 알몸이 되는 것은 옷의 표상에서 벗어나는 행위다. 아담은 발가벗은 게 아니라 신이 준 순결과 불멸의 몸을 걸친 상태다. 이 태초의 사람은 에덴동산에서 발가벗은 채 부끄럽지 않았다. 금지된 열매를 먹고 죄를 지은 뒤 비로소 신의 눈길을 피하고 은총을 잃은 알몸을 가린다. 죄를 지은 알몸이 수치스러웠던 탓이다. 알몸이란 몸과 옷의 분리가 아니라 옷을 상실한 결과다. 알몸은 본성으로 돌아감이 아니라 벗김과 헐벗음으로만 겪는 사건이다. "발가벗음은 하나의 상태가 아니라 하나의 사건이다."* 오늘의 시대에 알몸은 모욕당하는 몸이다. 이탈리아 출신의 철학자 아감벤이 개념화한 호모 사케르가 바로 그것이다. 발가벗긴 채 내쫓기는 몸들, 자기 고향을 떠나 정착하지 못한 채 바다와 국경들을 떠도는 난민들. 난민들은 더도 덜도 아닌 발가벗은 몸들이다. 그들은 자기 보호 장치를 갖지 못한 채 떠도는 발가벗은 생명들이다.

강금희 시인의 시에서 몸에 달라붙는 시선은 다분히 임상의학적이다. 사유의 끝-없음을 앞지르는 시선은 차갑고 객관적이다. 시선은 살아 있는 몸, 헐떡이는 몸, 욕망하는 몸에 예민하게 반응하고, 그것들에서 발화되는 말들에 귀를 기울이며, 그것들을 가차없이 헤집는다. 시들은 몸을 사유하고 상상하며 그렇게 구축된 몸의 존재론 위에서 활짝 펼쳐진다. 이때 몸은 흐름이고, 의미의 영역이며, 정념들이자 즐거운 히스테리의 장소다. 몸이 장소라면 이것은 당연히 '넓이'를 갖는다. 몸의 넓이는 곧 이것에 달라붙어 증식하는 생각의 넓이다. "인간은 가장 넓은 생물"이라고 할 때 그 뜻은 두 겹이다. 넓은 것은 '몸'이자 '생각'이다.

* 조르조 아감벤, 앞의 책, 108쪽.

인간은 가장 넓은 생물.

헛손질과 헛걸음과 헛말을 일삼는 사람은 사실은 참 넓은 사람이다. 행동들이 무수히 들어있다. 넓은 세계를 좁은 듯 여행하는 발들은 존재의 평수를 넓히는 자(尺)들이라면 말없이 앉아있는 사람도 사실은 참 넓은 사람이다. 그는 생각 속에서 수 백 번 리허설을 하고 있는 중이다. 머릿속에서 낯선 무대를 수없이 설치하고 공중을 날아 구름을 채집하는,

연습이 많은 사람도 참 넓은 사람이다.
단단한 허공에 깃발을 꽂는 자(尺)들이다

생각이 넓다는 것과 행동이 넓다는 것은 다른 속(束) 같은 종(種)의 인간이라는 뜻이다.

과거가 넓은 사람들, 불의 뿌리에서 빵과 감자를 캐어 본 사람, 가시덤불 속에서 붉은 열매를 따고 하늘을 날아 맹금류를 잡아 본 사람은 참으로 넓은 사람이다.

한길 사람속이 만평의 몸을 만들 듯, 한 테이블에 둘러앉아 있

지만 넘쳤던 시간이 있었을 것이고 여전히 넘치고 있는 사람이
있다.

만평을 넘겼던 사람이나
한 평을 넘지 못했던 사람이나 같은 평수의 관속에서
손짓 발짓이 잠들고 있다.

- 강금희, 「인간의 넓이」 전문

헛손질과 헛걸음과 헛말을 일삼음, 무수히 많은 행동들, 여행하
는 발들, 생각하는 행위, 생각 안에서의 수백 번 리허설, 공중을 날
아 구름을 채집하는 상상들…… 따위가 "존재의 평수"를 넓힌다. 이
것은 몸의 넓이와 생각의 넓이를 함께 확장하는 행위들이다. "과거
가 넓은 사람들, 불의 뿌리에서 빵과 감자를 캐어 본 사람, 가시덤
불 속에서 붉은 열매를 따고 하늘을 날아 맹금류를 잡아 본 사람"도
넓은 활동 범주에 속한다. 몸은 무엇보다도 바깥 공간에 연관된다.
몸은 존재 활동을 통해 자기의 경계를 저 바깥으로 밀며 나간다. 삶
자체가 공간 영역의 확장 운동이다. 시인에 따르면 넓다는 것은 인
간 보편의 존재를 알아보는 한 척도다.

몸은 다양한 목소리를 내고, 도주선을 타고 다른 무엇으로 변주와 변용이 가능하다. 몸과 자아는 분리되어 있다. "내 안에서 나를 기다리는 나", "내 안엔 나인 적이 없던 내가"에서 보여지는 분리가 그것이다. "한 번도 부르튼 울음 울어본 적 없고 밤에 목줄 맨 흔적이 없는 내가 허기진 나"라는 구절에서 보듯이 그 몸과 자아의 분리는 희미하게 나타난다. 그 몸은 "지구의 중력이 가득했던 몸"이고, "기쁨, 슬픔, 버럭, 까칠, 소심으로 뭉쳐진" 그 무엇, 속과 겉으로 이루어진, "단추가 뜯어진 옷"에 가려진 몸이다. 시인은 몸을 전체로 보면서도 다시 그것을 혀, 귀, 손, 눈, 뼈, 피, 뇌, 발, 발가락, 척추, 자궁으로 해체한다. 낱낱으로 해체된 그것을 다시 하나하나 헤집는다. 혀―"혀는 고독한 존재,/맛만 보는 허기의 상징/혀는 삼키면 삼킬수록 허기를 배운다.", 뼈―"흥겨운 뼈들이 들어 있는 몸은 춤춘다.", "유연한 뼈들은 감정의 상형", 발―"발에 귀를 대고 밟아온 철벅철벅, 길의 진자리를 듣는 저물녘이었다.", 무지외반증―"내 어머니의 엄지발가락 옆에 툭 튀어나와 있던 무지외반증, 그것을 외가(外家)라고 조용히 불러본다.", 손―"두 손이 세상을 더듬다/손에 잡히는 것이 연명(延命)이고/길이라고 믿던 시절", 귀―"비밀하나를 들려주지 않겠다는 귀/세상의 모든 귀를 잊어버리겠다는 약속이라면/주먹은 고막을 감추고 있다.", 뇌―"복잡한 뇌 속으로 내려치는 빗줄기,", 척추―"지지대였던 척추가 무너지면서/중심이 사방으로 흩어져 있다.", 뱃속―"누구나 뱃속에선 밑바닥이었다가/입덧을 지나 만삭으로 태어난 복병들이 아니겠는가." 같은 구절들을 보라. 혀, 뼈, 발, 손, 귀, 뇌, 척추, 뱃속 장기들은 제각각 분리된 채 있는 게 아니라 하나의 몸, 즉 서로 연결되고 결합되는 유기체다. 시인의 전언은 인간이 몸으로 말하고 생각하고 상상하며 살아가는 존재라는 사실이다. 몸은 무수한 주름 속에 열어서 펼쳐야 할 것을 담는다. "펼치는 일은 끝이 없다. 유한한 몸은 무한을 담는다. 따라서 무한은 영혼도 정신도 아니라 몸의 펼침, 바로 그것이다."* 몸은 사회적 실존의 도구―존재다. 몸은 다른 몸들과 접촉하며 관계를 만든다. 우리는 시간의 축적을 통해 만들어진 몸으로 존재한다. 몸을 시적 사유로 옮겨 적는 일은 타자의 세계에 접속하고 소통하며, 인간의 본질을 탐구하는 것의 전부다.

몸은 발화하고, 많은 시인들이 몸이 발화하는 소리를 따라간다. 몸을 주의깊게 바라보고, 그것들이 내는 소리를 경청하는 것이다.

* 장 뤽 낭시, 앞의 책, 166쪽.

몸은 덩어리진 형태지만, 그 안을 땀, 침, 피, 거품, 액(液)들로 채우며, 그것들을 바깥으로 펼치고 흩뿌린다. 몸은 신과 영혼의 화육, 현존으로의 도래다. 몸은 알 수 없는 곳에서 지금 여기로 와서 삶을 연기(演技)하고, 더 나은 삶을 위해 오늘을 내일로 연기(延期)한다. 내일이 있잖아. 내일은 더 좋아질 거야. 몸은 오기만 하는 게 아니라 어느 사이에 간다. 몸은 탄생과 죽음 사이에 걸쳐지는데, 그 사이에서 오고-감을, 열고-닫음을 연기한다. 시인은 그 몸의 우연하고 다양한 궤적을 통해서 삶의 기미와 흔적들을 추적한다. 우리는 몸을 주제로 삼은 많은 시편들에서 연기하는 몸들의 흔적을 따라 펼쳐지는 삶, 삶, 삶들, 그 삶의 표정과 기미들을 만난다.

시는 어디서 오는가?

시는 부조리한 세계가 펼치는 기억과 윤리의 위계에서 가장 높은 위치에 있다. 좋은 시는 기억이 아니라 반(反)-기억, 혹은 망각에 더 기댄다. 기억에 기댄 시들은 평범하다. 기억은 빛이 희미해진 미약한 삶이다. 반면 망각은 알 수 없는 모호하고 신비한 빛에 감싸인다. 비범한 시인들은 가증스럽고 우스꽝스러운 삶의 파편들이 뒤죽박죽 섞인 채 방치된 망각과 무의식에서 시를 길어낸다. 시는 의미화에의 의지가 아니라 존재에의 의지에 의해 더 강한 탄력을 얻는다. 의미 과잉의 태도는 종종 시를 망친다. 좋은 시인들은 제 시에서 의미의 영역을 덜어내고 그것을 한사코 줄이려고 한다. 시에서 늘 문제가 되는 것은 의미가 아니라 태도와 시선의 영역이라는 걸 이미 알고 있기 때문이다.

　시인들은 대상을 붙잡고 피를 빠는 흡혈귀다. 이 무슨 끔찍한 소리인가? 시인들은 꽃과 나무들, 강과 바다, 비와 바람, 해와 구름, 사람들, 버찌와 사과, 산과 화강암들, 아침과 저녁, 안개와 먼지, 그림자와 비밀들, 눈 깜빡이는 찰나들에서 느낌과 의미라는 피를 흡혈한다. 사과를 사과나무 가지에서 따서 베어먹는 일, 아침에 일어나 창가에 우두커니 서서 내리는 비를 바라보는 것, 나비를 쫓아갔던 일, 영산홍 꽃 지던 저녁에 드리워진 그늘들을 바라보던 일, 소년과 소녀의 감정생활에 대해 귀를 기울이는 것, 빨랫줄에 걸린 빨래가 말라가는 오후의 한때를 보내는 것, 이런 일상의 시청각적 경험들과 그것들이 품은 경이는 단 하나의 예외도 없이 의미들을 머금는다. 시인들은 맹수가 약한 짐승의 목덜미에 날카로운 이빨을 박고 구멍을 낸 뒤 피를 빨아대듯이 이 의미를 흡혈한다. 시를 쓴다는 것은 그런 일이다. 특히 서정시란 사물과 경험들, 삶의 찰나들과 이미지들을 흡혈해서 빚어낸 결과물이다. 더 말하자면 "시는 피의 분출이다."*, 혹은 철학자 니체의 "피로 써라!"라는 단말마 같은 외침 속

* 불과 32세 때 가스 오븐에 머리를 처박고 자살한 미국의 시인 실비아 플라스의 말이다.

에 있다. 어쨌든 시는 자신의 존재함에 대해 놀라는 인간의 일들 중 하나, 특히 피와 관련되는 경이임이 분명해 보인다.

시인들은 흡혈하되 대상들을 죽이지는 않는다. 오히려 죽은 것들에 생명을 주고 피를 돌게 한다. 시는 "살아 있다는 것"의 기미를 언어로 포획하는 일이다. "살아 있다는 것/지금 살아 있다는 것/지금 멀리서 개가 짖는다는 것/지금 지구가 돌고 있다는 것/지금 어딘가에서 병사가 상처 입는다는 것/지금 그네가 흔들리고 있는 것/지금 이 순간이 지나가는 것//살아 있다는 것/지금 살아 있다는 것/새는 날갯짓 한다는 것/바다는 일렁인다는 것/달팽이는 기어간다는 것/사람은 사랑한다는 것/당신 손의 온기/생명이라는 것"(다니카와 슌타로, 「산다」).* 시는 "산다"는 것에 대한 호응, 생명의 맥동에 반향하는 리듬, 죽은 언어들에 숨결을 되돌려주는 일이다. 우리가 한 편의 시에서 구하는 것은 위로나 기쁨의 향유, 살아가는 데 써먹을 수 있는 사회적 효용성 따위가 아니다. 시는 본질에서 무용하다. 우리는 기껏해야 시에서 하나의 이야기, 단말마 같은 자아의 외침들, 체험의 단면들, 아니 그것들에 묻은 피의 흔적을 구할 따름이다.

* 다니카와 슌타로, 『시를 쓴다는 것』, 조영렬 옮김, 교유서가, 2015, 22~23쪽.

사람은 무엇보다도 땅의 존재다. 땅은 사람을 기르고, 사람은 땅을 경작한다. 땅은 에너지의 교환과 치환이 일어나는 물적 토대이고, 기후의 조건이자 활동하는 자아의 무대이다. 사람은 땅에서 태어나 땅의 변화에 순응하며 사는 존재인 것이다. "단단한 땅 위에 서 있으려면 아직 멀었다."(니체, 『반시대적 고찰』) 땅 위로 봄여름가을겨울 따위의 계절이 순환하며 지나간다. 우리는 얼마나 자주 이 땅에서 운명의 화살을 가슴에 꽂은 채 비틀거리고 휘청거리는가! 더러 고갈과 탕진으로 땅 위에 널브러진다. 땅 위에 서 있는 자는 땅에 쓰러진 적이 있는 사람이다. 그들이 바로 설 수 있는 것은 쓰러진 경험을 통해 바로 서는 법을 익힌 까닭이다. 우리는 대지 위에 살면서 많은 것들을 보고 겪는다. 우리는 먼저 '봄'으로써 이 세계-내-존재의 일원이 되는데, '본다'는 행위는 눈을 통해 이루어진다. 철학자 하이데거는 눈이라는 신체기관을 통해 무언가를 봄으로써 지각적 대상 세계에 연루된다는 사실에 대해 "우리가 눈을 가지고 있기 때문에 보는 것이 아니라, 차라리 '볼' 수 있기 때문에 눈을 가지고 있다."라고 말한다. 우리는 '봄'으로써 타자의 세계에 접속하고 참여한다. 눈으로 보지 못한다면 실존은 크게 제약될 수밖에 없다. 우리의 '바라-봄' 속에 자연은 그 전체를 열어젖혀 우리 앞에 그 모든 비밀들을 개시(開示)한다. 보라, 우리는 타인과 그들이 만든 세계, 그리고 계절과 풍경들을 본다.

날마다 변하는 날씨는 시인들에게 시적 영감을 주는 것들 중 하나다. 날마다 변화무쌍하게 바뀌는 날씨들은 우리의 감수성을 자극하는 바가 있다. 날씨와 더불어 계절의 변화도 우리 기분과 영혼을 쥐락펴락하며 감정의 변천사를 만든다. 궂은 날씨냐 화창한 날씨냐에 따라 우리의 기분은 달라진다. 또한 기후 변화는 수면시간을 늘리거나 줄이고, 식욕부진의 원인이 되며, 체중 감소를 일으킨다. 날씨와 계절들이 우리 생체 리듬에 영향을 주는 한에서 그것들은 여러 '생물학적 변수'들을 만든다. 햇빛은 예민한 영혼을 순수한 기쁨으로 물들게 하지만, 악천후와 어두운 비구름 아래 펼쳐지는 잿빛 풍경은 기분을 무겁고 칙칙하게 하고, 비와 바람 부는 날씨는 마음을 울적하고 스산하게 만든다. 시인은 "사과의 날씨"나 구름 낀 날씨에 대해 어떤 정서적 반응을 보이는가?

사과의 날씨가 지나갔다

반으로 쪼갠 사과 한 쪽을 창틀에 놓고 잊어먹고 있었다

며칠 뒤 사과는 먹구름이 잔뜩 끼어 있었다 그동안 사과를 지나간 날씨들이 배어 나오고 있었다 반쪽의 빨간 껍질에는 지평선을 넘어가던 노을이 있었고 달은 사과 속을 들락거리며 반달이 되었다가 다시 만월이 되었다

　　달은 사과의 밝기를 주기적으로 조절하고 있었다

　　아무도 눈치채지 못하도록 나는 사과씨로 배란일을 계산했다 달이 회전하는 단면과 사과 반쪽의 단면이 만조를 이루던 날, 사과 속살에 둥둥 떠다니는 상현달과 하현달 중 어느 쪽을 고를까 고민했다

　　사과가 쪼글쪼글해지는 시간, 내가 갈라놓은 곳으로 달이 자라서 다시 야위었다 초음파에는 먹구름으로 가려져 있었다

　　내 뱃속에 들어있는 사과가
　　파란 날씨를 지나 빨갛게 익어가고 있을 것이다

-려원, 「사과 한 쪽의 구름」 전문

시인은 "사과의 날씨", "반으로 쪼갠 사과 한 쪽", "사과의 밝기를 주기적으로 조절하"는 달, 여자의 "배란일"을 겹쳐내며 생명 잉태의 순간으로 상상력의 촉수를 뻗는다. 시인은 사과가 탱탱하던 순간에서 "쪼글쪼글해지는 시간"에 이르기까지의 사이, 혹은 초음파와 먹구름 사이에 대해 사유한다. 그 사이는 달의 날씨가 지나가는 시간이라고 할 수 있겠다. 이 '달의 시간'에 어떤 일들이 생기는가? 달은 부풀어올라 만월이 되었다가 다시 야위어 하현달로 변하는데, 이 변화를 "달이 회전하는 단면과 사과 반쪽의 단면이 만조를" 이루는 것이라고 말한다. 사과를 둥글게 익히는 '달의 시간'이라니! 이 시간은 여성 화자인 '나'의 몸에 생명이 잉태되고 자라는 시간과 정확하게 조응한다.

시인은 눈부시게 바뀌는 계절을, 산과 강을, 하늘의 구름을, 수많은 도시들과 시골을, 뱀과 고양이를, 사랑하는 사람과 무심히 지나가는 타인들을 본다. 더러는 사물과 현상, 변화무쌍한 기상현상에 대해 숙고 과정 없이 즉물로 반응한다. 시에서 시각적인 것, 후각적인 것, 촉각적인 것에 민감하게 반응한 흔적들을 어렵지 않게 찾을 수가 있다. 막 첫 시집을 펴낸 려원도 천진한 눈으로 사물을 보고―"우리는 왜 같은 맛의 음식을 매일 먹고/같은 베개를 베고 같은 시간을 정해 잠깰까." 같은 천진한 의문들!―, 드물게 신체기관의 감수성이 발달한 사람으로 보인다. 그 상상력은 범속한데 가끔 의외성이 돌출되기도 한다. "우물들은 모두 자웅동체(雌雄同體)/장마를 산란하기도 한다."라는 구절은 놀랍다. 우물들이 자웅동체라거나 장마를 산란한다는 상상력은 엉뚱하면서도 발랄하다. "친절한 삼촌들은 욕을 하고/절정들은 모두 가짜"라고 할 때 상상하는 것의 범속성은 뒤집어진다. "늘 꿈에서 뒤꿈치를 들고 넘겨다 본 담장 안엔/미래의 사람들 모여 있었었어요."라는 구절은 샤먼의 분위기를 물씬 풍긴다.

그대가 꼭 착한 사람이 될 필요는 없다.
사막을 가로지르는 먼 길을
무릎으로 기며 참회할 필요도 없다.
그저 그대 육체의 약한 동물이 원하는 것을 하게 두라.
상처를 말해보라, 그대의 것을, 그러면 내 상처도 말해줄게.
그러는 동안 세상은 돌아가겠지.
그러는 동안 태양과 비는
풍경을 가로질러 나아간다.

풀밭과 우거진 나무들을 넘어

산과 강 위로.

그러는 동안 푸른 하늘 높은 곳에서

기러기들이 다시 고향을 향해 날아간다.

그대가 누구든, 얼마나 외롭든

세상은 그대의 상상 앞에 자기를 드러내고

기러기처럼 그대에게 소리칠 것이다, 들뜨고 거친 목소리로—

만물로 이루어진 이 세계 어딘가에는

다시, 또 다시 그대의 자리도 있다는 것을.

- 메리 올리버, 「기러기」* 전문

우리가 꼭 착한 사람이 될 필요는 없다. 착한 사람이 되어야 한다는 강박증은 자유를 억압한다. 따라서 지나친 자책과 회한의 시간은 삶을 낭비하게 만들 수도 있다. 우리 육체의 약한 동물이 원하는대로 사는 것으로도 충분하다. 그것이 자연의 법이기 때문이다. 우리 앞에 펼쳐진 풍경들, 태양과 비가 풍경을 가로질러 갈 때 "그

---

* 시집 『꿈 작업(Dream Work)』(1986). 시인 류시화와 비평가 신형철이 우리말로 옮긴 것 (한겨레신문, 2016. 7. 15.)을 참조해서 다시 다듬어 옮겼다.

대가 누구든, 얼마나 외롭든/세상은 그대의 상상 앞에 자기를 드러"
낸다. 빛과 대기 아래 놓인 이 놀라운 세계 속에서 우리는 태어나서
사랑하고 살다 죽는다. 누구도 다가오는 죽음을 멈출 수가 없다. 나
는 늙고 기력이 쇠해지고 근육들이 늘어진 뒤 결국 죽음을 맞는다.
이 세계 어딘가에 내 자리가 있다는 걸 말해준 건 가을 밤하늘에 열
을 지어 나는 기러기들이다. "나는 내 서쪽 길로 내려선다…… 내
근육들은 늘어지고,/향기와 젊음이 나를 지나간다, 그리고 나는 그
것들의 자취가 된다."* 나를 스쳐가는 시간들, 그리고 세월들을 붙
잡을 수 있는 것은 아무것도 없다. 나는 덧없는 나의 자취! 이것마
저 망각을 향해 다가간다. 시는 삶을 이루는 모든 찰나에서 파열하
듯이 나타난다. 변화무쌍한 날씨들, 상처들, 태양과 비, 산과 강들,
새벽과 황혼들, 조롱과 모욕, 어둠과 혼란, 빛이 스러지는 찰나들,
열린 문과 닫힌 문, 탄생과 죽음, 감정의 파고들, 결핵과 천식 같은
누이들의 질병에서, 시는 계기와 동기를 찾는다. 시는 번개들을 낚
아채는 피뢰침이다. 우리는 마른 하늘에 떠다니는 번개들을 보지만
그것을 붙잡을 수는 없다. 오직 직관의 시들만이 번개들을 낚아채
는 기적을 만든다. 시는 논증이나 의미의 집적이 아니다. 그것은 어

* 월트 휘트먼, 앞의 책, 188쪽.

떤 사전에도 없는 말이요, 누구도 들어본 적 없는 상징이다. 시, 무수한 직관, 천 년 전 밤으로부터 오는 예언들, 거침없는 야만인들의 목소리, 죽음을 앞둔 별들의 탄식, 오래된 대지의 한숨. "그것은 형태이며 결합이고 계획이다…… 그것은 영원한 삶이며…… 그것은 행복이다."* 시인들은 제 몸을 관통하고 지나가는 이것들을 세계에 중계한다. 어느 시대에나 가장 신비한 시인들은 신의 계시를 전달하는 샤먼이고, 저도 모르는 방언을 하는 예언자다.

* 월트 휘트먼, 앞의 책, 148쪽.

검정의 노래

청명한 겨울 날씨 속에서 구름이 떠간다. 간간이 부는 바람은 맵다. 하늘은 광대하고 깊은 푸름을 머금었는데, 그 푸름은 이 세계와 저 세계의 경계를 이룬다. 햇빛은 미약하나 최선을 다해 잎 진 나뭇가지들을 비춘다. 물은 얼어붙어 금속처럼 햇빛을 날카롭게 튕겨내고, 나뭇가지 끝에는 작은 박새가 날아와 운다. 이 겨울 풍경 속에서 당신을 벌써 잊고 있다는 사실을 깨닫고 나는 어찌나 슬펐던지 그 슬픔으로 영혼의 말단까지 욱신대며 아팠다. "당신에 대한 내 생각 속에 당신이 없어도 괜찮다."* 사람마다 평생 사랑의 몫이 배당되어

* 페르난두 페소아, 『불안의 책』, 오진영 옮김, 문학동네, 2015, 431쪽.

있다면, 내 몫은 이미 다 고갈되었는지도 모른다. 과연 당신을 사랑하기는 했던 것일까? 사랑을 잃은 자들은 맹렬하게 죽어간다. 그는 아무것도 아닌 존재가 되어 바스라져 저 너머로 사라진다.

　어떤 사람은 평생 동안 제 인생을 무너뜨리는 일에 열중한다. 에밀 시오랑 같은 타고난 염세주의자들이 그런 부류다. 니체는 의외로 강건한 신체와 생의 의미를 줄기차게 긍정하고 예찬한 철학자다. '리스본의 영혼'이라고 일컬어지는, 포르투갈이 낳은 작가 페르난두 페소아는 일생을 다하여 불안, 공허, 거대한 무의미와 싸웠다. 나는 아무것도 아니다. 페소아는 그렇게 자기 가치를 송두리째 부정한다. 그는 "인생은 부질없는 것을 통해 불가능한 것을 추구하는 여정"이라고 믿었다. 냉소적인 몽상가이기도 한 그의 자전적 고백록인 『불안의 책』은 끊임없이 '나'를 부정하면서 또 다른 '나'를 찾아가는 사유의 여정을 보여준다. 나는 파편화된 자아들의 책을 읽는다! "스러져가는 햇빛과 의미 없는 저녁의 울적함, 안개도 없는데 내 마음에 스며드는 흐릿함이 부드럽게 내려앉는다. 물기 어린 저녁의 창백하게 반짝이는 푸른빛이 부드럽게, 살짝 내려앉는다. 춥고 소박한 땅 위로 부드럽게, 살짝, 슬프게 내려앉는다. 보이지 않는 잿빛이, 쓰라린 지루함이, 잠들지 못하는 권태가 부드럽게 내려앉

는다."* 이 문장은 지금 내가 바라보는 잿빛에 잠긴 겨울 저녁의 풍
경과 완벽하게 겹쳐진다. 누군가 와서 나를 위로해다오. "나의 꿈과
피곤의 계단을 밟고 너의 비현실에서 내려오라. 내려와서 이 세상
을 대신해다오."** 잿빛은 점점 더 어둠으로 짙어져 이제 사위는 온
통 검정색이다. 세상은 덧없이 늙어버린다. 모든 일들은 지체되거
나 돌연 불가능해진다. 지금 이 검정으로 물든 대기를 뚫고 내게 오
는 것은 당신인가. 정말 당신인가.

　음양학에서 검은색은 음색(陰色)이다. 양이 높고 따뜻하다면,
음은 낮고 춥다. 오행 중 현무에 해당한다. 계절은 겨울이고, 방위
는 북쪽이며, 흙의 기운을 품는다. 색채의 위상학에서 검은색은 낮
고 무거운데, 낮고 무거워서 위로 솟구치지 않는다. 검은색은 속절
없이 아래로 하강하며 가라앉는다. 검은색은 밤의 어둠, 까마귀, 오
골계, 옻칠, 숯, 먹, 밤의 물빛 따위에서 찾아볼 수 있는데, 그 계열
과 분포는 놀랍도록 넓다. 검색(黔色), 날색(涅色), 담색(黵色), 담색(黕
色), 로색(玈色), 맘색(鋄色), 묵색(墨色), 미색(黴色), 오색(烏色) 유색(黝
色), 이색(黟色), 이색(黧色), 조색(皁色), 참색(黲色), 추색(緇色), 치색(緇

* 페르난두 페소아, 앞의 책, 246쪽.
** 페르난두 페소아, 앞의 책, 428쪽.

色), 칠색(漆色), 현색(玄色), 흑색(黑色)이 다 검은색 계열이다. 이들 검정은 동공을 거쳐 마음 안쪽에 도달하는 순간 허무의 심연으로 바뀐다. 검은색을 사유할 때 몸과 생각마저 검게 물든다.

송재학은 우리 시인들 중에서 드문 검정색의 탐구자다. 색채를 향한 그의 호기심은 새삼스럽지 않다. 자연과 문명세계는 실로 다양한 색깔들의 향연을 보여준다. 자연의 질감, 빛, 색은 우리의 감각과 더불어 "느낌-느껴짐의 불꽃"(모리스 메를로퐁티)으로 타오른다. 햇빛이 쏟아지는 봄날 개나리꽃은 노랑으로 범벅되고, 만개한 벚꽃은 우아한 흰빛의 덩어리로 세상을 환하게 물들일 때 우리 마음도 노랑과 흰빛으로 물든다. 새벽의 푸른빛, 일몰의 주황빛, 세상을 덮는 한밤의 검정은 세상을 바꾼다. 이 색깔들에 마음이 반응하는 것은 자연스럽다. 시인은 이미 전 시집들에서 흰색과 분홍색, 그리고 검은색에 대한 편애를 드러낸 바 있다. 이를테면 "검은빛은 죽음이 아니다, 비애가 아니다 검은빛은 환하다"(「주전」, 『푸른빛과 싸우다』), "검은색이 엄마이고 검은색이 따뜻하다"(「왜 젖꼭지는 새까매지는가」, 『날짜들』) 등과 같은 구절들은 인상적이다. 검은색에 덧씌워진 인식, 즉 검은색이 죽음이나 비애로 환원되는 것을 애써 부정하며 그 자취를 따라가는데, 그 사유는 집요해서 마침내 "내가 원했던 검은색이다"(「검은 창고」,『검은색』)에 이른다. 사물과 세계에 대한 임상의학적 관찰에 바탕을 두는 차가운 객관주의에 주관적 상상력을 덧대는 시들을 쓰던 그가 자아를 탐색하는 과정에서 최근 도달한 지점이 '검은색'이다. 검은색은 이목구비가 없는 것의 몸이고 생각이다. 검은색은 다만 검지 않고 그 농담(濃淡)을 달리하며 스펙트럼을 넓게 펼쳐낸다. 그것은 "검고 깜깜하거나 거무죽죽하며 거무스름하면서 꺼뭇꺼뭇한 얼룩"(「검은 창고」)이다.

> 1센티미터 두께의 손가락을 통과하는
> 햇빛의 혼잣말을 알아듣는다
> 불투명한 분홍 창이
> 내 손 일부이기 때문이다
> 국경선이 있는 손바닥은
> 역광을 움켜쥐었다만
> 실핏줄이 있는 종려 이파리는 어찌 얼비치는 걸까
>
> 구석구석 드러난 명암이기에
> 손가락은 눈이 없어도 표정이 있지
> 햇빛이 고인 손톱마다
> 환해서 비릿한 슬픔

손바닥의 넓이를 곰곰이 따지자면
넝쿨식물이 자랄 수 없을까
이토록 섬세한 공소(空所)의 햇빛이 키우고,
분홍 스테인드글라스가 가꾸는,
인동초 지문이
손가락뼈의 고딕을 따라간다

—송재학, 「햇빛은 어딘가 통과하는 게 아름답다」 전문

　「햇빛은 어딘가 통과하는 게 아름답다」에서 햇빛은 손바닥의 두께를 투과한다. 손바닥은 햇빛을 투과해내면서 다양한 명암과 표정을 짓는다. 투과하는 햇빛은 손바닥의 두께가 만드는 불투명성에 대한 빛의 승리다. 햇빛이 투과할 때 손바닥은 "불투명한 분홍 창", "실핏줄이 있는 종려 이파리", "분홍 스테인드글라스"라는 이미지를 얻는다. 검은색이 빛의 부재에서 발군의 존재감을 드러낸다면, 햇빛은 빛의 과잉에서 파열한다. 검은색이 응집이라면 빛은 파열이고 분산이다. 검은색이 심연의 불투과성이라면, 빛은 가벼이 흩어지면서 투과성으로 번져나간다. 이 대조는 뚜렷하다. 검은색은 심연이고, 표면은 빛으로 물든다. 이 시는 송재학의 시 중에서 비교

적 쉽게 읽힌다. 시인은 햇빛에 손바닥을 비춰보는 모습을 스냅사진 찍듯 묘사한다. 손바닥을 움켜쥐고 펼치며 역광에 비춰보는데, 이 놀이는 이윤과 생산성을 목적하지 않는 점에서 천진한 놀이다. 손바닥에 국경선이 있다든지, 손가락은 눈이 없지만 표정이 있다든지, 손바닥의 넓이를 따져 거기에 넝쿨식물이 자랄 수 있는지, 손바닥에 새겨진 인동초 지문 따위에 대해 상상을 펼친다. 상상의 명료함에 반해 시적 전언은 애매하다. 사실 송재학의 시들 대부분이 애매하다. 도대체 뭘 얘기하려고 하는 거지? 하지만 너무 어렵게 생각할 필요는 없다. 그는 소소한 것들을 묘사하고 이미지를 변주하는 놀이를 즐긴다. 이 시는 손바닥을 들여다보고 이미지를 만드는 놀이에 대해 쓰고 있는 것이다.

손바닥은 역광을 다 감당하지 못하고 통과시킨다. 손바닥은 투명한 게 아니지만 빛을 투과한다. 손바닥이 살아 있음을 집약하고 있는 표상이라면 이 시가 묘사하는 순간은 살아 있음과 그것의 아름다움에 대한 보고다. 햇빛이 손가락을 물들이고 손바닥을 투과하는 순간을 차갑게 묘사하는데, 유일하게 주관적 감정이 노출되는 시구는 "햇빛이 고인 손톱마다／환해서 비릿한 슬픔"이라는 구절뿐이다. 시인은 슬픔이 환해서 비릿하다고 쓴다. 손의 슬픔은 곧 살아 있음의 슬픔이다. 슬픔이 환한 것은 이것이 아름답다는 뜻이다. 산 것들은 이 아름다움으로 말미암아 비릿하다. 이 비릿함은 살아 있음의 비루함을 감각의 범주에서 풀어내 명증화한 것이다. 숨결 가진 것들은 비릿함을 품는데, 이것이 바로 산 것의 냄새요 맛이다. 손바닥은 햇빛을 투과해낸다. 이 투과가 얼마나 힘든 것인지, 괴로운 것인지를, 우리는 알지 못한다. "실핏줄이 있는 종려 이파리"라는 수려한 이미지를 얻은 이 신체의 말단은 "환해서 비릿한 슬픔"을 감추지 못한다. 몸은 세계 바깥에 있지 않고 직물같이 세계 안으로 짜여 들어가는 것. 몸과 세계는 하나고, 차라리 세계는 우리 몸의 연장(延長)이다. 이목구비가 없는 것들, 때로 몸이고 생각인 것들, 세계-몸은 어둠[검은색]이고, 이것은 배후다. 빛의 배후는 큰 존재이고, 검은색은 빛의 후광이다. 시인은 햇빛이 아니라 이 검은색의 탐색자다. 시인은 검은색의 사유를 밀고나간 끝에 자신을 검은색의 아들이자 사제이고, 그 변호인이라고 자부한다. 검은색은 오랫동안 시인의 미학적 사유의 기초였다. 검은색이 가리키는 것은 실재의 부재다. 거꾸로 모든 것들은 부재의 실재다. 그래서 시인이 손의 슬픔, 생명의 슬픔, 아름다움의 덧없음에서 반향된 슬픔에 대해 쓸 때, 우리는 어쩔 수 없는, 불가피한, 생명의 덧없음에서 우러나오는 이 슬픔을 마중한다.

시인은 견자(見者)다

문학판에서는 시월을 노벨문학상의 계절로 받아들인다. 런던의 사설 도박업체인 래드브룩스(Ladbrokes)는 수상 후보들을 예측하고 ─스웨덴 한림원은 노벨문학상 후보나 수상자 선정 과정 일체를 밝히지 않는 비밀주의로 일관한다─, 국내 매체들은 수상자 발표일이 다가올수록 외신에 촉각을 곤두세운다. 한 일간지에서 노벨문학상이 유력한 한 시인에 대한 글을 써달라는 요청을 받고, 수상자 발표 이틀 전 새벽에 글을 써서 보냈다. 이런 일을 해마다 되풀이한다. 물론 우리 시인이 노벨문학상을 수상한다면 겨레가 기뻐할 만한 일이니, 마다할 까닭은 없다. 알다시피 해마다 고은 시인이 노벨문학상 후보로 거론되고 있다. 고은 시인이 노벨문학상을 수상한다면 그것은 개인의 보람과 기쁨만이 아니라 한국어를 사용하고 활동운화하며 나날의 삶과 꿈을 일궈온 겨레의 보람과 기쁨일 테다. 아쉽게도 노벨문학상은 매번 고은 시인을 비켜갔다. 그가 수상자로 호명되지 못한 것은 아쉬운 일이지만 하늘이 꺼진 것만큼 낙담할 일은 아니다.

15세 때부터 고은의 시를 읽었다. 반세기에 이를 만큼 그의 충실한 독자였건만 아무리 쫓아가도 그를 따라잡을 수 없다. 그는 건각(健脚)이고, 괴력난신의 힘을 가졌다. 쫓아가면 그는 저만치 앞서 가 있었다. 고은은 항상 고은 이상이었다. 그의 시를 쫓아가며 읽지 않을 수 없었던 사정은 그것들이 나태에 빠진 두개골을 두드려 일깨우고, 마침내 "내면에서 얼어붙은 바다를 깨는 도끼"(카프카)였기 때문이다. 어떤 시들은 내 전두엽에 천둥소리로 울려퍼지며 번개로 내리꽂히는데, 그럴 때마다 나는 깜짝 놀라고, 시의 기적을 체험한다.

고은 시인과 한 하늘을 머리에 이고 사는 것은 동시대인의 자랑이다. 우리는 실시간으로 그의 시를 읽고, 그의 육성을 들었으며, 그의 행적을 낱낱으로 보았다. 그는 승려, 민주투사, 시인이라는 세 운명의 합을 이루고, 문학이라는 대문자 그 자체, 문호(文豪)의 반열에 오른다. 그의 유일함은 탐미주의와 투쟁의 시, 주객 혼융, 역사와 명상, 영원과 찰나를 하나로 꿰어보는 데서 여지없이 또렷해진다. 무엇보다도 움직이고 충돌하며 유동하는 삶의 맥동들을 짚고, 모순과 초논리 속에서 스스로 파열하는 역사를 관조하며, 동아시아의 선적 직관으로 문명 전반을 꿰뚫는 통찰을 포착해낼 때 그는 유일한 시인으로 빛난다.

고은은 세상에 굽이치는 빛, 소리, 냄새, 나날이 바뀌는 기후, 계절의 주기, 개별자의 하찮은 일상들, 역사의 변곡점들을 놓치지 않고 붙잡는다. 그 소소하고 모호한 것들에 형상을 부여하고 생물학적 리듬을 살려내 돌려준다. 그리하여 세계의 약동(躍動)하는 아름다움을 찬탄하는 시, 우리 시대의 불행과 비참함에 꺾이고 짓밟힌 영혼들을 위로하고 보듬는 시, 무구한 죽음의 원혼들을 달래는 시, 개별자의 삶에 편린으로 빛나는 역사를 증언하는 시, 찰나 속에서 영원이 파동치는 걸 잡아채는 선시(禪詩)들을 빚어왔다. 고은의 시집들을 읽고 기쁨과 위로를 받으며 내 감정은 화사해졌다. 그 젖줄을 물고 시의 자양분을 취하며 정신을 살찌웠다.

고은의 문학세계는 전후 폐허 속에서 발아하여 민주화 투쟁의 불길 속에서 단련되었다. 수행과 파계, 통음과 기행이야 스스로 좋아서 선택한 것이지만, 그 이후 상시 감시, 미행, 가택연금, 고문, 투옥, 감옥살이 같은 형극의 길마저도, 그는 내치지 않고 품는다. 고은은 삶과 시가 각각의 길로 따로 가지 않고 동일한 궤도에서 움직인다는 사실을 입증해낸다. 시와 소설과 비평을 하나로 아우르는 고은 문학은 30권의 대작으로 완성된 『만인보』에서 이미 문학사의 관습적 분류로는 감당이 되지 않는 회통과 원융의 큰 바다에 이른다.

『피안감성』에서 『만인보』까지 그의 문학적 역정은 끊임없는 자기 부정 속에서 이룬 눈부신 변전(變轉)과 진화의 연속이다. 그가 '피안감성' 속에서 개별자의 도저한 허무주의를 탐미적 언어로 노래할 때, 다시 그것을 '만인'의 것으로 되돌릴 때, 나는 그 아름다움에 전율을 느꼈다. 그가 '만인'을 호명하여 한 사람 한 사람에게 합당한 시적 언어를 부여하고 아우라를 보여주었을 때, 그 한편 한편이 모여 시대의 거대한 벽화를 이루었을 때, 나는 그 웅장함에 압도되어 벅찬 기쁨의 박수를 쳤다. 우리 앞에는 더 큰 기쁨들이 남아 있다. 고은은 여전히 창작의 활화산들을 통해 화염과 용암을 뿜어낸다.

노벨문학상 소동이 지나간 뒤 새로 나온 좋은 시집 몇 권을 읽는다. 황인찬의 『희지의 세계』, 최문자의 『파의 목소리』, 안희연의 『너의 슬픔이 끼어들 때』 같은 시집들이다. 시집들을 읽으며 나는 '세계'와 '목소리'와 '슬픔'의 모호함 속에서 그것의 가장자리를 만진 어렴풋한 느낌에 빠진다.—"모호한 게 제일 정확한 거예요. 왜? 인생이 본래 모호하기 때문이에요."*—아울러 시가 현실을 벗어나면서 현실로 돌아온다는 사실을 새삼 깨닫는다. 시는 현실을 호명하면서 현실을 가리키는 게 아니라 현실 그 자체다. "너의 어깨 뒤로는 잘 모르는 일들이 일어난다"(황인찬, 「조도」), "여자들이 아팠다/별들과 멀어질수록/더 많이 아팠다"(최문자, 「빠따고니아」), "내정된 실패의 세계 속에 우리는 있다"(안희연, 「기타는 총, 노래는 총알」)라는 구절들을 읽을 때, 우리는 시가 호명하는 세계와 마주한다. 우리는 네 어깨 뒤에서 일어나는 일을 모르고, 여자들이 아픈 것은 여자들이 별들과 멀리 있는 탓이고, 내정된 실패의 세계 속에서 너와 나는 사랑을 한다. 왜 네 어깨 뒤에서 잘 모르는 일이 일어나는가? 왜 별들과 멀어질수록 여자들이 아픈가? 왜 우리가 사는 세계가 내정된 실패의 세계인가? 이런 물음은 성립되지 않는다. 시는 본래 모호함 속에 있는 것이고, 그 모호함을 구체적 현실로 환원시킬 수 없다.

* 이성복, 앞의 책, 103쪽.

좋은 시들은 시가 말의 무덤이거나 수사(修辭)이기 이전에 리듬이고 속도라는 걸 일러준다. 시를 쓴다는 건 사물과 세계에 제 리듬과 속도를 찾아 되돌려주는 일이다. 1)"저녁에는 양들을 이끌고 돌아가야 한다"(황인찬, 「회지의 세계」), 2)"꽃은 몇 겹으로 일어나는 슬픔을 가졌으니 푸른 들개의 눈을 달고 들개처럼 울고 싶었는지 몰라"(최문자, 「꽃구경」), 3)"우리는 서로의 손을 잡고/조금씩 기울어지는 시간을 겪고 있다"(안희연, 「상상 밖의 모자들로 가득한」). 1)을 읽을 때 세계가 귀소(歸巢)의 아득함 속에서 저녁, 양들, 그리고 양들을 이끄는 노동과 양들과 함께 돌아가야 하는 장소로 이루어진다는 사실을 깨닫는다. 2)를 읽을 때 꽃은 화사하기만 한 것이 아니라 슬픔을 지녔고, 그 슬픔으로 무르익은 꽃이 들개의 눈을 달고 들개처럼 운다는 것에 대해서 알게 된다. 3)을 읽을 때 세상에는 조금씩 기울어지는 시간이 있고, 그 시간을 겪어내는 사람이 있다는 것을 알게 된다. 시에서 불거지는 앎들은 우리가 살아가는 세계의 규범과는 무관할지도 모른다. 독자들은 이런 앎에 이르는 정합성을 어루만지고 그에 대해 판단한다. 이런 시구를 읽을 때 앎 이전에 몸이 먼저 시의 리듬에 반응한다. 리듬이란 정신의 율동이고, 세상을 가로질러가는 마음의 속도다. 모든 사물들은 저마다 리듬이 있고, 세계는 속도의 밀도로 만들어진 물질이다. 시는 바로 그 리듬과 속도에 반향하는 리듬과 속도다. 시인들은 시를 쓸 때 리듬을 탄다. 리듬의 즐거움이 없는 시는 죽은 시다.

시인을 '견자(見者)'라고 한다. 프랑스의 한 조숙했던 시인이 한 말이라고 한다. '견자'라는 말을 단순하게 풀이하자면 보는 자라는 뜻이다. 그렇다면 본다는 것은 무엇일까. '봄'은 대상에의 본성적 이끌림이고, 주체의 의지가 그것을 향해 막무가내로 가로질러 가는 것이다. 그 대상은 주체를 향해 제 몸을 활짝 열어젖힌다. '봄'은 시각의 일이 아니라 마음이 작동하는 직관의 일이다. 대상을 사랑해야만 대상이 보인다. '봄'과 '앎'은 본디 하나다. 시가 태어나는 찰나는 의식이 작동하기 이전에 이미 그 대상이 마음에 도착함으로써 가능하다. 그 찰나는 기지(旣知)의 것에서 미지(未知)의 것을 직관하는 순간이다. 이때 직관은 말로써 오지 않고 빛으로 온다. 언어를 장악하는 좌뇌 작동이 멈춘 채 우뇌의 어떤 영역을 환한 빛이 물들이는 것이다. 시인은 이 빛, 이미지로 온 것에 언어를 덧입힐 뿐이다. 시인은 시의 창조자가 아니라 우리 주변에 즐비한 것들의 발견자다.

"내려갈 때 보았네/올라갈 때 못 본/그 꽃"이라는 고은의 제목 없는 시는 '꽃'에 관한 시가 아니다. 내려갈 때 보고 올라갈 때 보지 못한 게 꼭 꽃이어야만 하는 것은 아니다. 시인은 내려갈 때 보고 올라갈 때 보지 못한 그 찰나를 직관으로 포착한다. 이것은 '봄'의 순간이자, '앎'의 벼락이 전두엽에 직선으로 내리꽂히는 찰나다. 시인은 그 직관의 찰나에 언어를 덧씌운다. '꽃'은 올라가는 순간과 내려가는 순간 사이에 있다. 올라갈 때 보지 못한 것을 왜 내려갈 때는 보았을까? 이는 마음의 한눈팔기로 빚어진 실수다. 마음의 빈틈이 빚은 실수이기도 하지만 실수로 마음이 제 빈틈을 들키는 찰나이기도 하다. 내려갈 때 본 것이라면 올라갈 때 못볼 리가 없다. 눈은 보지만 마음이 보지 못한 것은 끝내 보지 못한다. '봄'이 시각의 일이 아니라 마음의 일이라는 증좌(證左)다. 시인은 세계의 구조와 성질의 여여(如如)함을 노래하지 않고, 올라갈 때 보지 못한 것을 내려갈 때 본 마음의 실수와 착란을 문제 삼는다. 이 시는 그 찰나 드러난 마음의 경이를 노래한다. 마음은 비항상성이고, 여여하지 못함에 잠겨 있는데, 그 마음이 어느 찰나 세계의 낱낱과 함께 환하게 깨어난다는 것은 놀라움 그 자체다.

천둥번개 치는데
깜깜한데
어린놈 있다

에미 애비 있다
시퍼런 번개불빛에 드러난 이 실재!
그렇다 삶이 아닌 이 부재!

― 고은, 「세 식구」 전문

이 시는 '세 식구'의 단란한 삶을 노래하는 게 아니다. 시인은 찰나가 불가피하게 폭로해버리는 실재의 부재성을 노래한다. '세 식구'는 그냥 대상―실재다. 번개 불빛에 '세 식구'가 고스란히 드러나는 이 찰나는 누군가 거기 있음을 전하는 진리의 순간이다. '세 식구'는 새끼, 에미, 애비로 이루어진 '가족'이라는 인간 공동체다. 이것은 그 자체로 실로 엄청난 '지금 살아 있다'는 것의 기쁨과 충만의 증언이다. 실재가 실재로 드러나는 순간은 여지없이 진리의 단순성으로 빛난다. 시인은 여기서 한 걸음 더 나가는데, 이 실재가 부재에 대한 암시라는 것을 흘린다. 하나의 끈끈한 공동체를 이룬 '세 식구'는 영원히 세 식구로 남는 게 아니고 미구에 흩어져서 이산의 삶을 살다가 소멸의 운명을 맞아 부재에게 제 자리를 내어줄 것이다. 우리가 주목해야 할 것은 시인의 견성(見性)이 그 부재를 더듬을 때 나타나는 찰나다!

얼굴-가면의 시

사람의 얼굴은 필연적으로 진화상에서 겪은 자연선택의 결과물이다. 인류가 오늘날같이 납작한 평면 얼굴을 갖게 된 것은 13만 년 전이다. 처음으로 현생 인류와 닮은 호모 사피엔스가 나타난 것이다. 해부학적으로 보자면 평평한 이마 아래로 코가 돌출하고 넓은 뺨, 두 개의 눈과 입으로 구성된 호모 사피엔스의 얼굴 모양은 현생 인류의 얼굴과 다를 바 없다. 아프리카 지역에서 처음 나타난 호모 사피엔스들은 우리들과 똑같은 얼굴을 하고, 그 얼굴로 다양한 표정을 지으며 제 감정을 드러냈을 것이다.

얼굴은 많은 것들을 숨길 뿐만 아니라 그 비밀들을 쉽게 보여주지 않는다. 가족의 얼굴, 연인의 얼굴, 친구의 얼굴, 이웃의 얼굴, 살인자의 얼굴, 희생자의 얼굴, 이방인의 얼굴, 도착증과 분열증을 앓는 자의 얼굴, 독백하는 얼굴, 외치는 얼굴, 분노하는 얼굴, 슬퍼하는 얼굴들…… 타인들은 늘 얼굴로 우리 앞에 나타난다. 얼굴 없이 나타나는 것은 귀신들뿐이다. 들뢰즈라면 이 얼굴을 검은 구멍을 가진 흰 벽이라고 했으리라. 얼굴은 타자의 낯선 목소리가 흘러나오는 벽이다! '얼굴'을 '세계'로 바꾸어도 의미의 맥락은 달라지지 않는다. "모든 얼굴은 다 의문부호다"(려원, 「의문부호」). 이 구절이 품은 의미는 세계가 미스터리, 혹은 신비 그 자체라는 것이다. '나는 아무것도 몰라요!'라며 천진한 얼굴로 세계라는 미스터리 앞에서 얼굴을 마주한 채 갸웃거리며, 온 촉각을 연 채 서 있는 시인이라니!

　　얼굴은 내면의 정동을 드러내는 동시에 감춘다. 얼굴에 내면 정동이 다 드러나는 법은 없다. 그것은 감춤과 드러냄 사이에 모호하게 걸쳐져 있다. 우리가 타자를 식별하는 것은 얼굴의 다름을 통해서다. "얼굴은 신체 중에서도 특히 영혼이 나타나고 변장하는 장소이다."* 얼굴은 타자가 나타나는 방식을 예고한다. 타자가 예고없이

* 알렝 핑켈크로트, 앞의 책, 27쪽.

나타나는 법은 없다. 타자는 가장 먼저 얼굴로 온다. 얼굴에서 웃음과 울음이 몸을 섞으며 내면의 숨은 자아가 나타났다가 사라지기를 반복한다. 본디 얼굴은 하나의 흰 벽이다. 우리는 그 흰 벽에 새 감정을 쓴다. 얼굴에는 분노, 비탄, 슬픔, 기쁨, 사랑, 동정, 질투, 미움, 경멸 따위의 표정들이 흘러간다. 얼굴은 태어날 때 부여받은 게 아니라 외부의 요구에 의해 발명된다. 그런 까닭에 얼굴은 사회적 현전의 진열장이다. 이것은 연약해서 깨지기 쉽고 상처받기 쉽다. 얼굴은 몸에 귀속되지만 몸의 일부는 아니다. 얼굴은 그것이 가진 권력 때문에 몸에서 독립적 지위를 갖는다. 신체라는 영토를 탈주해 독립된 지위를 갖는 것, 그게 얼굴이다.

    미인을 보고 좋다고들 하지만
    미인은 자기 얼굴이 싫을 거야
    그렇지 않고야 미인일까

    미인이면 미인일수록 그럴 것이니
    미인과 앉은 방에선 무심코
    따놓은 방문이나 창문이
    담배연기만 내보내려는 것은

아니렷다

　　　　　　　　　　　　　-김수영, 「미인-Y여사에게」 전문

　　미인의 티없이 해맑은 얼굴, 이 타자적 현존, 한 점의 숨김도 없이 낱낱이 드러나버린 이 아름다운 것은 즐거움을 준다. 이 얼굴은 숨겨지면서 드러난, 즉 은폐적이며 동시에 비은폐적인 표면 형상이다. 이 미는 올바르고 고결한 요소들의 조합으로서 아름답지만, 주체는 이것에 다가갈 수 없고 움켜쥘 수도 없다. 이것은 주체에게 미적 거리를 가지라고 명령한다. 주체의 미에 대한 욕망은 금지된다. 김수영은 시의 화자가 미인과 한 방에서 마주 앉아 있는 상황을 묘사한다. 그러다가 무심코 방문이나 창문을 열어놓는다. 이 행위가 "담배연기만 내보내려는 것"만은 아니었다고 변명한다. 그렇다면 무엇 때문에? 시의 화자는 미인의 얼굴이 내리는 무언의 명령에 압박감을 느낀다. 창문을 연 것은 미적 현전이 뿜어내는 위엄이 초래한 예기치 못한 사태, 그 무언의 압박감 때문이다. 김수영은 미인이 자기 얼굴을 싫어할 거라고 예단한다. 처음 이 시를 접했을 때 미인은 누구일까라는 궁금증과 함께 미인은 왜 제 얼굴을 싫어한다고 생각할까라는 호기심을 품었다. 나는 아직 이 물음의 답을 얻지 못했다. 미인은 어디서나 매혹과 찬탄의 대상이다. 얼굴이 미적 현전이 되는 것은 타자적 경험이다. 누구도, 심지어는 그 자신마저도 제 얼굴을 소유하지 못한다. 나는 내 얼굴을 타자의 눈을 거쳐 객관화된 것으로만 인지한다. 타자와 공유하는 얼굴은 내 것이면서 타자의 것이다.

'가오나시'는 일본 애니메이션에 나오는 얼굴 없는 귀신이다. 얼굴이 없다면 사람이 아니라 귀신이다. 얼굴은 실체를 가리고 사라지는 점에서 가면이다. 본디 얼굴이 가면인데, 그 가면 위에 새 가면을 쓴다. 이 가면은 양식화된 얼굴이다. 고대 제의, 고대 그리스의 연극, 일본의 전통연극 '노', 중국의 '경극', 우리의 전통 탈춤 연희 따위에서 배우들은 가면을 쓰고 연기를 했다. 연극에서 '가면 효과'는 효율적이고 뚜렷하다. "일단 가면은 등장인물이 누구인지를 가르쳐 줄 수 있다. 가면의 정적인 표정은 기묘하게 매혹적이었고, 움직임이 없는 입에서 흘러나오는 대사는 초자연적인 감흥을 더해주었다."* 얼굴은 자아의 열린 부분이면서 자아를 감추고 달아나는 표면이다. 열려 있으면서 동시에 감춰지는 얼굴들. 우리는 사회적 실

* 대이얼 맥닐, 『얼굴』, 안정희 옮김, 사이언스북스, 2003, 415쪽.

존을 위해 가면을 쓴다. 엄마라는 가면, 아버지라는 가면, 딸이라는 가면, 아들이라는 가면, 이웃이라는 가면, 선생이라는 가면, 학생이라는 가면, 살인자라는 가면, 좋은 사람이라는 가면, 타자라는 가면. 가면, 가면, 가면들. 우리는 태어나면서 가면을 부여받는다. 그리고 사회적 실존에 참여하면서 새로운 가면을 쓴다. 살아 있는 동안 우리 얼굴은 주검을 숨긴 가면이라고 할 수 있다. 얼굴이라는 가면 아래에 숨은 것은 무엇일까? 얼굴이라는 가면이 숨긴 것은 우리가 짐승이라는 것*, 우리가 고기이며 잠재적인 시체라는 사실이다.** 얼굴은 타자성의 기표, 즉 페르소나가 나타나는 표면이다. 사람은 평생 감정노동을 하며 살아가는 존재다. 자기 감정을 다치지 않고 그것을 감추려고 평생 수백 개의 가면을 쓰고 산다.

세수를 하고
마른 타올로
얼굴을 문지른다

* 질 들뢰즈에 따르면 "괴로워하는 인간은 짐승이며, 괴로워하는 짐승은 인간이다. 그것이 생성의 현실이다. 『감각의 논리』, 하태환 옮김, 민음사, 2008.
** 프랜시스 베이컨은 이렇게 말한다. "물론 우리는 고기이며 잠재적 시체입니다. 푸줏간을 갈 때마다 생각하는 건데, 동물 대신 내가 거기 있지 않다는 점이 놀랍습니다." 김재인, 앞의 책, 153쪽에서 재인용.

오늘의 얼굴
누구에게나
오늘은 새롭다
하늘의 문이 열리고
날마다
새로 창조된
아침을 맞이한다.
세수를 하고
누구나
오늘의 얼굴과
대면한다
거울에 비치는
늙고 주름진 얼굴
그것은
오늘의 나의 얼굴
그러나 뉘우칠 것이 없다
마른 타올로 얼굴을 문지르는
신선한 시간 속에서
천하의 모든
꽃가지에는
오늘의 꽃송이가 벌어지고

오늘의 태양이 빛난다
어떻게 살아도
충만할 수 없는
이 신선한 시간 속에서
얼굴을 씻고
눈보다 흰 타올로
문지른다.

-박목월, 「오늘의 얼굴」 전문

　얼굴은 얼의 골, 숨은 넋의 표면이다. 아울러 이것은 감정을 드
러내는 표면이다. 시인은 매우 평이한 어조로 "오늘의 얼굴"에서 어
제의 망각을 딛고 새롭게 마주 대하는 오늘의 '나'와 만난다고 적는
다. 오늘의 얼굴은 어제의 얼굴이 아니다. 우리는 날마다 오늘의 얼
굴로써 "새로 창조된/아침"을 맞는 까닭이다. "오늘의 얼굴"은 찰나
에 번쩍이는 번개와 같이 오늘 '나'의 감정과 의식을, 욕망과 그 좌
절의 역사를 드러낸다. 날마다 씻고 거울을 통해 들여다보는 이 얼
굴은 '나'의 미시적 욕망을 드러내면서 다른 한편으로 세계와 대면
하는 한 존재의 물리적 경계면으로 초월과 가능성을 개시(開示)한

다. 과연 시인은 "오늘의 얼굴"의 대자적(對自的) 세계 속에는 "오늘의 꽃송이가 벌어지고/오늘의 태양이 빛난다"고 쓴다.

얼굴에 드러난 감정은 차라리 우리가 얼굴에 감정을 '쓴다'고 말해야 할 테다. '쓴다'라는 말은 중의성을 품는다. 그것은 덮고 가리려고 가면을 쓰는 것이고, 아울러 문자로 쓰이는 것을 가리킨다. 우리는 사람으로 살기 위해 자궁에서부터 자기 가면을 다듬는 존재다. 이슬람 여성들이 얼굴을 가리는 차도르, 성인 남자들이 기른 콧수염이나 턱수염, 얼굴을 반쯤 가리는 선글라스 따위는 가면의 변주다. 사람은 왜 가면을 쓰는가? 니체가 말한바 "모든 심오한 영혼에는 가면이 필요하다. 아니, 더 심하게 말하면, 모든 심오한 영혼 주위에는 끊임없이 가면이 자라난다."라는 언술 속에 가면을 쓰는 무의식의 심리가 암시되어 있다. 얼굴-가면은 감정이 출현하는 곳이고, 표정이 나타나는 장소다. 얼굴은 울고 찡그리고 웃고 미소 짓는다. 다양한 표정들은 삶의 여러 층위에 대한 반향이다. 얼굴이 늘 진실만을 드러내는 것은 아니다. 많은 경우 얼굴은 '척'의 표정들을 짓는다. '척'은 타자가 요구하는 것에 주체의 감정을 맞추는 것이다. 이때 얼굴은 갈등이나 대립을 피하려고 가짜 감정을 드러낸다. 얼굴은 감정의 다양한 굴곡들을 깎고 버리면서 입이 귀에 걸리는 웃음을 달고 감정노동을 수행한다.

프랜시스 베이컨이 그린 얼굴은 일그러지고 뭉개지고 으깨진 얼굴이다. 눈, 코, 입이 제멋대로 뭉개진 그것은 차마 얼굴이라고 말할 수 없는 지워진 얼굴이다. 그것은 기관 없는 신체, 정념의 덩어리, 진흙 반죽같이 뒤죽박죽인 채로 나타난다. 그것은 하나의 양태, 얼굴-고기에 지나지 않는다. 그 얼굴은 시각적이기보다는 촉각적이다. 철학자 들뢰즈는 그 얼굴에서 혼돈과 대재난의 기호, 지각되는 것으로서의 새로운 생성을 읽어낸다. 어떤 얼굴은 텅 빈 얼굴, 몸 바깥에 있는 몸이다. 그것은 몸의 확장, 자아를 길게 늘어뜨린, 헛-몸이다. 텅 빈 얼굴이란 몸 없는 몸, 나이되 내가 아닌 '나'다. 그것은 가면이고, 도플갱어이며, 나를 닮은 그림자다.

얼굴은 말하는 표면이면서, 윤리성을 선취하는 그 무엇이다. 얼굴은 표면이되 정동의 방출로 심연화가 이루어지는 장소다. 우리가 누군가를 안다고 할 때 그것은 얼굴을 아는 것이다. 그 앎은 누군가와 감정을 공유하면서, 타자의 자아에 대한 잠재적 전유를 뜻한다. 사람이 사회적 실존에 참여하면서 산다는 것은 타인들의 얼굴을 익히고 감정을 소통하는 일이다. 얼굴이 타자의 현현(顯顯)을 알린다는 점에서 그것은 부동의 진리다. 얼굴은 우리 앞의 타자다. 얼굴이 없다면 타자도 없다. 사람은 얼굴을 익히면서 감정을 나누는 관계로 발전한다. 몸이 그렇듯이 얼굴 역시 수많은 감정 신호와 눈짓들을 주고받는다. 얼굴과 얼굴을 마주하면서 '나'와 타자 사이의 교섭과 소통을 하면서 우리는 이 세계의 실존에 참여하는 것이다.

수록 작품

강금희, 「인간의 넓이」, 『잠의 반덕』, 달샘시와표현, 2016

강정, 「호랑이 감정」, 『귀신』, 문학동네, 2014

고은, 「세 식구」, 『뭐냐』, 문학동네, 2013

고은, 『순간의 꽃』, 문학동네, 2001

김근, 「조카의 탄생 ─ 아비의 말」, 『당신이 어두운 세수를 할 때』, 문학과지성사, 2014

김민정, 「김정미도 아닌데 '시방' 이건 너무 하잖아요」, 『그녀가 처음, 느끼기 시작했다』, 문학과지성사, 2009

김소월, 「엄마야 누나야」, 『김소월 시집』, 범우사, 2002

김수영, 「미인─Y여사에게」, 『김수영 전집 1』, 민음사, 2003

김수영, 「성(性)」, 『김수영 전집 1』, 민음사, 2003

김수영, 「식모」, 『김수영 전집 1』, 민음사, 2003

김언희, 「가족극장, 이리 와요 아버지」, 『말라죽은 앵두나무 아래 잠자는 저 여자』, 민음사, 2000

김춘수, 「꽃」, 『꽃의 소묘』, 세계출판사, 1992

김행숙, 「다정함의 세계」, 『이별의 능력』, 문학과지성사, 2007

라이너 마리아 릴케, 「엄숙한 시간」, 박광자 옮김, 『내일부터는 행복한 사람이 되겠습니다』, 마음산책, 2015

려원, 「사과 한쪽의 구름」, 『꽃들이 꺼지는 순간』, 달샘시와표현, 2016

류경무, 「편지」, 『양이나 말처럼』, 문학동네, 2015

메리 올리버, 「기러기」

박목월, 「오늘의 얼굴」, 『강나루 건너서 밀밭길을』, 심상사, 1998

베르톨트 브레히트, 「어떤 책 읽는 노동자의 의문」, 『살아남은 자의 슬픔』, 김광규 옮김, 한마당, 1999

서정주, 「영산홍」, 『미당 서정주 전집 1』, 은행나무, 2015

송재학, 「햇빛은 어딘가 통과하는 게 아름답다」, 『검은색』, 문학과지성사, 2015

송찬호, 「고양이가 돌아오는 저녁」, 『고양이가 돌아오는 저녁』, 문학과지성사, 2009

신영배, 「누워 있는 네 개의 발」, 『오후 여섯 시에 나는 가장 길어진다』, 문학과지성사, 2009

심언주, 「사과에 도착한 후」, 『비는 염소를 몰고 올 수 있을까』, 민음사, 2015

아도니스, 「의미의 숲을 여행할 때 필요한 몇 가지 지침」, 최용만 옮김, 『내일부터는 행복한 사람이 되겠습니다』, 마음산책, 2015

아틸라 요제프, 「일곱 번째 사람」, 『일곱 번째 사람』, 공진호 옮김, 아티초크출판, 2016

오은, 「야누스」, 『우리는 분위기를 사랑해』, 문학동네, 2013

올라브 하우게, 「내게 진실의 전부를 주지 마세요」, 『내게 진실의 전부를 주지 마세요』, 황정아 옮김, 도종환 감수, 실천문학사, 2008

올라브 하우게, 「조금 위를 겨눈다」, 『내게 진실의 전부를 주지 마세요』, 황정아 옮김, 도종환 감수, 실천문학사, 2008

월트 휘트먼, 「나 자신의 노래」, 『풀잎』, 허현숙 옮김, 열린책들, 2011

윌리엄 블레이크, 「순수의 전조」, 『천국과 지옥의 결혼』, 김종철 옮김, 민음사, 1990

유진목, 「식물의 방」, 『연애의 책』, 삼인, 2016

유치환, 「깃발」, 『사랑하였으므로 행복하였네라』, 시인생각, 2013

윤동주, 「별 헤는 밤」, 『윤동주 시집』, 범우사, 1996

이상, 「거울」, 『정본 이상 문학전집 1』, 소명출판, 2009

이원, 「그림자들」, 『불가능한 종이의 역사』, 문학과지성사, 2012

이원, 「목소리들」, 『불가능한 종이의 역사』, 문학과지성사, 2012

이육사, 「절정」, 『내 여기 가난한 노래의 씨를 뿌려라』, 시인생각, 2012

이이체, 「푸른 손의 처녀들」, 『인간이 버린 사랑』, 문학과지성사, 2016

이장욱, 「우편」, 『영원이 아니라서 가능한』, 문학과지성사, 2016

이장욱, 「이제 바닥에 긴 몸을 붙이고 잠을 자려는 욕망 외에 다른 어떤 것으로도 존재하지 않는 개에 대하여」, 『영원이 아니라서 가능한』, 문학과지성사, 2016

정현종, 「네 눈의 깊이는」, 『견딜 수 없네』, 문학과지성사, 2013

제페토, 「그 첫물 쓰지 마라」, 『그 첫물 쓰지 마라』, 수오서재, 2016

페데리코 가르시아 로르카, 「기타」, 정창 옮김, 『내일부터는 행복한 사람이 되겠습니다』,
　　마음산책, 2015

프랑시스 퐁주, 「물」, 『일요일 또는 예술가』, 박동찬 옮김, 솔, 1995

호르헤 루이스 보르헤스, 「호랑이들의 황금」, 정창 옮김, 『내일부터는 행복한 사람이
　　되겠습니다』, 마음산책, 2015

홍일표, 「백치 거울」, 『밀서』, 문예중앙, 2015

황인숙, 「강」, 『자명한 산책』, 문학과지성사, 2003

참고문헌

가스통 바슐라르, 『불의 정신분석』, 김병욱 옮김, 이학사, 2007

게리 스나이더, 『야생의 실천』, 이상화 옮김, 문학동네, 2015

권혁웅, 『입술에 묻은 이름』, 문학동네, 2012

김동규, 『철학의 모비딕』, 문학동네, 2013

김우창, 『지상의 척도』, 민음사, 2015

김재인, 『혁명의 거리에서 들뢰즈를 읽자』, 느티나무책방, 2016

김현경, 『사람, 장소, 환대』, 문학과지성사, 2015

김홍중, 『마음의 사회학』, 문학동네, 2009

누치오 오르디네, 『쓸모없는 것들의 쓸모 있음』, 김효정 옮김, 컬처그라퍼, 2015

다니카와 슌타로, 『시를 쓴다는 것』, 조영렬 옮김, 교유서가, 2015

대니얼 맥닐, 『얼굴』, 안정희 옮김, 사이언스북스, 2003

『도덕경』, 오강남 엮음, 현암사, 1995

뤽 브느아, 『기호 · 상징 · 신화』, 박지구 옮김, 경북대학교출판부, 2006

마사 누스바움, 『시적 정의』, 박용준 옮김, 궁리, 2013

막스 피카르트, 『인간과 말』, 배수아 옮김, 봄날의책, 2013

메리 올리버, 『완벽한 날들』, 민승남 옮김, 마음산책, 2013

메리 올리버, 『휘파람 부는 사람』, 민승남 옮김, 마음산책, 2015

미셸 퓌에슈, 『나는, 오늘도 5: 먹다』, 심영아 옮김, 이봄, 2013

미치오 가쿠, 『마음의 미래』, 박병철 옮김, 김영사, 2015

밀란 쿤데라, 『참을 수 없는 존재의 가벼움』, 이재룡 옮김, 민음사, 1990

사사키 아타루, 『야전과 영원』, 안천 옮김, 자음과모음, 2015

샤를 보들레르, 『화장 예찬』, 도윤정 옮김, 평사리, 2014

서동욱, 『일상의 모험』, 민음사, 2005

신형철, 『몰락의 에티카』, 문학동네, 2008

안토니오 스카르메타, 『네루다의 우편배달부』, 우석균 옮김, 민음사, 2004

알랭 코르뱅 외, 『날씨의 맛』, 길혜연 옮김, 책세상, 2016

알랭 핑켈크로트, 『사랑의 지혜』, 권유현 옮김, 동문선, 1998

애덤 니컬슨, 『지금, 호메로스를 읽어야 하는 이유』, 정혜윤 옮김, 세종서적, 2016

앤드류 포터, 『진정성이라는 거짓말』, 노시내 옮김, 마티, 2016

에두아르 르베, 『자화상』, 정영문 옮김, 은행나무, 2015

에드윈 헤스코트, 『집을 철학하다』, 박근재 옮김, 아날로그(글담), 2015

옥타비오 파스, 『활과 리라』, 김은중, 김홍근 옮김, 솔, 1998

월트 휘트먼, 『풀잎』, 허현숙 옮김, 열린책들, 2011

이성복, 『무한화서』, 문학과지성사, 2015

이어령, 『언어로 세운 집』, 아르테, 2015

이진경, 『노마디즘 1』 『노마디즘 2』, 휴머니스트, 2002

장 뤽 낭시, 『코르푸스 몸, 가장 멀리서 오는 지금 여기』, 김예령 옮김, 문학과지성사, 2012

『장자』, 오강남 엮음, 현암사, 1999

조르조 아감벤, 『벌거벗음』, 김영훈 옮김, 인간사랑, 2014

조제프 앙투안 투생 디누아르, 『침묵의 기술』, 성귀수 옮김, 아르테, 2016

존 그레이, 『동물들의 침묵』, 김승진 옮김, 문강형준 해제, 이후, 2014

존 그레이, 『하찮은 인간, 호모 라피엔스』, 김승진 옮김, 이후, 2010

지그문트 바우만, 『모두스 비벤디』, 한상석 옮김, 후마니타스, 2010

질 들뢰즈, 『감각의 논리』, 하태환 옮김, 민음사, 2008

질 들뢰즈, 펠릭스 가타리, 『천 개의 고원』, 김재인 옮김, 새물결, 2001

페르난두 페소아, 『불안의 책』, 오진영 옮김, 문학동네, 2015

프란시스 아말피, 『불멸의 작가들』, 정미화 옮김, 윌컴퍼니, 2013

프리드리히 니체, 『비극의 탄생·반시대적 고찰』, 이진우 옮김, 책세상, 2005

프리드리히 니체, 『차라투스트라는 이렇게 말했다』, 정동호 옮김, 책세상, 2000

한병철, 『피로사회』, 김태환 옮김, 문학과지성사, 2012

호르헤 루이스 보르헤스, 윌리스 반스톤, 『보르헤스의 말』, 서창렬 옮김, 마음산책, 2015

은유의 힘

초판 1쇄 발행 2017년 7월 26일
초판 6쇄 발행 2022년 10월 17일

지은이 장석주
펴낸이 김선식

경영총괄 김은영
콘텐츠사업6팀장 임경섭 **콘텐츠사업6팀** 박수연, 한나래, 정다움, 임고운
편집관리팀 조세현, 백설희 **저작권팀** 한승빈, 김재원, 이슬
마케팅본부장 권장규 **마케팅3팀** 권오권, 배한진
미디어홍보본부장 정명찬 **홍보팀** 안지혜, 김민정, 오수미, 송현석
뉴미디어팀 허지호, 박지수, 임유나, 송희진, 홍수경 **디자인파트** 김은지, 이소영
재무관리팀 하미선, 윤이경, 김재경, 안혜선, 이보람 **인사총무팀** 강미숙, 김혜진
제작관리팀 박상민, 최완규, 이지우, 김소영, 김진경, 양지환
물류관리팀 김형기, 김선진, 한유현, 민주홍, 전태환, 전태연, 양문현, 최창우

펴낸곳 다산북스 **출판등록** 2005년 12월 23일 제313-2005-00277호
주소 경기도 파주시 회동길 490
대표전화 02-704-1724 **팩스** 02-703-2219 **이메일** dasanbooks@dasanbooks.com
홈페이지 www.dasanbooks.com **블로그** blog.naver.com/dasan_books
종이 (주)한솔피앤에스 **인쇄·제본** (주)갑우문화사
ISBN 979-11-306-1354-3 (03800)

다산북스(DASANBOOKS)는 독자 여러분의 책에 관한 아이디어와 원고 투고를 기쁜 마음으로 기다리고 있습니다.
책 출간을 원하는 아이디어가 있으신 분은 다산북스 홈페이지 '투고원고'란으로 간단한 개요와 취지, 연락처 등을 보내주세요.
머뭇거리지 말고 문을 두드리세요.